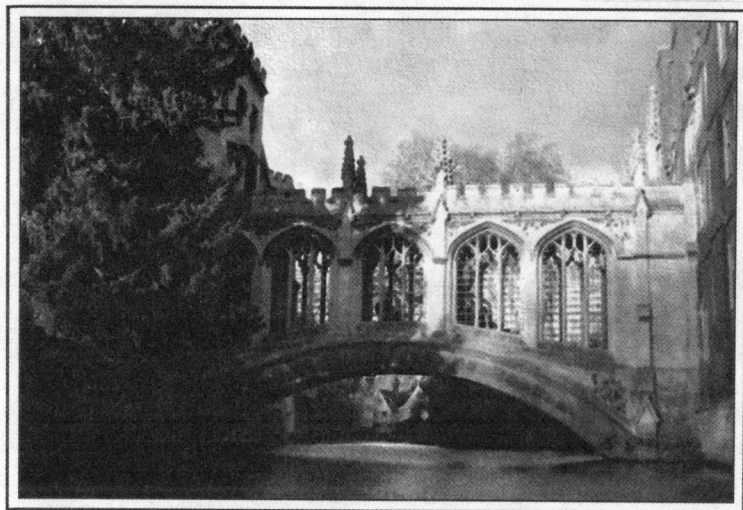

康桥之恋

徐志摩◎著

北京联合出版公司
Beijing United Publishing Co.,Ltd.

图书在版编目（CIP）数据

康桥之恋 / 徐志摩著. — 北京：北京联合出版公司，2014.12
（2018.9重印）
（中小学生必读丛书）
ISBN 978-7-5502-4001-8

Ⅰ．①康… Ⅱ．①徐… Ⅲ．①中国文学－现代文学－作品综合集
Ⅳ．①I216.2

中国版本图书馆CIP数据核字（2014）第258923号

康桥之恋

出版统筹：新华先锋
责任编辑：张　萌
封面设计：点石堂
版式设计：祝志霞

北京联合出版公司出版
（北京市西城区德外大街83号楼9层　100088）
天津旭丰源印刷有限公司印刷　新华书店经销
字数180千字　787毫米×1092毫米　1/16　20印张
2014年12月第1版　2018年9月第2次印刷
ISBN 978-7-5502-4001-8
定价：22.00元

目　录

第二编　诗歌·生命的萍踪

散文·萦绕的情丝

第一编

我所知道的康桥

一

我这一生的周折，大都寻得出感情的线索。不论别的，单说求学。我到英国是为要从卢梭①。卢梭来中国时，我已经在美国。他那不确的死耗传到的时候，我真的出眼泪不够，还做悼诗来了。他没有死，我自然高兴。我摆脱了哥伦比亚大博士衔的引诱，买船票过大西洋，想跟这位二十世纪的福禄泰尔认真念一点书去。谁知一到英国才知道事情变样了：一为他在战时主张和平，二为他离婚，卢梭叫康桥给除名了，他原来是 Trinity College 的 fellow，这来他的 fellowship 也给取销了。他回英国后就在伦敦住下，夫妻两人卖文章过日子。因此我也不曾遂我从学的始愿。我在伦敦政治经济学院里混了半年，正感着闷想换路走的时候，我认识了狄更生先生。狄更生——Galsworthy Lowes Dickinson——是一个有名的作者，他的《一个中国人通信》(*Letters from John Chinaman*) 与《一个现代聚餐谈话》(*A Modern Symposium*) 两本小册子早得了我的景仰。我第一次会着他是在伦敦国际联盟协会席上，那天林宗孟先生演说，他做主席；第二次是宗孟寓里吃茶，有他。以后我常到他家里去。他看出我的烦闷，劝我到康桥去，他自己是王家学院 (King's College) 的 fellow。我就写信去问两个学院，回信都说学额早满了，随后还是狄更生先生

---

① 卢梭，现在通译为罗素。

替我去在他的学院里说好了,给我一个特别生的资格,随意选科听讲。从此黑方巾黑披袍的风光也被我占着了。初起我在离康桥六英里的乡下叫沙士顿地方租了几间小屋住下,同居的有我从前的夫人张幼仪女士与郭虞裳君。每天一早我坐街车(有时骑自行车)上学,到晚回家。这样的生活过了一个春,但我在康桥还只是个陌生人,谁都不认识,康桥的生活,可以说完全不曾尝着,我知道的只是一个图书馆,几个课室,和三两个吃便宜饭的茶食铺子。狄更生常在伦敦或是大陆上,所以也不常见他。那年的秋季我一个人回到康桥,整整有一学年,那时我才有机会接近真正的康桥生活,同时,我也慢慢的"发见"了康桥。我不曾知道过更大的愉快。

二

"单独"是一个耐寻味的现象。我有时想它是任何发见的第一个条件。你要发见你的朋友的"真",你得有与他单独的机会。你要发见你自己的真,你得给你自己一个单独的机会。你要发见一个地方(地方一样有灵性),你也得有单独玩的机会。我们这一辈子,认真说,能认识几个人?能认识几个地方?我们都是太匆忙,太没有单独的机会。说实话,我连我的本乡都没有什么了解。康桥我要算是有相当交情的,再次许只有新认识的翡冷翠①了。啊,那些清晨,那些黄昏,我一个人发痴似的在康桥!绝对的单独。

但一个人要写他最心爱的对象,不论是人是地,是多么使他为难的一个工作!你怕,你怕描坏了它,你怕说过分了恼了它,你怕说太谨慎了辜负了它。我现在想写康桥,也正是这样的心理,我不曾写,我就知道这回是写不好的——况且又是临时逼出来的事情。但我却不能不写,上期预告已经出去了。我想勉强分两节写:一是我所知道的康桥的天然景色,一是我所知道的康桥的学生生活。我今晚只能极简的写些,等以后有兴会时再补。

三

康桥的灵性全在一条河上;康河,我敢说是全世界最秀丽的一条水。

---

① 翡冷翠,现在通译为佛罗伦萨。

河的名字是葛兰大（Granta），也有叫康河（River Cam）的，许有上下流的区别，我不甚清楚。河身多的是曲折，上游是有名的拜伦潭——"Byron's Pool"——当年拜伦常在那里玩的；有一个老村子叫格兰骞斯德，有一个果子园，你可以躺在累累的桃李树荫下吃茶，花果会掉入你的茶杯，小雀子会到你桌上来啄食，那真是别有一番天地。这是上游。下游是从骞斯德顿下去，河面展开，那是春夏间竞舟的场所。上下河分界处有一个坝筑，水流急得很，在星光下听水声，听近村晚钟声，听河畔倦牛刍草声，是我康桥经验中最神秘的一种：大自然的优美，宁静，调谐在这星光与波光的默契中不期然的淹入了你的性灵。

但康河的精华是在它的中流，著名的"Backs"，这两岸是几个最蜚声的学院的建筑。从上面下来是 Pembroke，St.Katharine's，King's，Clare，Trinity，St.John's。最令人留连的一节是克莱亚与王家学院的毗连处，克莱亚的秀丽紧邻着王家教堂（King's Chapel）的宏伟。别的地方尽有更美更庄严的建筑，例如巴黎赛因河的罗浮宫一带，威尼斯的利阿尔多大桥的两岸，翡冷翠维基乌大桥的周遭；但康桥的"Backs"自有它的特长，这不容易用一二个状词来概括，它那脱尽尘埃气的一种清澈秀逸的意境可说是超出了画图而化生了音乐的神味。再没有比这一群建筑更调谐更匀称的了！论画，可比的许只有柯罗（Corot）的田野；论音乐，可比的许只有萧班（Chopin）的夜曲。就这也不能给你依稀的印象，它给你的美感简直是神灵性的一种。

假如你站在王家学院桥边的那棵大椈树荫下眺望，右侧面，隔着一大方浅草坪，是我们的校友居（fellows building），那年代并不早，但它的妩媚也是不可掩的，它那苍白的石壁上春夏间满缀着艳色的蔷薇在和风中摇头，更移左是那教堂，森林似的尖阁不可浼的永远直指着天空；更左是克莱亚，啊！那不可信的玲珑的方庭，谁说这不是圣克莱亚（St.Clare）的化身，那一块石上不闪耀着她当年圣洁的精神？在克莱亚后背隐约可辨的是康桥最潇贵最骄纵的三清学院（Trinity），它那临河的图书楼上坐镇着拜伦神采惊人的雕像。

但这时你的注意早已叫克莱亚的三环洞桥魔术似的摄住。你见过西湖白堤上的西泠断桥不是？（可怜它们早已叫代表近代丑恶精神的汽车公司给踩平了，现在它们跟着苍凉的雷峰永远辞别了人间。）你忘不了那桥上斑驳的苍苔，木栅的古色，与那桥拱下泄露的湖光与山色不是？克莱亚并没有那样体面的衬托,它也不比庐山栖贤寺旁的观音桥,上瞰五老的奇峰,下临深潭与飞瀑;它只是怯怜怜的一座三环洞的小桥,它那桥洞间也只掩映着细纹的波粼与婆娑的树影,它那桥上栉比的小穿阑与阑节顶上双双的白石球,也只是村姑子头上不夸张的香草与野花一类的装饰;但你凝神的看着,更凝神的看着,你再反省你的心境,看还有一丝屑的俗念沾滞不?只要你审美的本能不曾泯灭时,这是你的机会实现纯粹美感的神奇!

但你还得选你赏鉴的时辰。英国的天时与气候是走极端的。冬天是荒谬的坏,逢着连绵的雾盲天你一定不迟疑的甘愿进地狱本身去试试;春天(英国是几乎没有夏天的)是更荒谬的可爱,尤其是它那四五月间最渐缓最艳丽的黄昏,那才真是寸寸黄金。在康河边上过一个黄昏是一服灵魂的补剂。啊!我那时蜜甜的单独,那时蜜甜的闲暇。一晚又一晚的,只见我出神似的倚在桥阑上向西天凝望:——

　　　　看一回凝静的桥影,

　　　　数一数螺钿的波纹:

　　　　我倚暖了石阑的青苔,

　　　　青苔凉透了我的心坎;……

　　　　还有几句更笨重的怎能仿佛那游丝似轻妙的情景:

　　　　难忘七月的黄昏,远树凝寂,

　　　　像墨泼的山形,衬出轻柔暝色,

　　　　密稠稠,七分鹅黄,三分橘绿,

　　　　那妙意只可去秋梦边缘捕捉;……

四

这河身的两岸都是四季常青最葱翠的草坪。从校友居的楼上望去,对岸草场上,不论早晚,永远有十数匹黄牛与白马,胫蹄没在恣蔓的草丛中,从容的在咬嚼,星星的黄花在风中动荡,应和着它们尾鬃的扫拂。桥的两端有斜倚的垂柳与椈荫护住。水是澈底的清澄,深不足四尺,匀匀的长着长条的水草。这岸边的草坪又是我的爱宠,在清朝,在傍晚,我常去这天然的织锦上坐地,有时读书,有时看水;有时仰卧着看天空的行云,有时反仆着搂抱大地的

5

温软。

但河上的风流还不止两岸的秀丽。你得买船去玩。船不止一种：有普通的双桨划船，有轻快的薄皮舟（canoe），有最别致的长形撑篙船（punt）。最末的一种是别处不常有的：约莫有二丈长，三尺宽，你站直在船稍上用长竿撑着走的。这撑是一种技术。我手脚太蠢，始终不曾学会。你初起手尝试时，容易把船身横住在河中，东颠西撞的狼狈。英国人是不轻易开口笑人的，但是小心他们不出声的皱眉！也不知有多少次河中本来优闲的秩序叫我这莽撞的外行给捣乱了。我真的始终不曾学会；每回我不服输跑去租船再试的时候，有一个白胡子的船家往往带讥讽的对我说："先生，这撑船费劲，天热累人，还是拿个薄皮舟溜溜吧！"我那里肯听话，长篙子一点就把船撑了开去，结果还是把河身一段段的腰斩了去。

你站在桥上去看人家撑，那多不费劲，多美！尤其在礼拜天有几个专家的女郎，穿一身缟素衣服，裙裾在风前悠悠的飘着，戴一顶宽边的薄纱帽，帽影在水草间颤动，你看她们出桥洞时的姿态，捻起一根竟像没有分量的长竿，只轻轻的，不经心的往波心里一点，身子微微的一蹲，这船身便波的转出了桥影，翠条鱼似的向前滑了去。她们那敏捷，那闲暇，那轻盈，真是值得歌咏的。

在初夏阳光渐暖时你去买一支小船，划去桥边荫下躺着念你的书或是做你的梦，槐花香在水面上飘浮，鱼群的唼喋声在你的耳边挑逗。或是在初秋的黄昏，近着新月的寒光，望上流僻静处远去。爱热闹的少年们携着他们的女友，在船沿上支着双双的东洋彩纸灯，带着话匣子，船心里用软垫铺着，也开向无人迹处去享他们的野福——谁不爱听那水底翻的音乐在静定的河上描写梦意与春光！

住惯城市的人不易知道季候的变迁。看见叶子掉知道是秋，看见叶子绿知道是春；天冷了装炉子，天热了拆炉子；脱下棉袍，换上夹袍，脱下夹袍，穿上单袍；不过如此罢了。天上星斗的消息，地下泥土里的消息，空中风吹的消息，都不关我们的事。忙着哪，这样那样事情多着，谁耐烦管星星的移转，花草的消长，风云的变幻？同时我们抱怨我们的生活，苦痛，烦闷，拘束，枯燥，谁肯承认做人是快乐？谁不多少间咒诅人生？

但不满意的生活大都是由于自取的。我是一个生命的信仰者，我信生活绝不是我们大多数人仅仅从自身经验推得的那样暗惨。我们的病根是在"忘本"。人是自然的产儿,就比枝头的花与鸟是自然的产儿;但我们不幸是文明人,入世深似一天,离自然远似一天。离开了泥土的花草,离开了水的鱼,能快活吗?能生存吗?从大自然,我们取得我们的生命;从大自然,我们应分取得我们继续的滋养。那一株婆娑的大木没有盘错的根柢深入在无尽藏的地里?我们是永远不能独立的。有幸福是永远不离母亲抚育的孩子,有健康是永远接近自然的人们。不必一定与鹿豕游,不必一定回"洞府"去;为医治我们当前生活的枯窘,只要"不完全遗忘自然"一张轻淡的药方我们的病象就有缓和的希望。在青草里打几个滚,到海水里洗几次浴,到高处去看几次朝霞与晚照——你肩背上的负担就会轻松了去的。

这是极肤浅的道理,当然。但我要没有过过康桥的日子,我就不会有这样的自信。我这一辈子就只那一春,说也可怜,算是不曾虚度。就只那一春,我的生活是自然的,是真愉快的!(虽则碰巧那也是我最感受人生痛苦的时期。)我那时有的是闲暇,有的是自由,有的是绝对单独的机会。说也奇怪,竟像是第一次,我辨认了星月的光明,草的青,花的香,流水的殷勤。我能忘记那初春的睥睨吗?曾经有多少个清晨我独自冒着冷去薄霜铺地的林子里闲步——为听鸟语,为盼朝阳,为寻泥土里渐次苏醒的花草,为体会最微细最神妙的春信。啊,那是新来的画眉在那边涧不尽的青枝上试它的新声!啊,这是第一朵小雪球花挣出了半冻的地面!啊,这不是新来的潮润沾上了寂寞的柳条?

静极了,这朝来水溶溶的大道,只远处牛奶车的铃声,点缀这周遭的沉默。顺着这大道走去,走到尽头,再转入林子里的小径,往烟雾浓密处走去,头顶是交枝的榆荫,透露着漠楞楞的曙色;再往前走去,走尽这林子,当前是平坦的原野,望见了村舍,初青的麦田,更远三两个馒形的小山掩住了一条通道。天边是雾茫茫的,尖尖的黑影是近村的教寺。听,那晓钟和缓的清音。这一带是此邦中部的平原,地形像是海里的轻波,默沉沉的起伏;山岭是望不见的,有的是常青的草原与沃腴的田壤。登那土阜上望去,康桥只是一带茂林,拥戴着几处婷婷的尖阁。妩媚的康河也望不见踪迹,你只能循着那锦带似的林木想象那一流清浅。村舍与树林是这地盘上的棋子,有村舍处有佳荫,有佳荫处有村舍。这早起是看炊烟的时辰:朝雾渐渐的升起,揭开了这灰

苍苍的天幕（最好是微霭后的光景），远近的炊烟，成丝的，成缕的，成卷的，轻快的，迟重的，浓灰的，淡青的，惨白的，在静定的朝气里渐渐的上腾，渐渐的不见，仿佛是朝来人们的祈祷，参差的翳入了天听。朝阳是难得见的，这初春的天气。但它来时是起早人莫大的愉快。顷刻间这田野添深了颜色，一层轻纱似的金粉糁上了这草，这树，这通道，这庄舍。顷刻间这周遭弥漫了清晨富丽的温柔。顷刻间你的心怀也分润了白天诞生的光荣。"春"！这胜利的晴空仿佛在你的耳边私语。"春"！你那快活的灵魂也仿佛在那里回响。

伺候着河上的风光，这春来一天有一天的消息。关心石上的苔痕，关心败草里的花鲜，关心这水流的缓急，关心水草的滋长，关心天上的云霞，关心新来的鸟语。怯怜怜的小雪球是探春信的小使。铃兰与香草是欢喜的初声。窈窕的莲馨，玲珑的石水仙，爱热闹的克罗克斯，耐辛苦的蒲公英与雏菊——这时候春光已是缦烂在人间，更不须殷勤问讯。

瑰丽的春放。这是你野游的时期。可爱的路政，这里不比中国，那一处不是坦荡荡的大道？徒步是一个愉快，但骑自转车是一个更大的愉快，在康桥骑车是普遍的技术；妇人，稚子，老翁，一致享受这双轮舞的快乐。（在康桥听说自转车是不怕人偷的，就为人人都自己有车，没人要偷。）任你选一个方向，任你上一条通道，顺着这带草味的和风，放轮远去，保管你这半天的逍遥是你性灵的补剂。这道上有的是清荫与美草，随地都可以供你休憩。你如爱花，这里多的是锦绣似的草原。你如爱鸟，这里多的是巧啭的鸣禽。你如爱儿童，这乡间到处是可亲的稚子。你如爱人情，这里多的是不嫌远客的乡人，你到处可以"挂单"借宿，有酪浆与嫩薯供你饱餐，有夺目的果鲜恣你尝新。你如爱酒，这乡间每"望"都为你储有上好的新酿，黑啤如太浓，苹果酒姜酒都是供你解渴润肺的。……带一卷书，走十里路，选一块清静地，看天，听鸟，读书，倦了时，和身在草绵绵处寻梦去——你能想象更适情更适性的消遣吗？

陆放翁有一联诗句："传呼快马迎新月，却上轻舆趁晚凉"；这是做地方官的风流。我在康桥时虽没马骑，没轿子坐，却也有我的风流：我常常在夕阳西晒时骑了车迎着天边扁大的日头直追。日头是追不到的，我没有夸父的荒诞，但晚景的温存却被我这样偷尝了不少。有三两幅画图似的经验至今还是栩栩的留着。只说看夕阳，我们平常只知道登山或是临海，但实际只须辽阔的天际，平地上的晚霞有时也是一样的神奇。有一次我赶到一个地方，手把着一家村庄的篱笆,隔着一大田的麦浪,看西天的变幻。有一次是正冲着一条宽广的大道,过来一大群羊,放草归来的,偌大的太阳在它们后背放射着万缕的金辉,天上却是乌青青的,只剩这不可逼视的威光中的一条大路,一群生物,我心头顿时感着神异性的压迫,我真的跪下了,对着这冉冉渐翳的金光。再有一次是更不可忘的奇景,那是临着一大片望不到头的草原,满开着艳红的罂粟,在青草里亭亭像是万盏的金灯,阳光从褐色云斜着过来,幻成一种异样紫色,透明似的不可逼视,刹那间在我迷眩了的视觉中,这草田变成了……不说也罢,说来你们也是不信的!

一别二年多了,康桥,谁知我这思乡的隐忧?也不想别的,我只要那晚钟撼动的黄昏,没遮拦的田野,独自斜倚在软草里,看第一个大星在天边出现!

印
度
洋
上
的
秋
思

　　昨夜中秋。黄昏时西天挂下一大帘的云母屏，掩住了落日的光潮，将海天一体化成暗蓝色，寂静得如黑衣尼在圣座前默祷。过了一刻，即听得船艄布篷上窸窸窣窣啜泣起来，低压的云夹着迷蒙的雨色，将海线逼得像湖一般窄，沿边的黑影，也辨认不出是山是云，但涕泪的痕迹，却满布在空中水上。

　　又是一番秋意！那雨声在急骤之中，有零落萧疏的况味，连着阴沉的气氲，只是在我灵魂的耳畔私语道："秋"！我原来无欢的心境，抵御不住那样温婉的浸润，也就开放了春夏间所积受的秋思，和此时外来的怨艾构合，产出一个弱的婴儿——"愁"。

　　天色早已沉黑，雨也已休止。但方才啜泣的云，还疏松地幕在天空，只露着些惨白的微光，预告明月已经装束齐整，专等开幕。同时船烟正在莽莽苍苍地吞吐，筑成一座蟠鳞的长桥，直联及西天尽处，和船轮泛出的一流翠波白沫，上下对照，留恋西来的踪迹。

　　北天云幕豁处，一颗鲜翠的明星，喜孜孜地先来问探消息，像新嫁媳的侍婢，也穿扮得遍体光艳，但新娘依然姗姗未出。

　　我小的时候，每于中秋夜，呆坐在楼窗外等看"月华"。若然天上有云雾缭绕，我就替"亮晶晶的月亮"担忧。若然见了鱼鳞似的云彩，我的小心就欣欣怡悦，默祷着月儿快些开花，因为我常听人说只要有"瓦楞"云，就有月华；但在月光放彩以前，我母亲早已逼我去上床，所以月华只是我脑筋里一个不曾实现的想象，直到如今。

　　现在天上砌满了瓦楞云彩，霎时间引起了我早年许多有趣的记忆——

但我的纯洁的童心,如今那里去了!

月光有一种神秘的引力。她能使海波咆哮,她能使悲绪生潮。月下的喟息可以结聚成山,月下的情泪可以培畤百亩的畹兰,千茎的紫琳肬。我疑悲哀是人类先天的遗传,否则,何以我们儿年不知悲感的时期,有时对着一泻的清辉,也往往凄心滴泪呢?

但我今夜却不曾流泪。不是无泪可滴,也不是文明教育将我最纯洁的本能锄净,却为是感觉了神圣的悲哀,将我理解的好奇心激动,想学契古特白登来解剖这神秘的"眸冷骨累"。冷的智永远是热的情的死仇。他们不能相容的。

但在这样浪漫的月夜,要来练习冷酷的分析,似乎不近人情!所以我的心机一转,重复将锋快的智刃剧起,让沉醉的情泪自然流转,听他产生什么音乐,让绻缱的诗魂漫自低回,看他寻出什么梦境。

明月正在云岩中间,周围有一圈黄色的彩晕,一阵阵的轻霭,在她面前扯过。海上几百道起伏的银沟,一齐在微叱凄其的音节,此外不受清辉的波域,在暗中愤愤涨落,不知是怨是慕。

我一面将自己一部分的情感,看入自然界的现象,一面拿着纸笔,痴望着月彩,想从她明洁的辉光里,看出今夜地面上秋思的痕迹,希冀她们在我心里,凝成高洁情绪的菁华。因为她光明的捷足,今夜遍走天涯,人间的恩怨那一件不经过她的慧眼呢?

印度的 Ganges(埂奇)河边有一座小村落,村外一个榕绒密绣的湖边,坐着一对情醉的男女,他们中间草地上放着一尊古铜香炉,烧着上品的水息,那温柔婉恋的烟篆,沉馥香浓的热气,便是他们爱感的象征——月光从云端里轻俯下来,在那女子脑前的珠串上,水息的烟尾上,印下一个慈吻,微哂,重复登上她的云艇,上前驶去。

一家别院的楼上,窗帘不曾放下,几枝肥满的桐叶正在玻璃上摇曳逗趣,月光窥见了窗内一张小蚊床上紫纱帐里,安眠着一个安琪儿似的小孩,她轻轻挨进身去,在他温软的眼睫上,嫩桃似的腮上,抚摩了一会。又将她银色的纤指,理齐了他脐圆的额发,蔼然微哂着,又回她的云海去了。

一个失望的诗人,坐在河边一块石头上,满面写着幽郁的神情,他爱人的情影,在他胸中像河水似的流动,他又不能在失望的渣滓里榨出些微甘

液,他张开两手,仰着头,让大慈大悲的月光,那时正在过路,洗沐他泪腺湿肿的眼眶,他似乎感觉到清心的安慰,立即摸出一管笔,在白衣襟上写道:

> "月光,
> 你是失望儿的乳娘!"

面海一座柴屋的窗根里,望得见屋里的内容:一张小桌上放着半块面包和几条冷肉,晚餐的剩余。窗前几上开着一本家用的圣经,炉架上两座点着的烛台,不住地在流泪,旁边坐着一个皱面扶腰的老妇人,两眼半闭地落在伏在她膝上悲泣的一个少妇,她的长裙散在地板上像一只大花蝶。老妇人掉头向窗外望,只见远远海涛起伏,和慈祥的月光在拥抱密吻,她叹了声气向着斜照在圣经上的月彩嗫道:

"真绝望了! 真绝望了!"

她独自在她精雅的书室里,把灯火一齐熄了,倚在窗口一架藤椅上,月光从东墙肩上斜泻下去,笼住她的全身,在花砖上幻出一个窈窕的倩影,她两根乖辫的发梢,她微淡的媚唇,和庭前几茎高峙的玉兰花,都在静谧的月色中微颤,她和她的呼吸,吐出一股幽香,不但邻近的花草,连月儿闻了,也禁不住迷醉,她腮边天然的妙涡,已有好几日不圆满:她瘦损了。但她在想什么呢?月光,你能否将我的梦魂带去,放在离她三五尺的玉兰花枝上。

威尔斯西境一座矿床附近,有三个工人,口衔着笨重的烟斗,在月光中间坐。他们所能想到的话都已讲完,但这异样的月彩,在他们对面的松林,左首的溪水上,平添了不可言语比说的妩媚,惟住他们工余倦极的眼珠不阖,彼此不约而同今晚较往常多抽了两斗的烟。但他们矿火熏黑,煤块擦黑的面容,表示他们心灵的薄弱,在享乐烟斗以外:虽然秋月溪声的戟刺,也不能有精美情绪之反感。等月影移西一些,他们默默地扑出了一斗灰,起身进屋,各自登床睡去。月光从屋背飘眼望进去,只见他们都已睡熟;他们即使有梦,也无非矿内矿外的景色!

月光渡过了爱尔兰海峡,爬上海尔佛林的高峰,正对着静默的红潭。潭水凝定得像一大块冰,铁青色。四周斜坦的小峰,全都满铺着蟹青和蛋白色的岩片碎石,一株矮树都没有。沿潭间有些丛草,那全体形势,正像一大青碗,现在满盛了清洁的月辉,静极了,草里不闻虫吟,水里不闻鱼跃;只有石缝里潜涧沥淅之声,断续地作响,仿佛一座大教堂里点着一星小火,益发对照出静穆宁寂的境界,月儿在铁色的潭面上,倦倚了半晌,重复报起她的银泻,过山去了。

昨天船离了新加坡以后,方向从正东改为东北,所以前几天的船稍正对落日,此后"晚霞的工厂"渐渐移到我们船向的左手来了。

昨夜吃过晚饭上甲板的时候,船右一海银波,在犀利之中涵有幽秘的彩色,凄清的表情,引起了我的凝视。那放银光的圆球正挂在你头上,如其起靠着船头仰望。她今夜并不十分鲜艳;她精圆的芳容上似乎轻笼着一层藕灰色的薄纱;轻漾着一种悲咽的音调;轻染着几痕泪化的雾霭。她并不十分鲜艳,然而她素洁温柔的光线中,犹之少女浅蓝妙眼的斜暧;犹之春阳融解在山巅白云反映的嫩色,含有不可解的迷力,媚态,世间凡具有感觉性的人,只要承沐着她的清辉,就发生也是不可理解的反应,引起隐复的内心境界的紧张,——像琴弦一样,——人生最微妙的情绪,戟震生命所蕴藏高洁名贵创现的冲动。有时在心理状态之前,或于同时,撼动躯体的组织,使感觉血液中突起冰流之冰流,嗅神经难禁之酸辛,内脏汹涌之跳动,泪腺之骤热与润湿。那就是秋月兴起的秋思——愁。

昨晚的月色就是秋思的泉源,岂止,直是悲哀幽骚悱怨沉郁的象征,是季候运转的伟剧中最神秘亦最自然的一幕,诗艺界最凄凉亦最微妙的一个消息。

今夜月明人尽望,不知秋思在谁家。

中国字形具有一种独一的妩媚,有几个字的结构,我看来纯是艺术家的匠心:这也是我们国粹之尤粹者之一。譬如"秋"字,已经是一个极美的字形;"愁"字更是文字史上有数的杰作:有石开湖晕,风扫松针的妙处,这一群点画的配置,简直经过柯罗的书篆,米仡朗其罗的雕圭,Chopin 的神感;像——用一个科学的比喻——原子的结构,将旋转宇宙的大力收缩成一个无形无纵的电核;这十三笔造成的象征,似乎是宇宙和人生悲惨的现象和经验,吁唱和涕泪,所凝成最纯粹精密的结晶,满充了催迷的秘力。你若然有高蒂闲(Gautier)异超的知感性,定然可以梦到愁字变形为秋霞黯绿色的通明宝玉,若用银槌轻击之,当吐银色的幽咽电蛇似腾入云天。

我并不是为寻秋意而看月,更不是为觅新愁而访秋月;蓄意沉浸于悲哀的生活,是丹德所不许的。我盖见月而感秋色,因秋窗而拈新愁:人是一簇脆弱而富于反射性的神经!

我重复回到现实的景色,轻裹在云锦之中的秋月,像一个遍体蒙纱的女郎,她那团圆清朗的外貌像新娘,但同时她幂弦的颜色,那是藕灰,她踟蹰的行踵,掩泣的痕迹,又使人疑是送丧的丽姝。所以我曾说:

"秋月呀!
我不盼望你团圆。"

这是秋月的特色,不论她是悬在落日残照边的新镰,与"黄昏晓"竞艳的眉钩,中宵斗没西陲的金碗,星云参差间的银床,以至一轮腴满的中秋,不论盈昃高下,总在原来澄爽明秋之中,遍洒着一种我只能称之为"悲哀的轻霭",和"传愁的以太",即使你原来无愁,见此也禁不得沾染那"灰色的音调",渐渐兴感起来!

秋月呀!
谁禁得起银指尖儿
浪漫地搔爬呵!
不信但看那一海的轻涛,可不是禁不住她玉指的抚摩,
　　在那里低徊饮泣呢! 就是那
无聊的熏烟,
秋月的美满,
熏暖了飘心冷眼,
也清冷地穿上了轻缟的衣裳,
来参与这
美满的婚姻和丧礼。

翡冷翠山居闲话

在这里出门散步去，上山或是下山，在一个晴好的五月的向晚，正像是去赴一个美的宴会，比如去一果子园，那边每株树上都是满挂着诗情最秀逸的果实，假如你单是站着看还不满意时，只要你一伸手就可以采取，可以恣尝鲜味，足够你性灵的迷醉。阳光正好暖和，决不过暖；风息是温驯的，而且往往因为他是从繁花的山林里吹度过来他带来一股幽远的淡香，连着一息滋润的水气，摩挲着你的颜面，轻绕着你的肩腰，就这单纯的呼吸已是无穷的愉快；空气总是明净的，近谷内不生烟，远山上不起霭，那美秀风景的全部正像画片似的展露在你的眼前，供你闲暇的鉴赏。

作客山中的妙处，尤在你永不须踌躇你的服色与体态；你不妨摇曳着一头的蓬草，不妨纵容你满腮的苔藓；你爱穿什么就穿什么；扮一个牧童，扮一个渔翁，装一个农夫，装一个走江湖的桀卜闪①，装一个猎户；你再不必提心整理你的领结，你尽可以不用领结，给你的颈根与胸膛一半日的自由，你可以拿一条这边艳色的长巾包在你的头上，学一个太平军的头目，或是拜伦那埃及装的姿态；但最要紧的是穿上你最旧的旧鞋，别管他模样不佳，他们是顶可爱的好友，他们承着你的体重却不叫你记起你还有一双脚在你的底下。

这样的玩顶好是不要约伴，我竟想严格的取缔，只许你独身；因为有了伴多少总得叫你分心，尤其是年轻的女伴，那是最危险最专制不过的旅伴，你应得躲避她像你躲避青草里一条美丽的花蛇！平常我们从自己家里走到

---

① 桀卜闪，现在通译为吉卜赛人。

朋友的家里，或是我们执事的地方，那无非是在同一个大牢里从一间狱室移到另一间狱室去，拘束永远跟着我们，自由永远寻不到我们；但在这春夏间美秀的山中或乡间你要是有机会独身闲逛时，那才是你福星高照的时候，那才是你实际领受，亲口尝味，自由与自在的时候，那才是你肉体与灵魂行动一致的时候。朋友们，我们多长一岁年纪往往只是加重我们头上的枷，加紧我们脚胫上的链，我们见小孩子在草里在沙堆里在浅水里打滚作乐，或是看见小猫追他自己的尾巴，何尝没有羡慕的时候，但我们的枷，我们的链永远是制定我们行动的上司！所以只有你单身奔赴大自然的怀抱时，像一个裸体的小孩扑入他母亲的怀抱时，你才知道灵魂的愉快是怎样的，单是活着的快乐是怎样的，单就呼吸单就走道单就张眼看耸耳听的幸福是怎样。因此你得严格的为己，极端的自私，只许你，体魄与性灵，与自然同在一个脉搏里跳动，同在一个音波里起伏，同在一个神奇的宇宙里自得。我们浑朴的天真是像含羞草似的娇柔，一经同伴的抵触，他就卷了起来，但在澄静的日光下，和风中，他的姿态是自然的，他的生活是无阻碍的。

你一个人漫游的时候，你就会在青草里坐地仰卧，甚至有时打滚，因为草的和暖的颜色自然的唤起你童稚的活泼；在静僻的道上你就会不自主的狂舞，看着你自己的身影幻出种种诡异的变相，因为道旁树木的阴影在他们迁徐的婆娑里暗示你舞蹈的快乐；你也会得信口的歌唱，偶尔记起断片的音调，与你自己随口的小曲，因为树林中的莺燕告诉你春光是应得赞美的；更不必说你的胸襟自然会跟着曼长的山径开拓，你的心地会看着澄蓝的天空静定，你的思想和着山壑间的水声，山罅里的泉响，有时一澄到底的清澈，有时激起成章的波动，流，流，流入凉爽的橄榄林中，流入妩媚的阿诺河去……

并且你不但不须应伴，每逢这样的游行，你也不必带书。书是理想的伴侣，但你应得带书，是在火车上，在你住处的客室里，不是在你独身漫步的时候。什么伟大的深沉的鼓舞的清明的优美的思想的根源不是可以在风籁中，云彩里，山势与地形的起伏里，花草的颜色与香息里寻得？自然是最伟大的一部书，歌德说，在他每一页的字句里我们读得最深奥的消息。并且这书上的文字是人人懂得的；阿尔帕斯与五老峰，雪西里与普陀山，莱茵河与扬子江，梨梦湖与西子湖，建兰与琼花，杭州西溪的芦雪与威尼市夕照的红潮，百灵与夜莺，更不提一般黄的黄麦，一般紫的紫藤，一般青的青草同在大地上生长,同在和风中波动——他们应用的符号是永远一致的,他们的意义是永远明显的,只要你自己心灵上不长疮瘢,眼不盲,耳不塞,这无形迹的最高等教育便永远是你的名分,这不取费的最珍贵的补剂便永远供你的受用;只要你认识了这一部书,你在这世界上寂寞时便不寂寞,穷困时不穷困,苦恼时有安慰,挫折时有鼓励,软弱时有督责,迷失时有南针。

西伯利亚

一个人到一个不曾去过的地方不免有种种的揣测，有时甚至害怕；我们不很敢到死的境界去旅行也就如此。西伯利亚：这个地名本来就容易使人发生荒凉的联想，何况现在又变了有色彩的去处，再加谣传，附会，外国存心诬蔑苏俄的报告，结果在一般人的心目中这条平坦的通道竟变了不可测的畏途。其实这都是没有根据的。西伯利亚的交通照我这次的经验看并不怎样比旁的地方麻烦，实际上那边每星期五从赤塔开到莫斯科（每星期三自莫至赤）的特快虽则是七八天的长途车，竟不会耽误时刻，那在中国就是很难得的了，你们从北京到满洲里，从满洲里到赤塔，尽可以坐二等车，但从赤塔到俄京那一星期的路程我劝你们不必省这几十块钱（不到五十），因为那国际车真是舒服，听说战前连洗澡都有设备的，比普通车位差太远了，坐长途火车是顶累人不过的，像我自己就有些晕车，所以有可以节省精力的地方还是多破费些钱来得上算，固然坐上了国际车你的同道只是体面的英、美、德、法人；你如其要参预俄国人的生活时不妨坐普通车，那就热闹了，男女不分的，小孩是常有的，车间里四张床位，除了各人的行李以外，有的是你意想不到的布置。我说给你们听听：洋瓷面盆，小木坐凳，小孩坐车，各式药瓶，洋油锅子，煎咖啡铁罐，牛奶瓶，酒瓶，小儿玩具，晒湿衣服绳子，满地的报纸，乱纸，花生壳，向日葵子壳，痰唾，果子皮，鸡子壳，面包屑……房间里的味道也就不消细说，你们自己可以想象，老实说我有点受不住，但是俄国人自会作他们的乐，往往在一团氤氲（当然大家都吸烟）的中间，说笑自说笑，唱歌的自唱歌，看书的看书，瞌睡的瞌睡，同时玻璃上的蒸气全结成了冰屑，车外只是白茫茫的一片，静悄悄的莫有声息，偶尔在树林的边沿看得见几处木板造成的小屋，屋顶透露着一缕青灰色的烟痕，报告这荒凉境地里的人迹。

吃饭一路上都有餐车，但不见佳而且贵，愿意省钱的可以到站时下去随便买些食物充饥，这每一路站上都有一两间小木屋（要不然就是几位老太太站在露天提着篮端着瓶子做生意）卖杂物的：面包，牛奶，生鸡蛋，熏鱼，苹果是平常买得到的（记着我过路的时候是三月，满地还是冰雪，解冻的时候东西一定更多）。

我动身前有人警告我说："苏俄的忌讳多的很，你得留神；上次有几个美国人在餐车里大声叫仆欧（应得叫 comrade 康姆拉特，意思是朋友、同志或伙计），叫他们一脚踢下车去死活不知下落，你这回可小心"！那是不是神话我不曾有工夫去考虑；但为叫一声仆欧就得受死刑（苏州人说的"路倒尸"）我看来有些不像，实际上出门莫谈政治，倒是真的，尤其在革命未定的国家，关于苏俄我下面再讲。我们餐车的几位康姆拉特都是顶年轻的，其中有一位实在不很讲究礼节，他每回来招呼吃饭，就像是上官发命令，斜瞟着一双眼，使动着一个不耐烦的指头，舌尖上滚出几个铁质的字音，碰的阖上你的房门，他又到间壁上发命令了！他是中等身材，胸背是顶宽的，穿一身水色的制服，肩上放一块擦桌白布，走路像疾风似的有劲；但最有意思的是他的脑袋，椭圆的脸盘，扁平的前额上斜撩着一两鬈短发，眼睛不大但显示异常的决断力，颧骨也长得高，像一个有威权的人；他每回来伺候你的神情简直要你发抖：他不是来伺候，他是来试你的胆量（我想胆子小些的客人见了他真会哭的）！他手里的杯盘，刀，又就像是半空里下冰雪一片片直削到你的面前，叫你如何不心寒；他也不知怎的有那么大气，绷紧着一张脸我始终不曾见他露过些微的笑容；我也曾故意比着可笑的手势想博他一个和善些的顾盼，谁知不行，他的脸上笼罩着西伯利亚冬的严霜，轻易如何消得；真的，他那肃杀的气概不仅是为威吓外来的过客，因为他对他的同僚我留神观察也并没有更温和的嘴脸；顶叫人不舒服的是他那口角边总是紧紧的咬着一枝半焦的俄国纸烟，端菜时也在那里，说话时也在那里，仿佛他一腔的愤慨只有永远嚼紧着牙关方可以勉强的耐着！后来看惯了倒也不觉得什么，我可是替他题上一个确切不过的徽号，叫他做"饭车里的拿破仑"，我那意大利朋友十二分的称赞我，因为他那体魄，他那神气，他的坚决，尤其是他前额上斜着的几根小

发,有时他悻悻的独自在餐车那一头站着紧攒着眉头,一只手贴着前胸,谁知这不是拿翁再世的相儿?

西伯利亚只是人少,并不荒凉。天然的景色亦自有特色,并不单调;贝加尔湖周围最美,乌拉尔一带连绵的森林不可忘。天气晴爽时空气竟像是透明的,亮极了,再加地面上雪光的反映,真叫你耀眼,你们住惯城里的难得有机会饱尝清洁的空气;下回你们要是路过西伯利亚或是同样的地方,千万不要躲懒,逢站停车时,不论天气怎样冷,总得下去散步,借冰清尖锐的气流洗净你恶浊的肺胃,那真是一个快乐,不仅你的鼻孔,就是你面上与颈上露在外面的毛孔,都受着最甜美的洗礼,给你倦懒的性灵一剂绝烈的刺激,给你松散的筋肉一个有力的约束,激荡你的志气,加添你的生命。

再有你们过西伯利亚时记着不要忙吃晚饭,牺牲最柔媚的晚景,雪地上的阳光有时幻成最娇嫩的彩色,尤其是夕阳西渐时,最普通是银红,有时鹅黄稍带绿晕。四年前我游小瑞士时初次发见雪地里光彩的变幻,这回过西伯利亚看得更满意;你们试想象晚风静定时在一片雪白平原上,疏伶伶的大树间,斜刺里平添出几大条鲜艳的彩带,是幻是真,是真是幻,那妙趣到你亲身经历时从容的辨认罢。

但我此时却不来复写我当时的印象,那太吃苦了,你们知道这逼紧了你的记忆召回早已消散了的景色,再得应用想象的光辉照出他们的颜色的深浅,是一件极伤身的工作,比发寒热时出汗还凶。并且这来碰着记不清的地方你就得凭空造,那你们又不愿意了不是?好,我想出一个简便的办法;我这本记事册的前面有几页当时随兴涂下的杂记,我就借用不是省事,就可惜我做事情总没有常性,什么都只是片断,那几段琐记又是在车上用铅笔写的英文,十个字里至少有五个字不认识,现在要来对号,真不易!我来试试。

(1)西伯利亚并不坏,天是蓝的,日光是鲜明的,暖和的,地上薄薄的铺着白雪、矮树、甘草、白皮松,到处看得见,稀稀的住人的木房子。

(2)方才过一站,下去走了一走,顶暖和。一个十岁左右卖牛奶的小姑娘手里拿瓶子卖鲜牛奶给我们。她有一只小圆脸,一双聪明的蓝眼,白净的皮肤,清秀有表情的面目,她脚上的套鞋像是一对张着大口的黄鱼,她的褂子也是古怪的样子,我的朋友给她一个半卢布的银币;她的小眼睛滚上几滚,接了过去仔细的查看,她开口问了,她要知道这钱是不是真的通用的银币;

"好的，好的，自然好的！"旁边站着看的人（俄国车站上多的是闲人）一齐喊了。她露出一点子的笑容，把钱放进了口袋，一瓶牛奶交给客人，翻着小眼对我望望，转身快快的跑了去。

（3）入境愈深，当地人民的苦况益发的明显。今天我在赤塔站上留心的看。褴褛的小孩子，从三四岁到五六岁，在站上问客人讨钱，并且也不是客气的讨法，似乎他们的手伸了出来决不肯空了回去的。不但在月台上，连站上的饭馆里都有，无数成年的男女，也不知做什么来的，全靠着我们吃饭处有木栏，斜着他们呆顿的不移动的注视，看着你蒸气的热汤或是你肘子边长条的面包。他们的样子并不恶，也不凶，可是晦涩而且阴沉，看见他们的面貌你不由的不疑问这里的人民知不知道什么是自然的喜悦的笑容。笑他们当然是会的；尤其是狂笑，当他们受足了 vodka 的影响，但那时的笑是不自然的，表示他们的变态，不是上帝给我们的喜悦。这西伯利亚的土人，与其说是受一个有自制力的脑府支配的人身体，不如说是一捆捆的原始的人道，装在破烂的黄色或深黄色的布褂与奇大的毡鞋里，他们行动，他们工作，无非是受他们内在的饿的力量所驱使，再没有别的可说了。

（4）在 lrkutsk 车停时许，他们全下去走路，天早已黑了，站内的光亮只是几只贴壁的油灯，我们本想出站，却反经过一条夹道走进了那普通待车室，在昏迷的灯光下辨认出一屋子黑黝黝的人群，那景象我再也忘不了，尤其是那气味！悲悯心禁止我尽情的描写；丹德假如到此地来过，他的地狱里一定另添一番色彩！

对面街上有一山东人开着一家小烟铺，他说他来了二十年，积下的钱还不够他回家。

（5）俄国人的生活我还是懂不得。店铺子窗户里放着的各式物品是容易认识的，但管铺子做生意的那个人，头上戴着厚毡帽，脸上满长着黄色的细毛，是一个不可捉摸的生灵；拉车的马甚至那奇形的雪橇是可以领会的，但那赶车的紧裹在他那异样的袍服里，一戴皮套的手扬着一根古旧的皮鞭，是一个不可思议的现象。

我怎样来形容西伯利亚天然的美景？气氛是晶澈的，天气澄爽时的天蓝是我们在灰沙里过日子的所不能想象的异景。森林是这里的特色：连绵，深厚，严肃，有宗教的意味。西伯利亚的林木都是直干的；不问是松，是白杨，是

青松或是灌木类的矮树丛,每株树的尖顶总是正对着天心。白杨林最多,像是带旗帜的军队,各式的军徽奕奕的闪亮着;兵士们屏息的排列着,仿佛等候什么严重的命令。松树林也多茂盛的:干子不大,也不高,像是稚松,但长得极匀净,像是园丁早晚修饰的盆景。不错,这些树的倔强的不曲性是西伯利亚,或许是俄罗斯,最明显的特性。

——我窗外的景色极美,夕阳正从西北方斜照过来,天空,嫩蓝色的,是轻敷着一层织薄的云气,平望去都是齐整的树林,严青的松,白亮的杨,浅棕的笔竖的青松——在这雪白的平原上形成一幅色彩的融和的静景。树林的顶尖尤其是美,他们在这肃静的晚景中正像是无数寺院的尖阁,排列着,对高高的蓝天默祷。在这无边的雪地里有时也看得见住人的小屋,普遍是木板造屋顶铺瓦颇像中国房子,但也有黄或红色砖砌的。人迹是难得看见的;这全部风景的情调是静极了,缄默极了,倒像是一切动性的事物在这里是不应得有位置的;你有时也看得见迟钝的牲口在雪地的走道上慢慢的动着,但这也不像是有生活的记认。……

意大利的天时小引

　　我们常听说意大利的天就比别处的不同："蓝天的意大利","艳阳的意大利","光亮的意大利"。我不曾来的时候,我常常想象意大利的天阴霾,晦塞,雾盲,昏沉那类的字在这里当然是不适用不必说,就是下雨也一定像夏天阵雨似的别有风趣,只是在雨前雨后增添天上的妩媚;我想没有云的日子一定多,头顶只见一个碧蓝的圆穹,地下只是艳丽的阳光,大致比我们冬季的北京再加几倍光亮的模样。有云的时候,也一定是最可爱的云彩,鹅毛似的白净,一条条在蓝天里挂着,要不然就是彩色最鲜艳的晚霞,玫瑰、琥珀、玛瑙、珊瑚、翡翠、珍珠什么都有;看着了那样的天(我想)心里有愁的人一定会忘所愁,本来快活的一定加倍的快活……

　　那是想象中的意大利的天与天时,但想望总不免过分;在这世界上最美满的事情离着理想的境界总还有几步路。意大利的天,虽则比别处的好,终究还不是"洞天"。你们后来的记好了,不要期望过奢;我自己幸亏多住了几天,否则不但不满意,差一些还会十分的失望。

　　初入境的印象我敢说一定是很强的。我记得那天钻出了阿尔帕斯的山脚,连环的雪峰向后直退。郎巴德的平壤像一条地毯似的直铺到前望的天边;那时头上的天与阳光的确不同,急切说不清怎样的不同,就只天蓝比往常的蓝,白云比寻常的白,阳光比平常的亮,你身边站着的旅伴说"啊这是意大利",你也脱口的回答"啊这是意大利",你的心跳就自然的会增快,你的眼力自然的会加强。田里的草,路旁的树,湖里的水都仿佛微笑着轻轻的回应你,啊这是意大利!

　　但我初到的两个星期,从米兰到威尼市,经翡冷翠去罗马,意大利的天时,你说怎样,简直是荒谬!威尼市不曾见着它有名夕照的影子,翡冷翠只是不清明,罗马最不顾廉耻,简直连绵的淫雨了四天,四月有正月的冷,什么游兴都给毁了,临了逃向翡冷翠那天我真忍不住咒了。

北戴河海滨的幻想

　　他们都到海边去了。我为左眼发炎不曾去。我独坐在前廊,偎坐在一张安适的大椅内,袒着胸怀,赤着脚,一头的散发,不时有风来撩拂。清晨的晴爽,不曾消醒我初起时睡态;但梦思却半被晓风吹断。我阖紧眼帘内视,只见一斑斑消残的颜色,一似晚霞的余赭,留恋地胶附在天边。廊前的马樱,紫荆,藤萝,青翠的叶与鲜红的花,都将他们的妙影映印在水汀上,幻出幽媚的情态无数;我的臂上与胸前,亦满缀了绿荫的斜纹。从树荫的间隙平望,正见海湾:海波亦似被晨曦唤醒,黄蓝相间的波光,在欣然的舞蹈。滩边不时见白涛涌起,迸射着雪样的水花。浴线内点点的小舟与浴客,水禽似的浮着;幼童的欢叫,与水波拍岸声,与潜涛呜咽声,相间的起伏,竞报一滩的生趣与乐意。但我独坐的廊前,却只是静静的,静静的无甚声响。妩媚的马樱,只是幽幽的微颤着,蝇虫也敛翅不飞。只有远近树里的秋蝉在纺纱似的缲引他们不尽的长吟。

　　在这不尽的长吟中,我独坐在冥想。难得是寂寞的环境,难得是静定的意境;寂寞中有不可言传的和谐,静默中有无限的创造。我的心灵,比如海滨,生平初度的怒潮,已经渐次的消翳,只剩有疏松的海砂中偶尔的回响,更有残缺的贝壳,反映星月的辉芒。此时摸索潮余的斑痕,追想当时汹涌的情景,是梦或是真,再亦不须辨问,只此眉梢的轻皱,唇边的微哂,已足解释无穷奥绪,深深的蕴伏在灵魂的微纤之中。

　　青年永远趋向反叛,爱好冒险;永远如初度航海者,幻想黄金机缘于浩淼的烟波之外;想割断系岸的缆绳,扯起风帆,欣欣的投入无垠的怀抱。他厌

恶的是平安，自喜的是放纵与豪迈。无颜色的生涯，是他目中的荆棘；绝海与凶巇，是他爱自由的途径。他爱折玫瑰：为她的色香，亦为她冷酷的刺毒。他爱搏狂澜：为他的庄严与伟大，亦为他吞噬一切的天才，最是激发他探险与好奇的动机。他崇拜冲动：不可测，不可节，不可预逆，起，动，消歇皆在无形中，狂飚似的倏忽与猛烈与神秘。他崇拜斗争：从斗争中求剧烈的生命之意义，从斗争中求绝对的实在，在血染的战阵中，呼噉胜利之狂欢或歌败丧的哀曲。

幻象消灭是人生里命定的悲剧；青年的幻灭，更是悲剧中的悲剧，夜一般的沉黑，死一般的凶恶。纯粹的，猖狂的热情之火，不同阿拉亭的神灯，只能放射一时的异彩，不能永久的朗照；转瞬间，或许，便已敛熄了最后的焰舌，只留存有限的余烬与残灰，在未灭的余温里自伤与自慰。

流水之光，星之光，露珠之光，电之光，在青年的妙目中闪耀，我们不能不惊讶造化者艺术之神奇；然可怖的黑影，倦与衰与饱餍的黑影，同时亦紧紧的跟着时日进行，仿佛是烦恼，痛苦，失败，或庸俗的尾曳，亦在转瞬间，彗星似的扫灭了我们最自傲的神辉——流水涸，明星没，露珠散灭，电闪不再！

在这艳丽的日辉中，只见愉悦与欢舞与生趣，希望，闪烁的希望，在荡漾，在无穷的碧空中，在绿叶的光泽里，在虫鸟的歌吟中，在青草的摇曳中——夏之荣华，春之成功。春光与希望，是长驻的；自然与人生，是调谐的。

在远处有福的山谷内，莲馨花在坡前微笑，稚羊在乱石间跳跃，牧童们，有的吹着芦笛，有的平卧在草地上，仰看交幻的浮游的白云，放射下的青影在初黄的稻田中缥缈地移过。在远处安乐的村中，有妙龄的村姑，在流涧边照映她自制的春裙；口衔烟斗的农夫三四，在预度秋收的丰盈，老妇人们坐在家门外阳光中取暖，她们的周围有不少的儿童，手擎着黄白的钱花在环舞与欢呼。

在远——远处的人间，有无限的平安与快乐，无限的春光……

在此暂时可以忘却无数的落蕊与残红；亦可以忘却花荫中掉下的枯叶，私语地预告三秋的情意；亦可以忘却苦恼的僵瘪的人间，阳光与雨露的殷勤，不能再恢复他们腮颊上生命的微笑，亦可以忘却纷争的互杀的人间，阳光与雨露的仁慈，不能感化他们凶恶的兽性；亦可以忘却庸俗的卑琐的人间，行云与朝露的丰姿，不能引逗他们刹那间的凝视；亦可以忘却自觉的失望的人间，绚烂的春时与媚草，只能反激他们悲伤的意绪。

　　我亦可以暂时忘却我自身的种种；忘却我童年期清风白水似的天真；忘却我少年期种种虚荣的希冀；忘却我渐次的生命的觉悟；忘却我热烈的理想的寻求；忘却我心灵中乐观与悲观的斗争；忘却我攀登文艺高峰的艰辛；忘漩刹那的启示与彻悟之神奇；忘却我生命潮流之骤转；忘却我陷落在危险的旋涡中之幸与不幸；忘却我追忆不完全的梦境；忘却我大海底里埋首的秘密；忘却曾经刳割我灵魂的利刃，炮烙我灵魂的烈焰，摧毁我灵魂的狂飙与暴雨；忘却我的深刻的怨与艾；忘却我的冀与愿；忘却我的恩泽与惠感；忘却我的过去与现在……

　　过去的实在，渐渐的膨胀，渐渐的模糊，渐渐的不可辨认；现在的实在，渐渐的收缩，逼成了意识的一线，细极狭极的一线，又裂成了无数不相连续的黑点……黑点亦渐次的隐翳？幻术似的灭了，灭了，一个可怕的黑暗的空虚……

泰
山
日
出

　　振铎来信要我在《小说月报》的泰戈尔号上说几句话。我也曾答应了，但这一时游济南游泰山游孔陵，太乐了，一时竟拉不拢心思来做整篇的文字，一直挨到现在期限快到，只得勉强坐下来，把我想得到的话不整齐的写出。

　　我们在泰山顶上看出太阳。在航过海的人，看太阳从地平线下爬上来，本不是奇事；而且我个人是曾饱饫过江海与印度洋无比的日彩的。但在高山顶上看日出，尤其在泰山顶上，我们无餍的好奇心，当然盼望一种特异的境界，与平原或海上不同的。果然，我们初起时，天还暗沉沉的，西方是一片的铁青，东方些微有些白意，宇宙只是——如用旧词形容——一体莽莽苍苍的。但这是我一面感觉劲烈的晓寒，一面睡眼不曾十分醒豁时约略的印象。等到留心回览时，我不由的大声的狂叫——因为眼前只是一个见所未见的境界。原来昨夜整夜暴风的工程，却砌成一座普遍的云海，除了日观峰与我们所在的玉皇顶以外，东西南北只是平铺着弥漫的云气，在朝旭未露前，宛似无量数厚毛长绒的绵羊，交颈接背的眠着，卷耳与弯角都依稀辨认得出。那时候在这茫茫的云海中，我独自站在雾霭溟蒙的小岛上，发生了奇异的幻想——

　　我躯体无限的长大，脚下的山峦比例我的身量，只是一块拳石；这巨人披着散发，长发在风里像一面墨色的大旗，飒飒的在飘荡。这巨人竖立在大地的顶尖上，仰面向着东方，平拓着一双长臂，在盼望，在迎接，在催促，在默默的叫唤；在崇拜，在祈祷，在流泪——在流久慕未见而将见悲喜交互的热泪……

这泪不是空流的，这默祷不是不生显应的。

巨人的手，指向着东方——

东方有的，在展露的，是什么？

东方有的是瑰丽荣华的色彩，东方有的是伟大普照的光明——出现了，到了，在这里了……

玫瑰汁、葡萄浆、紫荆液、玛瑙精、霜枫叶——大量的染工，在层累的云底工作；无数蜿蜒的鱼龙，爬进了苍白色的云堆。

一方的异彩，揭去了满天的睡意，唤醒了四隅的明霞——光明的神驹，在热奋地驰骋……

云海也活了；眠熟了兽形的涛澜，又回复了伟大的呼啸，昂头摇尾的向着我们朝露染青馒形的小岛冲洗，激起了四岸的水沫浪花，震荡着这生命的浮礁，似在报告光明与欢欣之临在……

再看东方——海句力士已经扫荡了他的阻碍，雀屏似的金霞，从无垠的肩上产生，展开在大地的边沿。……起……用力，用力。纯焰的圆颅，一探再探的跃出了地平，翻登了云背，临照在天空……

歌唱呀，赞美呀，这是东方之复活，这是光明的胜利……

散发祷祝的巨人，他的身影横亘在无边的云海上，已经渐渐的消翳在普遍的欢欣里；现在他雄浑的颂美的歌声，也已在霞彩变幻中，普彻了四方八隅……

听呀，这普彻的欢声；看呀，这普照的光明！

这是我此时回忆泰山日出时的幻想，亦是我想望泰戈尔来华的颂词。

丑西湖

"欲把西湖比西子，浓妆淡抹总相宜。"我们太把西湖看理想化了。夏天要算是西湖浓妆的时候，堤上的杨柳绿成一片浓青，里湖一带的荷叶荷花也正当满艳，朝上的烟雾，向晚的晴霞，那样不是现成的诗料，但这西姑娘你爱不爱？我是不成，这回一见面我回头就逃！什么西湖这简直是一锅腥臊的热汤！西湖的水本来就浅，又不流通，近来满湖又全养了大鱼，有四五十斤的，把湖里袅袅婷婷的水草全给咬烂了，水浑不用说，还有那鱼腥味儿顶叫人难受。说起西湖养鱼，我听得有种种的说法，也不知那样是内情：有说养鱼干脆是官家谋利，放着偌大一个鱼沼，养肥了鱼打了去卖不是顶现成的；有说养鱼是为预防水草长得太放肆了怕塞满了湖心；也有说这些大鱼都是大慈善家们为要延寿或是求子或是求财源茂健特为从别地方买了来放生在湖里的，而且现在打鱼当官是不准。不论怎么样，西湖确是变了鱼湖了。六月以来杭州据说一滴水都没有过，西湖当然水浅得像个干血痨的美女，再加那腥味儿！今年南方的热，说来我们住惯北方的也不易信，白天热不说，通宵到天亮也不见放松，天天大太阳，夜夜满天星，节节高的一天暖似一天。杭州更比上海不堪，西湖那一洼浅水用不到几个钟头的晒就离滚沸不远什么，四面又是山，这热是来得去不得，一天不发大风打阵，这锅热汤，就永远不会凉。我那天到了晚上才雇了条船游湖，心想比岸上总可以凉快些。好，风不来还熬得，风一来可真难受极了，又热又带腥味儿，真叫人发眩作呕，我同船一个朋友当时就病了，我记得红海里两边的沙漠风都似乎较为可耐些！夜间十二点我们回家的时候都还是热虎虎的。还有湖里的蚊虫！简直是一群群的大水鸭子！你一生定就活该。

这西湖是太难了，气味先就不堪。再说沿湖的去处，本来顶清淡宜人的一个地方是平湖秋月，那一方平台，几棵杨柳，几折回廊，在秋月清澈的凉夜去坐着看湖确是别有风味，更好在去的人绝少，你夜间去总可以独占，唤起看守的人来泡一碗清茶，冲一杯藕粉，和几个朋友闲谈着消磨他半夜，真是清福。我三年前一次去有琴友有笛师，躺平在杨树底下看揉碎的月光，听水面上翻响的幽乐，那逸趣真不易。西湖的俗化真是一日千里，我每回去总添一度伤心：雷峰也羞跑了，断桥折成了汽车桥，哈得在湖心里造房子，某家大少爷的汽油船在三尺的柔波里兴风作浪，工厂的烟替代了出岫的霞，大世界以及什么舞台的锣鼓充当了湖上的啼莺，西湖，西湖，还有什么可留恋的！这回连平湖秋月也给糟蹋了，你信不信？

"船家，我们到平湖秋月去，那边总还清静。"

"平湖秋月？先生，清静是不清静的，格歇开了酒馆，酒馆着实闹忙哩，你看，望得见的，穿白衣服的人多煞勒瞎，扇子□得活血血的，还有唱唱的，十七八岁的姑娘，听听看——是无锡山歌哩，胡琴都蛮清爽的……"

那我们到楼外楼去吧。谁知楼外楼又是一个伤心！原来楼外楼那一楼一底的旧房子斜斜的对着湖心亭，几张揩抹得发白光的旧桌子，一两个上年纪的老堂倌，活络络的鱼虾，滑齐齐的莼菜，一壶远年，一碟盐水花生，我每回到西湖往往偷闲独自跑去领略这点子古色古香，靠在阑干上从堤边杨柳荫里望滟滟的湖光，晴有晴色，雨雪有雨雪的景致，要不然月上柳梢时意味更长，好在是不闹，晚上去也是独占的时候多，一边喝着热酒，一边与老堂倌随便讲讲湖上风光，鱼虾行市，也自有一种说不出的愉快。但这回连楼外楼都变了面目！地址不曾移动，但翻造了三层楼带屋顶的洋式门面，新漆亮光光的刺眼，在湖中就望见楼上电扇的疾转，客人闹盈盈的挤着，堂倌也换了，穿上西崽的长袍，原来那老朋友也看不见了，什么闲情逸趣都没有了！我们没办法移一个桌子在楼下马路边吃了一点东西，果然连小菜都变了，真是可伤。泰戈尔来看了中国，发了很大的感慨。他说，"世界上再没有第二个民族像你们这样蓄意的制造丑恶的精神"。怪不过老头牢骚，他来时对中国是怎样的期望（也许是诗人的期望），他看到的又是怎样一个现实！狄更生先生有一篇绝妙的文章，是他游泰山以后的感想，他对照西方人的俗与我们的雅，

他们的唯利主义与我们的闲暇精神。他说只有中国人才真懂得爱护自然,他们在山水间的点缀是没有一点辜负自然的;实际上他们处处想法子增添自然的美,他们不容许煞风景的事业。他们在山上造路是依着山势回环曲折,铺上本山的石子,就这山道就饶有趣味,他们宁可牺牲一点便利,不愿斫丧自然的和谐。所以他们造的是妩媚的石径;欧美人来时不开马路就来穿山的电梯。他们在原来的石块上刻上美秀的诗文,漆成古色的青绿,在苔藓间掩映生趣;反之在欧美的山石上只见雪茄烟与各种生意的广告。他们在山林丛密处透出一角寺院的红墙,西方人起的是几层楼嘈杂的旅馆。听人说中国人得效法欧西,我不知道应得自觉虚心做学徒的究竟是谁?

这是十五年前狄更生先生来中国时感想的一节。我不知道他现在要是回来看看西湖的成绩,他又有什么妙文来颂扬我们的美德!

说来西湖真是个爱伦内①。论山水的秀丽,西湖在世界上真有位置。那山光,那水色,别有一种醉人处,叫人不能不生爱。但不幸杭州的人种(我也算是杭州人),也不知怎的,特别的来得俗气来得陋相。不读书人无味,读书人更可厌,单听那一口杭白,甲隔甲隔的,就够人心烦!看来杭州人话会说(杭州人真会说话!),事也会做,近年来就"事业"方面看,杭州的建设的确不少,例如西湖堤上的六条桥就全给拉平了替汽车公司帮忙;但不幸经营山水的风景是另一种事业,决不是开铺子,做官一类的事业。平常布置一个小小的园林,我们尚且说总得主人胸中有些丘壑,如今整个的西湖放在一班大老的手里,他们的脑子里平常想些什么我不敢猜度,但就成绩看,他们的确是只图每年"我们杭州"商界收入的总数增加多少的一种头脑!开铺子的老班们也许沾了光,但是可怜的西湖呢?分明天生俊俏的一个少女,生生的叫一群粗汉去替她涂脂抹粉,就说没有别的难堪情形,也就够煞风景又煞风景!天啊,这苦恼的西子!

但是回过来说,这年头那还顾得了美不美!江南总算是天堂,到今天为止。别的地方人命只当得虫子,有路不敢走,有话不敢说,还来搭什么臭绅士的架子,挑什么够美不够美的鸟眼?

---

① 爱伦内,英语"反讽"(irony)的音译。

天目山中笔记

佛于大众中　说我尝作佛　闻如是法音　疑悔悉已除
初闻佛所说　心中大惊疑　将非魔作佛　恼乱我心耶
————莲华经譬喻品

　　山中不定是清静。庙宇在参天的大木中间藏着，早晚间有的是风，松有松声，竹有竹韵，鸣的禽，叫的虫子，阁上的大钟，殿上的木鱼，庙身的左边右边都安着接泉水的粗毛竹管，这就是天然的笙箫，时缓时急的参和着天空地上种种的鸣籁。静是不静的；但山中的声响，不论是泥土里的蚯蚓叫或是轿夫们深夜里"唱宝"的异调，自有一种各别处：它来得纯粹，来得清亮，来得透澈，冰水似的沁入你的脾肺；正如你在泉水里洗濯过后觉得清白些，这些山籁，虽则一样是音响，也分明有洗净的功能。

　　夜间这些清籁摇着你入梦，清早上你也从这些清籁的怀抱中苏醒。

　　山居是福，山上有楼住更是修得来的。我们的楼窗开处是一片蓊葱的林海；林海外更有云海！日的光，月的光，星的光：全是你的。从这三尺方的窗户你接受自然的变幻；从这三尺方的窗户你散放你情感的变幻。自在；满足。

　　今早梦回时睁眼见满帐的霞光。鸟雀们在赞美；我也加入一份。它们的是清越的歌唱，我的是潜深一度的沉默。

　　钟楼中飞下一声宏钟，空山在音波的磅礴中震荡。这一声钟激起了我的思潮。不，潮字太夸；说思流罢。耶教人说阿门，印度教人说"欧姆"（O—m），与这钟声的嗡嗡，同是从撮口外摄到阖口内包的一个无限的波动：分明是外

扩，却又是内潜；一切在它的周缘，却又在它的中心；同时是皮又是核，是轴亦复是廓。这伟大奥妙的"Om"使人感到动，又感到静；从静中见动，又从动中见静。从安住到飞翔，又从飞翔回复安住；从实在境界超入妙空，又从妙空化生实在：

"闻佛柔软音，深远甚微妙。"

多奇异的力量！多奥妙的启示！包容一切冲突性的现象，扩大刹那间的视域，这单纯的音响，于我是一种智灵的洗净。花开，花落，天外的流星与田畔间的飞萤，上绾云天的青松，下临绝海的巉岩，男女的爱，珠宝的光，火山的熔液；一婴儿在它的摇篮中安眠。

这山上的钟声是昼夜不间歇的，平均五分钟时一次。打钟的和尚独自在钟头上住着，据说他已经不间歇的打了十一年钟，他的愿心是打到他不能动弹的那天。钟楼上供着菩萨，打钟人在大钟的一边安着他的"座"，他每晚是坐着安神的，一只手挽着钟橦的一头，从长期的习惯，不叫睡眠耽误他的职司。"这和尚"，我自忖，"一定是有道的！和尚是没道理的多：方才那知客僧想把七窍蒙充六根，怎么算总多了一个鼻孔或是耳孔；那方丈师的谈吐里不少某督军与某省长的点缀；那管半山亭的和尚更是贪嗔的化身，无端摔破了两个无辜的茶碗。但这打钟和尚，他一定不是庸流不能不去看看！"他的年岁在五十开外，出家有二十九年，这钟楼，不错，是他管的，这钟是他打的（说着他就过去撞了一下），他每晚，也不错，是坐着安神的，但此外，可怜，我的俗眼竟看不出什么异样。他拂拭着神龛，神坐，拜垫，换上香烛，掇一盂水，洗一把青菜，捻一把米，擦干了手接受香客的布施，又转身去撞一声钟。他脸上看不出修行的清癯，却没有失眠的倦态，倒是满满的不时有笑容的展露；念什么经；不，就念阿弥陀佛，他竟许是不认识字的。"那一带是什么山，叫什么，和尚？""这里是天目山，"他说。"我知道，我说的是那一带的，"我手点着问。"我不知道，"他回答。

山上另有一个和尚，他住在更上去昭明太子读书台的旧址，盖着几间屋，供着佛像，也归庙管的，叫做茅棚。但这不比得普陀山上的真茅棚，那看了怕人的，坐着或是偎着修行的和尚没一个不是鹄形鸠面，鬼似的东西。他们不开口的多,你爱布施什么就放在他跟前的篓子或是盘子里,他们怎么也不睁眼,不出声,随你给的是金条或是铁条。人说得更奇了,有的半年没有吃过东西,不曾挪过窝,可还是没有死,就这冥冥的坐着。他们大约离成佛不远了,单看他们的脸色,就比石片泥土不差什么,一样这黑刺刺,死僵僵的。"内中有几个,"香客们说,"已经成了活佛,我们的祖母早三十年来就看见他们这样坐着的!"

但天目山的茅棚以及茅棚里的和尚,却没有那样的浪漫出奇。茅棚是尽够蔽风雨的屋子,修道的也是活鲜鲜的人,虽则他并不因此减却他给我们的趣味。他是一个高身材,黑面目,行动迟缓的中年人;他出家将近十年,三年前坐过禅关,现在这山上茅棚里来修行;他在俗家时是个商人,家中有父母兄弟姊妹,也许还有自身的妻子;他不曾明说他中年出家的缘由。他只说"俗业太重了,还是出家从佛的好。"但从他沉着的语音与持重的神态中可以觉出他不仅是曾经在人事上受过磨折,并且是在思想上能分清黑白的人。他的口,他的眼,都泄漏着他内里强自抑制,魔与佛交斗的痕迹;说他是放过火杀过人的忏悔者,可信;说他是个回头的浪子,也可信。他不比那钟楼上人的不着颜色,不露曲折:他分明是色的世界里逃来的一个囚犯。三年的禅关,三年的草棚,还不曾压倒,不曾灭净,他肉身的烈火。"俗业太重了,不如出家从佛的好";这话里岂不颤栗着一往忏悔的深心?我觉着好奇;我怎么能得知他深夜趺坐时意念的究竟?

> 佛于大众中　说我尝作佛　闻如是法音　疑悔悉已除
> 初闻佛所说　心中大惊疑　将非魔作佛　恼乱我心耶

但这也许看太奥了。我们承受西洋人生观洗礼的,容易把做人看太积极,入世的要求太猛烈,太不肯退让,把住这热乎乎的一个身子一个心放进生活的轧床去,不叫他留存半点汁水回去;非到山穷水尽的时候,决不肯认输,退后,收下旗帜;并且即使承认了绝望的表示,他往往直接向生存本体的取决,不来半不阑珊的收回了步子向后退:宁可自杀。干脆的生命的断绝,不来出家,那是生命的否认。不错,西洋人也有出家做和尚做尼姑的,例如亚佩腊与爱洛绮丝,但在他们是情感方面的转变,原来对人的爱移作对上帝的

爱,这知感的自体与它的活动依旧不含糊的在着;在东方人,这出家是求情感的消灭,皈依佛法或道法,目的在自我一切痕迹的解脱。再说,这出家或出世的观念的老家,是印度不是中国,是跟着佛教来的;印度可以会发生这类思想,学者们自有种种哲理上乃至物理上的解释,也尽有趣味的。中国何以能容留这类思想,并且在实际上出家做尼僧的今天不比以前少(我新近一个朋友差一点做了小和尚!),这问题正值得研究,因为这分明不仅仅是个知识乃至意识的浅深问题,也许这情形尽有极有趣味的解释的可能,我见闻浅,不知道我们的学者怎样想法,我愿意领教。

『迎上前去』

　　这回我不撒谎，不打隐谜，不唱反调，不来烘托；我要说几句至少我自己信得过的话，我要痛快的招认我自己的虚实，我愿意把我的花押画在这张供状的末尾。

　　我要求你们大量的容许，准我在我第一天接手《晨报副刊》的时候，介绍我自己，解释我自己，鼓励我自己。

　　我相信真的理想主义者是受得住眼看他往常保持着的理想煨成灰，碎成断片，烂成泥，在这灰这断片这泥的底里，他再来发见他更伟大更光明的理想。我就是这样的一个。

　　只有信生病是荣耀的人们才来不知耻的高声嚷痛：这时候他听着有脚步声，他以为有帮助他的人向着他来，谁知是他自己的灵性离了他去！真有志气的病人，在不能自己豁脱苦痛的时候，宁可死休，不来忍受医药与慈善的侮辱。我又是这样的一个。

　　我们在这生命里到处碰头失望，连续遭逢"幻灭"头顶只见乌云，地下满是黑影；同时我们的年岁，病痛，工作，习惯，恶狠狠的压上我们的肩背，一天重似一天，在无形中嘲讽的呼喝着，"倒，倒，你这不量力的蠢材！"因此你看这满路的倒尸，有全死的，有半死的，有爬着挣扎的，有默无声息的……嘿！生命这十字架，有几个人抗得起来？

　　但生命还不是顶重的担负，比生命更重实更压得死人的是思想那十字架。人类心灵的历史里能有几个天成的孟贲乌育？在思想可怕的战场上我们就只有数得清有限的几具光荣的尸体。

我不敢非分的自夸；我不够狂，不够妄。我认识我自己力量的止境，但我却不能制止我看了这时候国内思想界萎瘪现象的愤懑与羞恶。我要一把抓住这时代的脑袋，问它要一点真思想的精神给我看看——不是借来的税来的冒来的描来的东西，不是纸糊的老虎，摇头的傀儡，蜘蛛网幕面的偶像；我要的是筋骨里迸出来，血液里激出来，性灵里跳出来，生命里震荡出来的真纯的思想。我不来问他要，是我的懦怯；他拿不出来给我看，是他的耻辱。朋友，我要你选定一边，假如你不能站在我的对面，拿出我要的东西来给我看，你就得站在我这一边，帮着我对这时代挑战。

我预料有人笑骂我的大话。是的，大话。我正嫌这年头的话太小了，我们是得造一个比小更小的字来形容这年头听着的说话，写下印成的文字；我们得请一个想象力细致如史魏夫脱（Dean Swift）的来描写那些说小话的小口，说尖话的尖嘴。一大群的食蚁兽！他们最大的快乐是忙着他们的尖喙在泥土里垦寻细微的蚂蚁。蚂蚁是吃不完的，同时这可笑的尖嘴却益发不住的向尖的方向进化，小心再隔几代连蚂蚁这食料都显太大了！

我不来谈学问，我不配，我书本的知识是真的十二分的有限。年轻的时候我念过几本极普通的中国书，这几年不但没有知新，温故都说不上，我实在是孤陋，但我却抱定孔子的一句话"知之为知之，不知为不知，是知也"，决不来强不知为知；我并不看不起国学与研究国学的学者，我十二分尊敬他们，只是这部分的工作我只能艳羡的看他们去做，我自己恐怕不但今天，竟许这辈子都没希望参加的了。外国书呢？看过的书虽则有几本，但是真说得上"我看过的"能有多少，说多一点，三两篇戏，十来首诗，五六篇文章，不过这样罢了。

科学我是不懂的，我不曾受过正式的训练，最简单的物理化学，都说不明白，我要是不预备就去考中学校，十分里有九分是落第，你信不信！天上我只认识几颗大星，地上几棵大树！这也不是先生教我的；从先生那里学来的，十几年学校教育给我的究竟有些什么，我实在想不起，说不上，我记得的只是几个教授可笑的嘴脸与课堂里强烈的催眠的空气。

我人事的经验与知识也是同样的有限，我不曾做过工；我不曾尝味过生活的艰难，我不曾打过仗，不曾坐过监，不曾进过什么秘密党，不曾杀过人，不曾做过买卖，发过一个大的财。

　　所以你看，我只是个极平常的人，没有出人头地的学问，更没有非常的经验。但同时我自信我也有我与人不同的地方。我不曾投降这世界。我不受它的拘束。

　　我是一只没笼头的野马，我从来不曾站定过。我人是在这社会里活着，我却不是这社会里的一个，像是有离魂病似的，我这躯壳的动静是一件事，我那梦魂的去处又是一件事。我是一个傻子：我曾经妄想在这流动的生里发见一些不变的价值，在这打谎的世上寻出一些不磨灭的真，在我这灵魂的冒险是生命核心里的意义；我永远在无形的经验的巉岩上爬着。

　　冒险——痛苦——失败——失望，是跟着来的，存心冒险的人就得打算他最后的失望；但失望却不是绝望，这分别很大。我是曾经遭受失望的打击，我的头是流着血，但我的脖子还是硬的；我不能让绝望的重量压住我的呼吸，不能让悲观的慢性病侵蚀我的精神，更不能让厌世的恶质染黑我的血液。厌世观与生命是不可并存的；我是一个生命的信徒，起初是的，今天还是的，将来我敢说也是的。我决不容忍性灵的颓唐，那是最不可救药的堕落，同时却继续躯壳的存在；在我，单这开口说话，提笔写字的事实，就表示后背有一个基本的信仰，完全的没破绽的信仰；否则我何必再做什么文章，办什么报刊？

　　但这并不是说我不感受人生遭遇的痛创；我决不是那童骏性的乐观主义者；我决不来指着黑影说这是阳光，指着云雾说这是青天，指着分明的恶说这是善；我并不否认黑影，云雾和恶，我只是不怀疑阳光与青天与善的实在；暂时的掩蔽与侵蚀，不能使我们绝望，这正应得加倍的激动我们寻求光明的决心。前几天我觉着异常懊丧的时候无意中翻着尼采的一句话，极简单的几个字即涵有无穷的意义与强悍的力量，正如天上星斗的纵横与山川的经纬，在无声中暗示你人生的奥义，祛除你的迷惘，照亮你的思路，他说"受苦的人没有悲观的权利"（The sufferer has no right to pessimism），我那时感受一种异样的惊心，一种异样的彻悟：——

　　　　我不辞痛苦，因为我要认识你，上帝；

　　　　我甘心，甘心在火焰里存身，

　　　　到最后那时辰见我的真，

见我的真，我定了主意，上帝，再不迟疑！

所以我这次从南边回来，决意改变我对人生的态度，我写信给朋友说这来要来认真做一点"人的事业"了。——

我再不想成仙，蓬莱不是我的份；
我只要这地面，情愿安分的做人。

在我这"决心做人，决心做一点认真的事业"，是一个思想的大转变；因为先前我对这人生只是不调和不承认的态度，因此我与这现世界并没有什么相互的关系，我是我，它是它，它不能责备我，我也不来批评它，但这来我决心做人的宣言却就把我放进了一个有关系，负责任的地位，我再不能张着眼睛做梦，从今起得把现实当现实看：我要来察看，我要来检查，我要来清除，我要来颠扑，我要来挑战，我要来破坏。

人生到底是什么？我得先对我自己给一个相当的答案。人生究竟是什么？为什么这形形色色的，纷扰不清的现象——宗教，政治，社会，道德，艺术，男女，经济？我来是来了，可还是一肚子的不明白，我得慢慢的看古玩似的，一件件拿在手里看一个清切再来说话，我不敢保证我的话一定在行，我敢担保的只是我自己思想的忠实，我前面说过我的学识是极浅陋的，但我却并不因此自馁，有时学问是一种束缚，知识是一层障碍，我只要能信得过我能看的眼，能感受的心，我就有我的话说；至于我说的话有没有人听，有没有人懂，那是另外一件事我管不着了——"有的人身死了才出世的"，谁知道一个人有没有真的出世那一天？

是的，我从今起要迎上前去！生命第一个消息是活动，第二个消息是搏斗，第三个消息是决定；思想也是的，活动的下文就是搏斗。搏斗就包含一个搏斗的对象，许是人，许是问题，许是现象，许是思想本体。一个武士最大的期望是寻着一个相当的敌手，思想家也是的，他也要一个可以较量他充分的力量的对象，"攻击是我的本性，"一个哲学家说，"要与你的对手相当——这是一个正直的决斗的第一个条件。你心存鄙夷的时候你不能搏斗。你占上风，你认定对手无能的时候你不应当搏斗。我的战略可以约成四个原则：——第一，我专打正占胜利的对象——在必要时我暂缓我的攻击，等他胜利了再开手；第二，我专打没有人打的对象，我这边不会有助手，我单独的站定一边——在这搏斗中我难为的只是我自己；第三，我永远不来对人的攻击——在必要时我只拿一个人格当显微镜用，借它来显出某种普遍的，但却隐遁不易踪迹的恶性；第四，我攻击某事物的动机，不包含私人嫌隙的关系，在我攻击是一个善意的，而且在某种情况下，感恩的凭证。"

这位哲学家的战略，我现在僭引作我自己的战略，我盼望我将来不至于在搏斗的沉酣中忽略了预定的规律，万一疏忽时我恳求你们随时提醒。我现在戴我的手套去！

自剖

我是个好动的人：每回我身体行动的时候，我的思想也仿佛就跟着跳荡。我做的诗，不论它们是怎样的"无聊"，有不少是在行旅期中想起的。我爱动，爱看动的事物，爱活泼的人，爱水，爱空中的飞鸟，爱车窗外掣过的田野山水。星光的闪动，草叶上露珠的颤动，花须在微风中的摇动，雷雨时云空的变动，大海中波涛的汹涌，都是在触动我感兴的情景。是动，不论是什么性质，就是我的兴趣，我的灵感。是动就会催快我的呼吸，加添我的生命。

近来却大大的变样了。第一我自身的肢体，已不如原先灵活；我的心也同样的感受了不知是年岁还是什么的拘挛。动的现象再不能给我欢喜，给我启示。先前我看着在阳光中闪烁的金波，就仿佛看见了神仙宫阙——什么荒诞美丽的幻觉，不在我的脑中一闪闪的掠过；现在不同了，阳光只是阳光，流波只是流波，任凭景色怎样的灿烂，再也照不化我的呆木的心灵。我的思想，如其偶尔有，也只似岩石上的藤萝，贴着枯干的粗糙的石面，极困难的蜒着；颜色是苍黑的，姿态是崛强的。

我自己也不懂得何以这变迁来得这样的兀突，这样的深彻。原先我在人前自觉竟是一注的流泉，在在有飞沫，在在有闪光；现在这泉眼，如其还在，仿佛是叫一块石板不留余隙的给镇住了。我再没有先前那样蓬勃的情趣，每回我想说话的时候，就觉着那石块的重压，怎么也掀不动，怎么也推不开，结果只能自安沉默！"你再不用想什么了，你再没有什么可想的了"；"你再不用开口了，你再没有什么话可说的了"，我常觉得我沉闷的心府里有这样半嘲讽半吊唁的谆嘱。

　　说来我思想上或经验上也并不曾经受什么过分剧烈的戟刺。我处境是向来顺的，现在，如其有不同，只是更顺了的。那么为什么这变迁？远的不说，就比如我年前到欧洲去时的心境：啊！我那时还不是一只初长毛角的野鹿？什么颜色不激动我的视觉，什么香味不奋兴我的嗅觉？我记得我在意大利写游记的时候，情绪是何等的活泼，兴趣何等的醇厚，一路来眼见耳听心感的种种，那一样不活栩栩的丛集在我的笔端，争求充分的表现！如今呢？我这次到南方去，来回也有一个多月的光景，这期内眼见耳听心感的事物也该有不少。我未动身前，又何尝不自喜此去又可以有机会饱餐西湖的风色，邓尉的梅香——单提一两件最合我脾胃的事。有好多朋友也曾期望我在这闲暇的假期中采集一点江南风趣，归来时，至少也该带回一两篇爽口的诗文，给在北京泥土的空气中活命的朋友们一些清醒的消遣。但在事实上不但在南中时我白瞪着大眼，看天亮换天昏，又闭上了眼，拼天昏换天亮，一枝秃笔跟着我涉海去，又跟着我涉海回来，正如岩洞里的一根石笋，压根儿就没一点摇动的消息；就在我回京后这十来天，任凭朋友们怎样的催促，自己良心怎样的责备，我的笔尖上还是滴不出一点墨沈来。我也曾勉强想想，勉强想写，但到底还是白费！可怕是这心灵骤然的呆顿。完全死了不成？我自己在疑惑。

　　说来是时局也许有关系。我到京几天就逢着空前的血案。五卅事件发生时我正在意大利山中，采茉莉花编花篮儿玩，翡冷翠山中只见明星与流萤的交唤，花香与山色的温存，俗氛是吹不到的。直到七月间到了伦敦，我才理会国内风光的惨淡，等得我赶回来时，设想中的激昂，又早变成了明日黄花，看得见的痕迹只有满城黄墙上墨彩斑斓的"泣告"。

　　这回却不同。屠杀的事实不仅是在我住的城子里发见，我有时竟觉得是我自己的灵府里的一个惨象。杀死的不仅是青年们的生命，我自己的思想也仿佛遭着了致命的打击，比是国务院前的断腔残肢，再也不能回复生动与连贯。但这深刻的难受在我是无名的，是不能完全解释的。这回事变的奇惨性引起愤慨与悲切是一件事，但同时我们也知道在这根本起变态作用的社会里，什么怪诞的情形都是可能的。屠杀无辜，还不是年来最平常的现象。自从内战纠结以来，在受战祸的区域内，那一处村落不曾分到过遭奸污的女性，屠残的骨肉，供牺牲的生命财产？这无非是给冤氛团结的地面上多添一团更

集中更鲜艳的怨毒。再说那一个民族的解放史能不浓浓的染着 Martyrs①的腔血？俄国革命的开幕就是二十年前冬宫的血景。只要我们有识力认定，有胆量实行，我们理想中的革命，这回羔羊的血就不会是白涂的。所以我个人的沉闷决不完全是这回惨案引起的感情作用。

爱和平是我的生性。在怨毒，猜忌，残杀的空气中，我的神经每每感受一种不可名状的压迫。记得前年奉直战争时我过的那日子简直是一团黑漆，每晚更深时，独自抱着脑壳伏在书桌上受罪，仿佛整个时代的沉闷盖在我的头顶——直到写下了《毒药》那几首不成形的咒诅诗以后，我心头的紧张才渐渐的缓和下去。这回又有同样的情形；只觉着烦，只觉着闷，感想来时只是破碎，笔头只是笨滞。结果身体也不舒畅，像是蜡油涂抹住了全身毛窍似的难过，一天过去了又是一天，我这里又在重演更深独坐箍紧脑壳的姿势，窗外皎洁的月光，分明是在嘲讽我内心的枯窘！

不，我还得往更深处挖。我不能叫这时局来替我思想骤然的呆顿负责，我得往我自己生活的底里找去。

平常有几种原因可以影响我们的心灵活动。实际生活的牵掣可以劫去我们心灵所需要的闲暇，积成一种压迫。在某种热烈的想望不曾得满足时，我们感觉精神上的烦闷与焦躁，失望更是颠覆内心平衡的一个大原因；较剧烈的种类可以麻痹我们的灵智，淹没我们的理性。但这些都合不上我的病源；因为我在实际生活里已经得到十分的幸运，我的潜在意识里，我敢说不该有什么压着的欲望在作怪。

但是在实际上反过来看，另有一种情形可以阻塞或是减少你心灵的活动。我们知道舒服，健康，幸福，是人生的目标，我们因此推想我们痛苦的起点是在望见那些目标而得不到的时候。我们常听人说"假如我像某人那样生活无忧我一定可以好好的做事，不比现在整天的精神全花在琐碎的烦恼上"。我们又听说"我不能做事就为身体太坏，若是精神来得，那就……"我们又常常设想幸福的境界，我们想："只要有一个意中人在跟前那我一定奋发，什么事做不到？"但是不，在事实上，舒服，健康，幸福，不但不一定是帮助或奖励心灵生活的条件，它们有时正得相反的效果。我们看不起有钱人，在社

---

① Martyrs，英文"殉难者"、"烈士"的复数形式。

会上得意人,肌肉过分发展的运动家,也正在此;至于年少人幻想中的美满幸福,我敢说等得当真有了红袖添香,你的书也就读不出所以然来,且不说什么在学问上或艺术上更认真的工作。

那末生活的满足是我的病源吗?

"在先前的日子",一个真知我的朋友,就说:"正为是你生活不得平衡,正为你有欲望不得满足,你的压在内里的 Libido①就形成一种升华的现象,结果你就借文学来发泄你生理上的郁结(你不常说你从事文学是一件不预期的事吗?)这情形又容易在你的意识里形成一种虚幻的希望,因为你的写作得到一部分赞许,你就自以为确有相当创作的天赋以及独立思想的能力。但你只是自冤自,实在你并没有什么超人一等的天赋,你的设想多半是虚荣,你的以前的成绩只是升华的结果。所以现在等得你生活换了样,感情上有了安顿,你就发见你向来写作的来源顿呈萎缩甚至枯竭的现象;而你又不愿意承认这情形的实在,妄想到你身子以外去找你思想枯窘的原因,所以你就不由的感到深刻的烦闷。你只是对你自己生气,不甘心承认你自己的本相。不,你原来并没有三头六臂的!

"你对文艺并没有真兴趣,对学问并没有真热心。你本来没有什么更高的志愿,除了相当合理的生活,你只配安分做一个平常人,享你命里铸定的'幸福';在事业界,在文艺创作界,在学问界内,全没有你的位置,你真的没有那能耐。不信你只要自问在你心里的心里有没有那无形的'推力',整天整夜的恼着你,逼着你,督着你,放开实际生活的全部,单望着不可捉摸的创作境界里去冒险?是的,顶明显的关键就是那无形的推力或是冲动(The Impulse),没有它人类就没有科学,没有文学,没有艺术,没有一切超越功利实用性质的创作。你知道在国外(国内当然也有,许没那样多)有多少人被这无形的推力驱使着,在实际生活上变成一种离魂病性质的变态动物,不但人间所有的虚荣永远沾不上他们的思想,就连维持生命的睡眠饮食,在他们都失了重要,他们全部的心力只是在他们那无形的推力所指示的特殊方向上集中应用。怪不得有人说天才是疯癫;我们在巴黎、伦敦不就到处碰得着这类怪人?如其他是一个美术家,恼着他的就只怎样可以完全表现他那理想中的

---

① Libido,现在通译为里比多,心理学名词。

形体；一个线条的准确，某种色彩的调谐，在他会得比他生身父母的生死与国家的存亡更重要，更迫切，更要求注意。我们知道专门学者有终身掘坟墓的，研究蚊虫生理的，观察亿万万里外一个星的动定的。并且他们决不问社会对于他们的劳力有否任何的认识，那就是虚荣的进路；他们是被一点无形的推力的魔鬼蛊定了的。

"这是关于文艺创作的话。你自问有没有这种情形。你也许经验过什么'灵感'，那也许有，但你却不要把刹那误认作永久的，虚幻认作真实。至于说思想与真实学问的话，那也得背后有一种推力，方向许不同，性质还是不变。做学问你得有原动的好奇心，得有天然热情的态度去做求知识的工夫。真思想家的准备，除了特强的理智，还得有一种原动的信仰；信仰或寻求信仰，是一切思想的出发点：极端的怀疑派思想也只是期望重新位置信仰的一种努力。从古来没有一个思想家不是宗教性的。在他们，各按各的倾向，一切人生的和理智的问题是实在有的；神的有无，善与恶，本体问题，认识问题，意志自由问题，在他们看来都是含逼迫性的现象，要求合理的解答——比山岭的崇高，水的流动，爱的甜蜜更真，更实在，更耸动。他们的一点心灵，就永远在他们设想的一种或多种问题的周围飞舞，旋绕，正如灯蛾之于火焰：牺牲自身来贯彻火焰中心的秘密，是他们共有的决心。

"这种惨烈的情形，你怕也没有吧？我不说你的心幕上就没有思想的影子；但它们怕只是虚影，像水面上的云影，云过影子就跟着消散，不是石上的雷痕越日久越深刻。

"这样说下来，你倒可以安心了！因为个人最大的悲剧是设想一个虚无的境界来谎骗你自己；骗不到底的时候你就得忍受'幻灭'的莫大的苦痛。与其那样，还不如及早认清自己的深浅，不要把不必要的负担，放上支撑不住的肩背，压坏你自己，还难免旁人的笑话！朋友，不要迷了，定下心来享你现成的福份吧；思想不是你的份，文艺创作不是你的份，独立的事业更不是你的份！天生抗了重担来的那也没法想（那一个天才不是活受罪！），你是原来轻松的，这是多可羡慕，多可贺喜的一个发见！算了吧，朋友！"

再
剖

你们知道喝醉了想吐吐不出或是吐不爽快的难受不是？这就是我现在的苦恼；肠胃里一阵阵的作恶，腥腻从食道里往上泛，但这喉关偏跟你别扭，它捏住你，逼住你，逗着你——不，它且不给你痛快哪！前天那篇《自剖》，就比是哇出来的几口苦水，过后只是更难受，更觉着往上冒。我告你我想要怎么样。我要孤寂：要一个静极了的地方——森林的中心，山洞里，牢狱的暗室里——再没有外界的影响来逼迫或引诱你的分心，再不须计较旁人的意见，喝彩或是嘲笑；当前惟一的对象是你自己：你的思想，你的感情，你的本性。那时它们再不会躲避，不会隐遁，不会装作；赤裸裸的听凭你察看，检验，审问。你可以放胆解去你最后的一缕遮盖，袒露你最自怜的创伤，最掩讳的私亵。那才是你痛快一吐的机会。

但我现在的生活情形不容我有那样一个时机。白天太忙（在人前一个人的灵性永远是蜷缩在壳内的蜗牛），到夜间，比如此刻，静是静了，人可又倦了，惦着明天的事情又不得不早些休息。啊，我真羡慕我台上放着那块唐砖上的佛像，他在他的莲台上瞑目坐着，什么都摇不动他那入定的圆澄。我们只是在烦恼网里过日子的众生，怎敢企望那光明无碍的境界！有鞭子下来，我们躲；见好吃的，我们唾涎；听声响，我们着忙；逢着痛痒，我们着恼。我们是鼠，是狗，是刺猬，是天上星星与地上泥土间爬着的虫。那里有工夫，即使你有心想亲近你自己？那里有机会，即使你想痛快的一吐？

前几天也不知无形中经过几度挣扎，才呕出那几口苦水，这在我虽则难受还是照旧，但多少总算是发泄。事后我私下觉得愧悔，因为我不该拿我一

己苦闷的骨鲠,强读者们陪着我吞咽。是苦水就不免熏蒸的恶味。我承认这完全是我自私的行为,不敢望恕。我惟一的解嘲是这几口苦水的确是从我自己的肠胃里呕出——不是去脏水桶里舀来的。我不曾期望同情,我只要朋友们认识我的深浅——(我的浅?)我最怕朋友们的容宠容易形成一种虚拟的期望;我这操刀自剖的一个目的,就在及早解卸我本不该扛上的担负。

是的,我还得往底里挖,往更深处剖。

最初我来编辑副刊,我有一个愿心。我想把我自己整个儿交给能容纳我的读者们,我心目中的读者们,说实话,就只这时代的青年。我觉着只有青年们的心窝里有容我的空隙,我要偎着他们的热血,听他们的脉搏。我要在我自己的情感里发见他们的情感,在我自己的思想里反映他们的思想。假如编辑的意义只是选稿,配版,付印,拉稿,那还不如去做银行的伙计——有出息得多。我接受编辑晨副的机会,就为这不单是机械性的一种任务。(感谢《晨报》主人的信任与容忍),晨报变了我的喇叭,从这管口里我有自由吹弄我古怪的不调谐的音调,它是我的镜子,在这平面上描画出我古怪的不调谐的形状。我也决不掩讳我的原形:我就是我。记得我第一次与读者们相见,就是一篇供状。我的经过,我的深浅,我的偏见,我的希望,我都曾经再三的声明,怕是你们早听厌了。但初起我有一种期望是真的——期望我自己。也不知那时间为什么原因我竟有那活棱棱的一副勇气。我宣言我自己跳进了这现实的世界,存心想来对准人生的面目认他一个仔细。我信我自己的热心(不是知识)多少可以给我一些对敌力量的。我想拼这一天,把我的血肉与灵魂,放进这现实世界的磨盘里去捱,锯齿下去拉,——我就要尝那味儿!只有这样,我想,才可以期望我主办的刊物多少是一个有生命气息的东西;才可以期望在作者与读者间发生一种活的关系;才可以期望读者们觉着这一长条报纸与黑的字印的背后,的确至少有一个活着的人与一个动着的心,他的把握是在你的腕上,他的呼吸吹在你的脸上,他的欢喜,他的惆怅,他的迷惑,他的伤悲,就比是你自己的,的确是从一个可认识的主体上发出来的变化——是站在台上人的姿态,——不是投射在白幕上的虚影。

并且我当初也并不是没有我的信念与理想。有我崇拜的德性,有我信仰的原则。有我爱护的事物,也有我痛疾的事物。往理性的方向走,往爱心与同情的方向走,往光明的方向走,往真的方向走,往健康快乐的方向走,往生命,更多更大更高的生命方向走——这是我那时的一点"赤子之心"。我恨的是这时代的病象,什么都是病象:猜忌,诡诈,小巧,倾轧,挑拨,残杀,互杀,自杀,忧愁,作伪,肮脏。我不是医生,不会治病;我就有一双手,趁它们活灵的时候,我想,或许可以替这时代打开几扇窗,多少让空气流通些,浊的毒性的出去,清醒的洁净的进来。

但紧接着我的狂妄的招摇,我最敬畏的一个前辈（看了我的吊刘叔和文）就给我当头一棒：

"……既立意来办报而且郑重宣言"决意改变我对人的态度",那么自己的思想就得先磨冶一番,不能单凭主觉,随便说了就算完事。迎上前去,不要又退了回来！一时的兴奋,是无用的,说话越觉得响亮起劲,跳踯有力,其实即是内心的虚弱,何况说出衰颓懊丧的语气,教一般青年看了,更给他们以可怕的影响,似乎不是志摩这番挺身出马的本意！……"

迎上前去,不要又退了回来！这一喝这几个月来就没有一天不在我"虚弱的内心"里回响。实际上自从我喊出"迎上前去"以后,即使不曾撑开了往后退,至少我自己觉不得我的脚步曾经向前挪动。今天我再不能容我自己这梦梦的下去。算清亏欠,在还算得清的时候,总比窝着浑着强。我不能不自剖。冒着"说出衰颓懊丧的语气"的危险,我不能不利用这反省的锋刃,劈去纠着我心身的累赘,淤积,或许这来倒有自我真得解放的希望？

想来这做人真是奥妙。我信我们的生活至少是复性的。看得见,觉得着的生活是我们的显明的生活,但同时另有一种生活,跟着知识的开豁逐渐胚胎,成形,活动,最后支配前一种的生活,比是我们投在地上的身影,跟着光亮的增加渐渐由模糊化成清晰,形体是不可捉的,但它自有它的奥妙的存在。你动它跟着动,你不动它跟着不动。在实际生活的匆遽中,我们不易辨认另一种无形的生活的并存,正如我们在阴地里不见我们的影子;但到了某时候某境地忽的发见了它,不容否认的踉接着你的脚跟,比如你晚间步月时发见你自己的身影。它是你的性灵的或精神的生活。你觉到你有超实际生活的性灵生活的俄顷,是你一生的一个大关键！你许到极迟才觉悟（有人一辈子不得机会）,但你实际生活中的经历,动作,思想,没有一丝一屑不同时在你

那跟着长成的性灵生活中留着"对号的存根",正如你的影子不放过你的一举一动,虽则你不注意到或看不见。

我这时候就比是一个人初次发见他有影子的情形。惊骇,讶异,迷惑,耸悚,猜疑,恍惚同时并起,在这辨认你自身另有一个存在的时候。我这辈子只是在生活的道上盲目的前冲,一时踹入一个泥潭,一时踏折一枝草花,只是这无目的的奔驰;从那里来,向那里去,现在在那里,该怎么走,这些根本的问题却从不曾到我的心上。但这时候突然的,恍然的我惊觉了。仿佛是一向跟着我形体奔波的影子忽然阻住了我的前路,责问我这匆匆的究竟是为什么!

一种新意识的诞生。这来我再不能盲冲,我至少得认明来踪与去迹,该怎样走法如其有目的地,该怎样准备如其前程还在遥远?

啊,我何尝愿意吞这果子,早知有这多的麻烦!现在我第一要考查明白的是这"我"究竟是怎么一回事;然后再决定掉落在这生活道上的"我"的赶路方法。以前种种动作是没有这新意识作主宰的;此后,什么都得由它。

求医

To understand that the sky is everywhere blue, it is not necessary to have travelled all round the world——Goethe

新近有一个老朋友来看我,在我寓里住了好几天。彼此好久没有机会谈天,偶尔通信也只泛泛的;他只从旁人的传说中听到我生活的梗概,又从他所听到的推想及我更深一义的生活的大致。他早把我看作"丢了"。谁说空闲时间不能离间朋友间的相知?但这一次彼此又捡起了,理清了早年息息相通的线索,这是一个愉快!单说一件事:他看看我四月间副刊上的两篇"自剖",他说他也有文章做了,他要写一篇"剖志摩的自剖"。他却不曾写:我几次逼问他,他说一定在离京前交卷。有一天他居然谢绝了约会,躲在房子里装病,想试他那柄解剖的刀。晚上见他的时候,他文章不曾做起,脸上倒真的有了病容!"不成功";他说,"不要说剖,我这把刀,即使有,早就在刀鞘里锈住了,我怎么也拉它不出来!我倒自己发生了恐怖,这回回去非发奋不可。"打了全军覆没的大败仗回来的,也没有他那晚谈话时的沮丧!

但他这来还是帮了我的忙;我们俩连着四五晚通宵的谈话,在我至少感到了莫大的安慰。我的朋友正是那一类人,说话是绝对不敏捷的,他那永远茫然的神情与偶尔激出来的几句话,在当时极易招笑,但在事后往往透出极深刻的意义,在听着的人的心上不易磨灭:别看他说话的外貌乱石似的粗糙,它那核心里往往藏着直觉的纯璞。他是那一类的朋友,他那不浮夸的同情心在无形中启发你思想的活动,叫逗你心灵深处的"解严":"你尽量披露

你自己"，他仿佛说"在这里你没有被误解的恐怖"。我们俩的谈话是极不平等的；十分里有九分半的时光是我占据的，他只贡献简短的评语，有时修正，有时赞许，有时引申我的意思；但他是一个理想的"听者"，他能尽量的容受，不论对面来的是细流或是大水。

我的自剖文不是解嘲体的闲文，那是我个人真的感到绝望的呼声。"这篇文章是值得写的"，我的朋友说，"因为你这来冷酷的操刀，无顾恋的劈剖你自己的思想，你至少摸着了现代的意识的一角；你剖的不仅是你，我也叫你剖着了，正如歌德说的'要知道天到处是碧蓝，并用不着到全世界去绕行一周'。你还得往更深处剖，难得你有勇气下手；你还得如你说的，犯着恶心呕苦水似的呕，这时代的意识是完全叫种种相冲突的价值的尖刺给交占住，支离了缠昏了的，你希冀回复清醒与健康先得清理你的外邪与内热。至于你自己，因为发见病象而就放弃希望，当然是不对的；我可以替你开方。你现在需要的没有别的，你只要多多的睡！休息、休养，到时候你自会强壮。我是开口就会牵到歌德的，你不要笑；歌德就是懂得睡的秘密的一个，他每回觉得他的创作活动有退潮的趋向，他就上床去睡，真的放平了身子的睡，不是喻言，直睡到精神回复了，一线新来的波澜逼着他再来一次发疯似的创作。你近来的沉闷，在我看，也只是内心需要休息的符号。正如潮水有涨落的现象，我们劳心的也不免同样受这自然律的支配。你怎么也不该挫气，你正应得利用这时期；休息不是工作的断绝，它是消极的活动；这正是你吸新营养取得新生机的机会。听凭地面上风吹的怎样尖厉，霜盖得怎么严密，你只要安心在泥土里等着，不愁到时候没有再来一次爆发的惊喜。"

这是他开给我的药方。后来他又跟别的朋友谈起，他说我的病——如其是病——有两味药可医，一是"隐居"，一是"上帝"。烦闷是起源于精神不得充分的怡养；烦嚣的生活是劳心人最致命的伤，离开了就有办法，最好是去山林静僻处躲起。但这环境的改变，虽则重要，还只是消极的一面；为要启发性灵，一个人还得积极的寻求。比性爱更超越更不可摇动的一个精神的寄托——他得自动去发见他的上帝。

上帝这味药是不易配得的，我们姑且放开在一边（虽则我们不能因他字面的兀突就忽略他的深刻的涵养，那就是说这时代的苦闷现象隐示一种渐次形成宗教性大运动的趋向）；暂时脱离现社会去另谋隐居生活那味药，在我不但在事实上有要得到的可能,并且正合我新近一天迫似一天的私愿,我不能不计较一下。

　　我们都是在生活的蜘网中胶住了的细虫,有的还在勉强挣扎,大多数是早已没了生气,只当着风来吹动网丝的时候顶可怜相的晃动着,多经历一天人事,做人不自由的感觉也跟着真似一天。人事上的关连一天加密一天,理想的生活上的依据反而一天远似一天,仅是这飘忽忽的,仿佛是一块石子在一个无底的深潭中无穷尽的往下坠着似的——有到底的一天吗,天知道!实际的生活逼得越紧,理想的生活宕得越空,你这空手仆仆的不"丢"怎么着?你睁开眼来看看,见着的只是一个悲惨的世界,我们这倒运的民族眼下只有两种人可分,一种是在死的边沿过活的,又一种简直是在死里面过活的:你不能不发悲心不是,可是你有什么能耐能抵挡这普遍"死化"的凶潮,太凄惨了呀这"人道的幽微的悲切的音乐"!那么你闭上眼吧,你只是发见另一个悲惨的世界:你的感情,你的思想,你的意志,你的经验,你的理想,有那一样调谐的,有那一样容许你安舒的?你想要攀援,但是你的力量?你仿佛是掉落在一个井里,四边全是光油油不可攀援的陡壁,你怎么想上得来?就我个人说,所谓教育只是"画皮"的勾当,我何尝得到一点真的知识?说经验吧;不错,我也曾进货似的运得一部分的经验,但这都是硬性的,杂乱的,不经受意识渗透的;经验自经验,我自我,这一屋子满满的生客只使主人觉得迷惑、慌张、害怕。不,我不但不曾"找到"我自己;我竟疑心我是"丢"定了的。曼殊斐儿在她的日记里写——

　　我不是晶莹的透彻。

　　我什么都不愿意的。全是灰色的;重的、闷的。……我要生活,这话怎么讲? 单说是太易了。可是你有什么法子?

　　所有我写下的,所有我的生活,全是在海水的边沿上。这仿佛是一种玩艺。我想把我所有的力量全给放上去,但不知怎的我做不到。

　　前这几天,最使人注意的是蓝的色彩。蓝的天,蓝的山,——一切都是神异的蓝! ……但深黄昏的时刻才真是时光的时光。当着那时候,面前放着非人间的美景,你不难领会到你应分走的道儿有多远。珍重你的笔,得不辜负那上升的明月,那白的天光。你得够"简洁"的。正如你在上帝跟前得简洁。

我方才细心的刷净收拾我的水笔。下回它再要是漏,那它就不够格儿。

我觉得我总不能给我自己一个沉思的机会,我正需要那个。我觉得我的心地不够清白,不识卑,不兴。这底里的渣子新近又漾了起来。我对着山看,我见着的就是山。说实话?我念不相干的书……不经心,随意?是的,就是这情形。心思乱,含糊,不积极,尤其是躲懒,不够用工。——白费时光。我早就这么喊着——现在还是这呼声。为什么这阑珊的,你?啊,究竟为什么?

我一定得再发心一次,我得重新来过。我再来写一定得简洁的、充实的、自由的写,从我心坎里出来的。平心静气的,不问成功或是失败,就这往前去做去。但是这回得下决心了!尤其得跟生活接近。跟这天、这月、这些星、这些冷落的坦白的高山。

"我要是身体健",曼殊斐儿在又一处写,"我就一个跑到一个地方去,在一株树下坐着去"。她这苦痛的企求内心的莹澈与生活的调谐,那一个字不在我此时比她更"散漫、含糊、不积极"的心境里引起同情的回响!啊,谁不这样想:我要是能,我一定跑到一个地方在一株树下坐着去。但是你能吗?

山中来函

剑三：

　　我还活着。但是至少是一个"出家人"。我住在我们镇上的一个山里，这里有一个新造的祠堂，叫做"三不朽"，这名字肉麻得凶，其实只是一个乡贤祠的变名，我就寄宿在这里。你不要见笑徐志摩活着就进了祠堂，而且是三不朽！这地方倒不坏，我现在坐着写字的窗口，正对着山景，烧剩的庙，精光的树，常青的树，石牌坊戏台，怪形的石错落在树木间，山顶上的宝塔，塔顶上徘徊着的"饿老鹰"有时卖弄着他们穿天响的怪叫，累累的坟堆、享亭、白木的与包着芦席的棺材——都在嫩色的朝阳里浸着。隔壁是祠堂的大厅，供着历代的忠臣、孝子、清客、书生、大官、富翁、棋国手（陈子仙）、数学家（李善兰壬叔）以及我自己的祖宗，他们为什么"不朽"，我始终没有懂：再隔壁是节孝祠，多是些跳井的投河的上吊的吞金的服盐卤的也许吃生鸦片吃火柴头的烈女烈妇以及无数咬紧牙关的"望门寡"，抱牌位做亲的，教子成名的，节妇孝妇，都是牺牲了生前的生命来换死后的冷猪头肉，也还不很靠得住的；再隔壁是东寺，外边墙壁已是半烂，殿上神像只剩了泥灰。前窗望出去是一条小河的尽头，一条藤萝满攀着磊石的石桥，一条狭堤，过堤一潭清水，不知是血污还是蓄荷池（土音同），一个鬼客栈（厝所）一片荒场也是墓墟累累的，再望去是硖石镇的房屋了，这里时常过路的是：香客，挑菜担的乡下人，青布包头的妇人，背着黄叶篓子的童子，戴黑布风帽手提灯笼的和尚，方巾的道士，寄宿在戏台下与我们守望相助的丐翁，牧羊的童子与他的可爱的白山羊，到山上去寻柴，掘树根，或掠干草的，送羹饭与叫姓的（现在眼前就是，真

康桥之恋

妙，前面一个男子手里拿着一束稻柴，口里喊着病人的名字叫他到"屋里来"，后面跟着一个着红棉袄绿背心的老妇人，撑着一把雨伞，低声的答应着那男子的叫唤）。晚上只听见各种的声响：塔院里的钟声，林子里的风响，寺角上的铃声，远外小儿啼声、狗吠声、枭鸟的咒诅声，石路上行人的脚步声——点缀这山脚下深夜的沉静，管祠堂人的房子里，不时还闹鬼，差不多每天有鬼话听！

这是我的寓处。世界，热闹的世界，离我远得很：北京的灰砂也吹不到我这里来——博生真鄙吝，连一份《晨报》附张都舍不得寄给我；朋友的信息更是杳然了。今天我偶尔高兴，写成了三段《东山小曲》，现在寄给你，也许可以补补空白。

我惟一的希望只是一场大雪。

志摩问安一月二十日

「话」

　　绝对的值得一听的话，是从不曾经人口说过的；比较的值得一听的话，都在偶然的低声细语中；相对的不值得一听的话，是有规律有组织的文字结构；绝对不值得一听的话，是用不经修练，又粗又蠢的嗓音所发表的语言。比如：正式集会的演说，不论是运动女子参政或是宣传色彩鲜明的主义；学校里讲台上的演讲，不论是山西乡村里训阎阎圣人用民主主义的冬烘先生的法宝，或是穿了前红后白道袍方巾的博士衣的瞎扯；或是充满了烟士披里纯①开口天父闭口阿门的讲道——都是属于我所说最后的一类：都是无条件的根本的绝对的不值得一听的话。历代传下来的经典，大部分的文学书，小部分的哲学书，都是末了第二类——相对的不值得一听的话。至于相对的可听的话，我说大概都在偶然的低声细语中。例如真诗人梦境最深——诗人们除了做梦再没有正当的职业——神魂远在祥云缥缈之间那时候随意吐露出来的零句断片，英国大诗人宛茨渥士所谓茶壶煮沸时嘶嘶的微音；最可以象征入神的诗境——例如李太白的"我醉欲眠卿且去，明朝有意抱琴来"，或是开茨的"There I shut her wild, wild eyes with kisses four"。你们知道宛茨渥士和雪莱他们不朽的诗歌，大都是在田野间，海滩边，树林里，独自徘徊着像离魂病似的自言自语的成绩；法国的波特莱亚、凡尔仑他们精美无比的妙句，很多是受了烈性的麻醉剂——大麻或是鸦片——影响的结果。这种话比较的很值得一听。还有青年男女初次受了顽皮的小爱神箭伤以后，心跳肉颤面红耳赤的在

---

① 烟士披里纯，英语"灵感"（inspiration）的音译。

花荫间在课室内,或在月凉如洗的墓园里,含着一包眼泪吞吐出来的——不问怎样的不成片段,怎样的违反文法——往往都是一颗颗稀有的珍珠,真情真理的凝晶。但诸君要听明白了,我说值得一听的话大都是在偶然的低声和语中,不是说凡是低声和语都是值得一听的,要不然外交厅屏风后的交头接耳,家里太太月底月初枕头边的小噜嗦,都有了诗的价值了!

绝对的值得一听的话,是从不曾经人口道过的。整个的宇宙,只是不断的创造;所有的生命,只是个性的表现。真消息,真意义,内蕴在万物的本质里,好像一条大河,网络似的支流,随地形的结构,四方错综着,由大而小,由小而微,由微而隐,由有形至无形,由可数至无限,但这看来极复杂的组织所表明的只是一个单纯的意义,所表现的只是一体活泼的精神;这精神是完全的,整个的,实在的;惟其因为是完全整个实在而我们人的心力智力所通运用的语言文字,只是不完全非整个的,模拟的,象征的工具,所以人类几千年来文化的成绩,也只是想猜透这大迷谜似是而非的各种的尝试。人是好奇的动物;我们的心智,便是好奇心活动的表现。这心智的好奇性便是知识的起源。一部知识史,只是历尽了九九八十一大难却始终没有望见极乐世界求到大藏真经的一部西游记。说是快乐吧,明明是劫难相承的苦恼,说是苦恼,苦恼中又分明有无限的安慰。我们各个人的一生便是人类全史的缩小,虽则不敢说我们都是寻求真理的合格者,但至少我们的胸中,在现在生命的出发时期,总应该培养一点寻求真理的诚心,点起一盏寻求真理的明灯,不至于在生命的道上只是暗中摸索,不至于盲目的走到了生命的尽头,什么发见都没有。

但虽则真消息与真意义是不可以人类智力所能运用的工具——就是语言文字——来完全表现,同时我们又感觉内心寻真求知的冲动,想侦探出这伟大的秘密,想把宇宙与人生的究竟,当作一朵盛开的大红玫瑰,一把抓在手掌中心,狠劲的紧挤,把花的色、香、灵肉,和我们自己爱美、爱色、爱香的烈情,绞和在一起,实现一个彻底的痛快;我们初上生命和知识舞台的人,谁没有也许多少深浅不同,浮士德的大野心,他想"discover the force that binds the world and guides its course"。谁不想在知识界里,做一个垄断一切的拿破仑?这种想为王为霸的雄心,都是生命原力内动的征象,也是所有的大诗人、大艺术家最后成功的预兆;我们的问题就在怎样能替这一腔还在潜伏状态中的活泼的蓬勃的心力心能，开辟一条或几条可以尽情发展的方向，使这一盏心灵的神灯，一度点着以后，不但继续的有燃料的供给，而且能在狂风暴雨的境地里，益发的光焰神明；使这初出山的流泉，渐渐的汇成活泼的小涧，沿路再并合了四方来会的支流，虽则初起经过崎岖的山路，不免辛苦，但一到了平原，便可以放怀的奔流，成河成江，自有无限的前途了。

真伟大的消息都蕴伏在万事万物的本体里，要听真值得一听的话，只有请教两位最伟大的先生。

现放在我们面前的两位大教授，不是别的，就是生活本体与大自然。生命的现象，就是一个伟大不过的神秘：墙角的草兰，岩石上的苔藓，北冰洋冰天雪地里的极熊水獭，城河边咕咕叫夜的水蛙，赤道上火焰似沙漠里的爬虫，乃至于弥漫在大气中的霉菌，大海底最微妙的生物；总之太阳热照到或能透到的地域，就有生命现象。我们若然再看深一层，不必有菩萨的慧眼，也不必有神秘诗人的直觉，但凭科学的常识，便可以知道这整个的宇宙，只是一团活泼的呼吸，一体普遍的生命，一个奥妙灵动的整体。一块极粗极丑的石子，看来像是全无意义毫无生命，但在显微镜底下看时，你就在这又粗又丑的石块里，发见一个神奇的宇宙，因为你那时所见的，只是千变万化颜色花样各自不同的种种结晶体，组成艺术家所不能想象的一种排列；若然再进一层研究，这无量数的凝晶各个的本体，又是无量数更神奇不可思议的电子所组成：这里面又是一个 Cosmos，仿佛灿烂的星空，无量数的星球同时在放光辉在自由地呼吸着。

但我们决不可以为单凭科学的进步就能看破宇宙结构的秘密，这是不可能的。我们打开了一处知识的门，无非又发见更多还是关得紧紧的，猜中了一个小迷谜，无非从这猜中里又引起一个更大更难猜的迷谜，爬上了一个山峰，无非又发见前面还有更高更远的山峰。

这无穷尽性便是生命与宇宙的通性。知识的寻求固然不能到底，生命的感觉也有同样无限的境界。我们在地面上做人这场把戏里，虽则是霎那间的幻象，却是有的是好玩，只怕我们的精力不够，不曾学得怎样玩法，不怕没有相当的趣味与报酬。

所以重要的在于养成与保持一个活泼无碍的心灵境地，利用天赋的身与心的能力，自觉的尽量发展生活的可能性。活泼无碍的心灵境界比如一张绷紧的弦琴，挂在松林的中间，感受大气小大快慢的动荡，发出高低缓急同情的音调。我们不是最爱自由最恶奴从吗？但我们向生命的前途看时，恐怕不易使我们乐观，除我们一点无形无踪的心灵以外，种种的势力只是强迫我们做奴做隶的努力：种种对人的心与责任，社会的习惯，机械的教育，沾染的偏见，都像沙漠的狂风一样，卷起满天的砂土，不时可以把我们可怜的旅行人整个儿给埋了！

这就是宗教家出世主义的大原因。但出世者所能实现的至多无非是消极的自由，我们所要的却不止此。我们明知向前是奋斗，但我们却不肯做逃兵，我们情愿将所有的精液，一齐发泄成奋斗的汗，与奋斗的血，只要能得最后的胜利，那时尽量的痛苦便是尽量的快乐。我们果然能从生命的现象与事实里，体验到生命的实在与意义；能从自然界的现象与事实里，领会到造化的实在与意义，那时随我们付多大的价钱，也是值得的了。

要使生命成为自觉的生活，不是机械的生存，是我们的理想。要从我们的日常经验里，得到培保心灵扩大人格的滋养，是我们的理想。要使我们的心灵，不但消极的不受外物的拘束与压迫，并且永远在继续的自动，趋向创作，活泼无碍的境界，是我们的理想。使我们的精神生活，取得不可否认的实在，使我们生命的自觉心，像大雪天滚雪球一般的愈滚愈大，不但在生活里能同化极伟大极深沉与极隐奥的情感，并且能领悟到大自然一草一木的精神，是我们的理想。使天赋我们灵肉两部的势力，尽性的发展，趋向最后的平衡与和谐，是我们的理想。

理想就是我们的信仰，努力的标准，果然我们能运用想象力为我们自己悬拟一个理想的人格，同时运用理智的机能，认定了目标努力去实现那理想，那时我们在奋斗的历程中，一定可以得到加倍的勇气，遇见了困难，也不至于失望，因为明知是题中应有的文章，我们的立身行事，也不必迁就社会已成的习惯与法律的范围，而自能折中于超出寻常所谓善恶的一种更高的道德标准；我们那时便可以借用李太白当时躲在山里自得其乐时答复俗客的妙句，"落花流水杳然去，别有天地非人间！"

我们也明知这不是可以偶然做到的境界；但问题是在我们能否见到这境界，大多数人只是不黑不白的生，不黑不白的死，耗费了不少的食料与饮料，耗费了不少的时间与空间，结果连自己的臭皮囊都收拾不了，还要连累旁人;能见到的人已经不少,见到而能尽力做去的人当然更少,但这极少数人却是文化的创造者,便能在梁任公先生说的那把宜兴茶壶里留下一些不磨的痕迹。

我个人也许见言太偏僻了,但我实在不敢信人为的教育,他动的训练,能有多大的价值;我最初最后的一句话,只是"自身体验去",真学问、真知识决不是在教室中书本里所能求得的。

大自然才是一大本绝妙的奇书,每张上都写有无穷无尽的意义,我们只要学会了研究这一大本书的方法,多少能够了解他内容的奥义,我们的精神生活就不怕没有滋养,我们理想的人格就不怕没有基础。但这本无字的天书,决不是没有相当的准备就能一目了然的:我们初识字的时候,打开书本子来,只见白纸上画的许多黑影,那里懂得什么意义。我们现有的道德教育里那一条训条,我们不能在自然界感到更深彻的意味,更亲切的解释?每天太阳从东方的地平上升,渐渐的放光,渐渐的放彩,渐渐的驱散了黑夜,扫荡了满天沉闷的云雾,霎刻间临照四方,光满大地;这是何等的景象?夏夜的星空,张着无量数光芒闪烁的神眼,衬出浩渺无极的穹苍,这是何等的伟大景象?大海的涛声不住的在呼啸起落,这是何等伟大奥妙的景象?高山顶上一体的纯白,不见一些杂色,只有天气飞舞着,云彩变幻着,这又是何等高尚纯粹的景象?小而言之,就是地上一棵极贱的草花,他在春风与艳阳中摇曳着,自有一种庄严愉快的神情,无怪诗人见了,甚至内感"非涕泪所能宣泄的情绪"。宛茨渥士说的自然"大力回容,有镇驯矫伤之功",这是我们的真教育。但自然最大的教训,尤在"凡物各尽其性"的现象。玫瑰是玫瑰,海棠是海棠,鱼是鱼,鸟是鸟,野草是野草,流水是流水;各有各的特性,各有各的效用,各有各的意义。仔细的观察与悉心体会的结果,不由你不感觉万物造作之神奇,不由你不相信万物的底里是有一致的精神流贯其间,宇宙是合理的组织,人生也无非这大系统的一个关节。因此我们也感想到人类也许是最无出息的一类。一茎草有他的妩媚,一块石子也有他的特点,独有人反只是庸生庸死,大多数非但终身不能发挥他们可能的个性,而且遗下或是丑陋或是罪恶一类不洁净的踪迹,这难道也是造物主的本意吗?

我面前说过所有的生命只是个性的表现。只要在有生的期间内,将天赋可能的个性尽量的实现,就是造化旨意的完成。我这几天在留心我们馆里的

月季花，看他们结苞，看他们开放，看他们逐渐的盛开，看他逐渐的憔悴，逐渐的零落。我初动的感情觉得是可悲，何以美的幻象这样的易灭，但转念却觉得不但不必为花悲，而且感悟了自然生生不已的妙意。花的责任，就在集中他春来所吸受阳光雨露的精神，开成色香两绝的好花，精力完了便自落地成泥，圆满功德，明年再来过。只有不自然的被摧残了，不能实现他自傲色香的一两天，那才是可伤的耗费。

不自然的杀灭了发长的机会，才是可惜，才是违反天意。我们青年人应该时时刻刻把这个原则放在心里，不能在我生命里实现人之所以为人，我对不起自己。在为人的生活里不能实现我之所以为我，我对不起生命；这个原则我们也应该时时放在心里。

我们人类最大的幸福与权力，就是在生活里有相当的自由活动，我们可以自觉的调剂，整理，修饰，训练我们生活的态度，我们既然了解了生活只是个性的表现，只是一种艺术，就应得利用这一点特权将生活看作艺术品，谨慎小心的做去。运命论我们是不相信的，但就是相面算命先生也还承认心有改相致命的力量。环境论的一部分我们不得不承认，但是心灵支配环境的可能，至少也与环境支配生活的可能相等，除非我们自愿让物质的势力整个儿扑灭了心灵的发展，那才是生活里最大的悲惨。

我们的一生不成材不碍事：材是有用的意思；不成器也不碍事，器也是有用的意思。生活却不可不成品，不成格，品格就是个性的外现，是对于生命本体，不是对于其余的标准，例如社会家庭——直接担负的责任；橡树不是榆树，翠鸟不是鸽子，各有各的特异的品格。在造化的观点看来，橡树不是为柜子衣架而生，鸽子也不是为我们爱吃五香鸽子而存，这是他们偶然的用或被利用，物之所以为物的本义是在实现他天赋的品性，实现内部精力所要求的特异的格调。我们生命里所包涵的活力，也不问你在世上做将，做相，做资本家，做劳动者，做国会议员，做大学教授，而只要求一种特异品格的表现，独一的，自成一体的，不可以第二类相比称的，犹之一树上没有两张绝对相同的叶子，我们四万万人里也没有两个相同的鼻子。

而要实现我们真纯的个性，决不是仅仅在外表的行为上务为新奇务为怪僻——这是变性不是个性——真纯的个性是心灵的权力能够统制与调和身体，理智，情感，精神，种种造成人格的机能以后自然流露的状态，在内不受外物的障碍，像分光镜似的灵敏，不论是地下的泥砂，不论是远在万万里外的星辰，只要光路一对准，就能分出他光浪的特性；一次经验便是一次发明，因为是新的结合，新的变化。有了这样的内心生活，发之于外，当然能超于人为的条例而能与更深奥却更实在的自然规律相呼应，当然能实现一种特异的品与格，当然能在这大自然的系统里尽他特异的贡献，证明他自身的价值。懂了物各尽其性的意义再来观察宇宙的事物，实在没有一件东西不是美的，一叶一花是美的不必说，就是毒性的虫，比如蝎子，比如蚂蚁，都是美的。只有人，造化期望最深的人，却是最辜负的，最使人失望的，因为一般的人，都是自暴自弃，非但不能尽性，而且到底总是糟蹋了原来可以为美可以为善的本质。

惭愧呀，人！好好一个可以做好文章的题目，却被你写做一篇一窍不通的滥调；好好一个画题，好好一张帆布，好好的颜色，都被你涂成奇丑不堪的滥画；好好的雕刀与花岗石，却被你斫成荒谬恶劣的怪像！好好的富有灵性可以超脱物质与普遍的精神共化永生的生命，却被你糟蹋亵渎成了一种丑陋庸俗卑鄙龌龊的废物！

生活是艺术。我们的问题就在怎样的运用我们现成的材料，实现我们理想的作品；怎样的可以像米开朗基罗一样，取到了一大块矿山里初开出来的白石，一眼望过去，就看出他想象中的造的像，已经整个的嵌稳着，以后只要打开石子把他不受损伤的取了出来的工夫就是。所以我们再也不要抱怨环境不好不适宜，阻碍我们自由的发展，或是教育不好不适宜，不能奖励我们自由的发展。发展或是压灭，自由或是奴从，真生命或是苟活，成品或是无格——一切都在我们自己，全看我们在青年时期有否生命的觉悟，能否培养与保持心灵的自由，能否自觉的努力，能否把生活当作艺术，一笔不苟的做去。我所以回返重复的说明真消息、真意义、真教育决非人口或书本子可以宣传的，只有集中了我们的灵感性直接的一面向生命本体，一面向大自然耐心去研究，体验，审察，省悟，方才可以多少了解生活的趣味与价值与他的神圣。

因为思想与意念，都起于心灵与外象的接触；创造是活动与变化的结果。真纯的思想是一种想象的实在，有他自身的品格与美，是心灵境界的彩虹，是活着的胎儿。但我们同时有智力的活动，感动于内的往往有表现于外

的倾向——大画家米莱氏说深刻的印象往往自求外现，而且自然的会寻出最强有力的方法来表现——结果无形的意念便化成有形可见的文字或是有声可闻的语言，但文字语言最高的功用就在能象征我们原来的意念，他的价值也止于凭借符号的外形，暗示他们所代表的当时的意念。而意念自身又无非是我们心灵的照海灯偶然照到实在的海里的一波一浪或一岛一屿。文字语言本身又是不完善的工具，再加之我们运用驾驭力的薄弱，所以文字的表现很难得是勉强可以满足的。我们随便翻开那一本书，随便听人讲话，就可以发见各式各样的文字障碍，与语言习惯障碍，所以既然我们自己用语言文字来表现内心的现象已经至多不过勉强的适用，我们如何可以期望满心只是文字障碍与语言习惯障碍的他人，能从呆板的符号里领悟到我们一时神感的意念？佛教所以有禅宗一派，以不言传道，是很可寻味的——达摩面壁十年，就在解脱文字障碍直接明心见道的工夫。现在的所谓教育尤其是离本更远，即使教育的材料最初是有多少活的成分，但经了几度的转换，无意识的传授，只能变成死的训条——穆勒约翰说的"Dead dogma"不是"living idea"。我个人所以根本不信任人为的教育能有多大的价值，对于人生少有影响不用说，就是认为灌输知识的方法，照现有的教育看来，也免不了硬而且蠢的机械性。

但反过来说，既然人生只是表现，而语言文字又是人类进化到现在比较的最适用的工具，我们明知语言文字如同政府与结婚一样是一件不可免的没奈何事，或如尼采说的是"人心的牢狱"，我们还是免不了他。我们只能想法使他增加适用性，不能抛弃了不管。我们只能做两部分的工夫：一方面消极的防止文字障碍语言习惯障碍的影响；一方面积极的体验心灵的活动，极谨慎的极严格的在我们能运用的字类里选出比较的最确切最明了最无疑义的代表。

这就是我们应该应用"自觉的努力"的一个方向。你们知道法国有个大文学家弗洛贝尔，他有一个信仰，以为一个特异的意念只有一个特异的字或字句可以表现，所以他一辈子艰苦卓绝的从事文学的日子，只是在寻求惟一适当的字句来代表惟一相当的意念。他往往不吃饭不睡，呆呆的独自坐着，绞着脑筋的想，想寻出他称心惬意的表现，有时他烦恼极了，甚至想自杀，往往想出了神，几天写不成一句句子。试想象他那样伟大的天才，那样丰富的学识,尚且要下这样的苦工,方才制成不朽的文字,我们看了他的榜样不应该感动吗?

不要说下笔写,就是平常说话,我们也应有相当的用心——一句话可以泄露你心灵的浅薄,一句话可以证明你自觉的努力,一句话可以表示你思想的糊涂,一句话可以留下永久的印象。这不是说说话要漂亮,要流利,要有修辞的工夫,那都是不重要的:最重要的是对内心意念的忠实,与适当的表现。固然有了清明的思想,方能有清明的语言,但表现的忠实,与不苟且运用文字的决心,也就有纠正松懈的思想与警醒心灵的功效。

我们知道说话是表现个性极重要的方法,生活既然是一个整体的艺术,说话当然是这艺术里的重要部分。极高的工夫往往可以从极小的起点做去,我们实现生命的理想,也未始不可从注意说话做起。

落叶

　　前天你们查先生来电话要我讲演，我说但是我没有什么话讲，并且我又是最不耐烦讲演的。他说：你来吧，随你讲，随你自由的讲，你爱说什么就说什么。我们这里你知道这次开学情形很困难，我们学生的生活很枯燥很闷，我们要你来给我们一点活命的水。这话打动了我。枯燥，闷，这我懂得。虽则我与你们诸君是不相熟的，但这一件事实，你们感觉生活枯闷的事实，却立即在我与诸君无形的关系间，发生了一种真的深切的同情。我知道烦闷是怎么样一个不成形不讲情理的怪物，他来的时候，我们的全身仿佛被一个大蜘蛛网盖住了，好容易挣出了这条手臂，那条又叫粘住了。那是一个可怕的网子。我也认识生活枯燥，他那可厌的面目，我想你们也都很认识他。他是无所不在的，他附在个个人的身上，他现在个个人的脸上。你望望你的朋友去，他们的脸上有他，你自己照镜子去，你的脸上，我想，也有他。可怕的枯燥，好比是一种毒剂，他一进了我们的血液，我们的性情，我们的皮肤就变了颜色，而且我怕是离着生命远，离着坟墓近的颜色。

　　我是一个信仰感情的人，也许我自己天生就是一个感情性的人。比如前几天西风到了，那天早上我醒的时候是冻着才醒过来的，我看着纸窗上的颜色比往常的淡了，我被窝里的肢体像是浸在冷水里似的，我也听见窗外的风声，吹着一棵枣树上的枯叶，一阵一阵的掉下来，在地上卷着，沙沙的发响，有的飞出了外院去，有的留在墙角边转着，那声响真像是叹气。我因此就想起这西风，冷醒了我的梦，吹散了树上的叶子，他那成绩在一般饥荒贫苦的社会里一定格外的可惨。那天我出门的时候，果然见街上的情景比往常不同了；穷苦的老头小孩全躲在街角上发抖；他们迟早免不了树上枯叶子的命运。那一天我就觉得特别的闷，差不多发愁了。

因此我听着查先生说你们生活怎样的烦闷，怎样的干枯，我就很懂得，我就愿意来对你们说一番话。我的思想——如其我有思想——永远不是成系统的。我没有那样的天才。我的心灵的活动是冲动性的，简直可以说痉挛性的。思想不来的时候，我不能要他来，他来的时候，就比如穿上一件湿衣，难受极了，只能想法子把他脱下。我有一个比喻，我方才说起秋风里的枯叶；我可以把我的思想比作树上的叶子，时期没有到，他们是不很会掉下来的；但是到时期了，再要有风的力量，他们就只能一片一片的往下落；大多数也许是已经没有生命了的，枯了的，焦了的，但其中也许有几张还留着一点秋天的颜色，比如枫叶就是红的，海棠叶就是五彩的。这叶子实用是绝对没有的；但有人，比如我自己，就有爱落叶的癖好。他们初下来时颜色有很鲜艳的，但时候久了，颜色也变，除非你保存得好。所以我的话，那就是我的思想，也是与落叶一样的无用，至多有时有几痕生命的颜色就是了。你们不爱的尽可以随意的踩过，绝对不必理会；但也许有少数人有缘分的，不责备他们的无用，竟许会把他们捡起来揣在怀里，间在书里，想延留他们幽澹的颜色。感情，真的感情，是难得的，是名贵的，是应当共有的；我们不应得拒绝感情，或是压迫感情，那是犯罪的行为，与压住泉眼不让上冲，或是掐住小孩不让喘气一样的犯罪。人在社会里本来是不相连续的个体。感情，先天的与后天的，是一种线索，一种经纬，把原来分散的个体织成有文章的整体。但有时线索也有破烂与涣散的时候。所以一个社会里必须有新的线索继续的产出，有破烂的地方去补，有涣散的地方去拉紧，才可以维持这组织大体的匀整，有时生产力特别加增时，我们就有机会或是推广，或是加添我们现有的面积，或是加密，像网球板穿双线似的，我们现成的组织，因为我们知道创造的势力与破坏的势力，建设与溃败的势力，上帝与撒但的势力，是同时存在的。这两种势力是在一架天平上比着；他们很少平衡的时候，不是这头沉，就是那头沉。是的，人类的命运是在一架大天平上比着，一个巨大的黑影，那是我们集合的化身，在那里看着，他的手里满拿着分两的砝码，一会往这头送，一会又往那头送，地球尽转着，太阳，月亮，星，轮流的照着，我们的运命永远是在天平上称着。

我方才说网球拍，不错，球拍是一个好比喻。你们打球的知道网拍上那

里几根线是最吃重,最要紧,那几根线要是特别有劲的时候,不仅你对敌时拉球,抽球,拍球格外来的有力,出色,并且你的拍子也就格外的经用。少数特强的分子保持了全体的匀整。这一条原则应用到人道上,就是说,假如我们有力量加密,加强我们最普通的同情线,那线如其穿连得到所有跳动的人心时,那时我们的大网子就坚实耐用,天津人说的,就有根。不问天时怎样的坏,管他雨也罢,云也罢,霜也罢,风也罢,管他水流怎样的急,我们假如有这样一个强有力的大网子,那怕不能在时间无尽的洪流里——早晚网起无价的珍品,那怕不能在我们运命的天平上重重的加下创造的生命的分量?

所以我说真的感情,真的人情,是难能可贵的,那是社会组织的基本成分。初起也许只是一个人心灵里偶然的震动,但这震动,不论怎样的微弱,就产生了及远的波纹;这波纹要是唤得起同情的反应时,原来细的便拼成了粗的,原来弱的便合成了强的,原来脆性的便结成了韧性的,像一缕缕的苎麻打成了粗绳似的;原来只是微波,现在掀成了大浪,原来只是山罅里的一股细水,现在流成了滚滚的大河,向着无边的海洋里流着。耶稣在山头上的训道(Sermon on the mount),比如,还不是有限的几句话,但这一篇短短的演说,却制定了人类想望的止境,建设了绝对的价值的标准,创造了一个纯粹的完全的宗教。那是一件大事实,人类历史上一件最伟大的事实。再比如释迦牟尼感悟了生老病死的究竟,发大慈悲心,发大勇猛心,发大无畏心,抛弃了他人间的地位,富与贵,家庭与妻子,直到深山里去修道,结果他也替苦闷的人间打开了一条解放的大道,为东方民族的天才下一个最光华的定义。那又是人类历史上的一件奇迹。但这样大事的起源还不止是一个人的心灵里偶然的震动,可不仅仅是一滴最透明的真挚的感情滴落在黑沉沉的宇宙间?

感情是力量,不是知识。人的心是力量的府库,不是他的逻辑。有真感情的表现,不论是诗是文是音乐是雕刻或是画,好比是一块石子掷在平面的湖心里,你站着就看得见他引起的变化。没有生命的理论,不论他论的是什么理,只是拿石块扔在沙漠里,无非在干枯的地面上添一颗干枯的分子,也许掷下去时便听得出一些干枯的声响,但此外只是一大片死一般的沉寂了。所以感情才是成江成河的水泉,感情才是织成大网的线索。

但是我们自己的网子又是怎么样呢?现在时候到了,我们应当张大了我们的眼睛,认明白我们周围事实的真相。我们已经含糊了好久,现在再不容含糊的了。让我们来大声的宣布我们的网子是坏了的,破了的,烂了的;让我们痛快的宣告我们民族的破产，道德，政治，社会，宗教，文艺，一切都是破产了的。我们的心窝变成了蠹虫的家，我们的灵魂里住着一个可怕的大谎！那天平上沉着的一头是破坏的重量，不是创造的重量；是溃败的势力，不是建设的势力；是撒但的魔力，不是上帝的神灵。霎时间这边路上长满了荆棘，那边道上涌起了洪水，我们头顶有骇人的声音，是雷霆还是炮火呢？我们周围有一哭声与笑声，哭是我们的灵魂受污辱的悲声，笑是活着的人们疯魔了的狞笑，那比鬼哭更听的可怕，更凄惨。我们张开眼来看时，差不多更没有一块干净的土地，那一处不是叫鲜血与眼泪冲毁了的；更没有平安的所在，因为你即使忘却了外面的世界，你还是躲不了你自身的烦闷与苦痛。不要以为这样混沌的现象是原因于经济的不平等，或是政治的不安定，或是少数人的放肆的野心。这种种都是空虚的，欺人自欺的理论，说着容易，听着中听，因为我们只盼望脱卸我们自身的责任，只要不是我的分，我就有权利骂人。但这是，我着重的说，懦怯的行为；这正是我说的我们各个人灵魂里躲着的大谎！你说少数的政客，少数的军人，或是少数的富翁，是现在变乱的原因吗？我现在对你说：先生，你错了，你很大的错了，你太恭维了那少数人，你太瞧不起你自己。让我们一致的来承认，在太阳普遍的光亮底下承认，我们各个人的罪恶，各个人的不洁净，各个人的苟且与懦怯与卑鄙！我们是与最肮脏的一样的肮脏，与最丑陋的一般的丑陋，我们自身就是我们运命的原因。除非我们能起拔了我们灵魂里的大谎，我们就没有救度；我们要把祈祷的火焰把那鬼烧净了去，我们要把忏悔的眼泪把那鬼冲洗了去，我们要有勇敢来承当罪恶；有了勇敢来承当罪恶，方有胆量来决斗罪恶。再没有第二条路走。如其你们可以容恕我的厚颜，我想念我自己近作的一首诗给你们听，因为那首诗，正是我今天讲的话的更集中的表现：——

毒药

　　今天不是我歌唱的日子，我口边涎着狞恶的微笑，不是我说笑的日子，我胸怀间插着发冷光的利刃；相信我，我的思想是恶毒的因为这世界是恶毒的，我的灵魂是黑暗的，因为太阳已经灭绝了光彩，我的声调是像坟堆里的夜鸦，因为人间已经杀尽了一切的和谐，我的口音像是冤鬼责问他的仇人，因为一切的恩已经让路给一切的怨；

　　但是相信我，真理是在我的话里，虽则我的话像是毒药，真理是永远不

69

含糊的,虽则我的话里仿佛有两头蛇的舌,蝎子的尾尖,蜈蚣的触须;只因为我的心里充满着比毒药更强烈,比咒诅更狠毒,比火焰更猖狂,比死更深奥的不忍心与怜悯心与爱心,所以我说的话是毒性的,咒诅的。燎灼的,虚无的;

相信我,我们一切的准绳已经埋没在珊瑚土打紧的墓宫里,最劲冽的祭肴的香味也穿不透这严封的地层:一切的准则是死了的;

我们一切的信心像是顶烂在树枝上的风筝,我们手里擎着这迸断了的鹞线:一切的信心是烂了的;

相信我,猜疑的巨大的黑影,像一块乌云似的,已经笼盖着人间一切的关系:人子不再悲哭他新死的亲娘,兄弟不再来携着他姊妹的手,朋友变成了寇仇,看家的狗回头来咬他主人的腿:是的,猜疑淹没了一切;在路旁坐着啼哭的,在街心里站着的,在你窗前探望的,都是被奸污的处女:池潭里只见些烂破的鲜艳的荷花;

在人道恶浊的涧水里流着,浮苲似的,五具残缺的尸体,他们是仁义礼智信,向着时间无尽的海澜里流去;

这海是一个不安静的海,波涛猖獗的翻着,在每个浪头的小白帽上分明的写着人欲与兽性;

到处是奸淫的现象:贪心搂抱着正义,猜忌逼迫着同情,懦怯狎亵着勇敢,肉欲侮弄着恋爱,暴力侵凌着人道,黑暗践踏着光明;

听呀,这一片淫猥的声响,听呀,这一片残暴的声响;

虎狼在热闹的市街里,强盗在你们妻子的床上,罪恶在你们深奥的灵魂里……

白旗

来,跟着我来,拿一面白旗在你们的手里——不是上面写着激动怨毒,鼓励残杀字样的白旗,也不是涂着不洁净血液的标记的白旗,也不是画着忏悔与咒语的白旗(把忏悔画在你们的心里);

你们排列着,喋声的,严肃的,像送丧的行列,不容许脸上留存一丝的颜色,一毫的笑容,严肃的,喋声的,像一队决死的兵士;

现在时辰到了,一齐举起你们手里的白旗,像举起你们的心一样,仰看着你们头顶的青天,不转瞬的,惶恐的,像看着你们自己的灵魂一样;

现在时辰到了，你们让你们熬着，壅着，迸裂着，滚沸着的眼泪流，直流，狂流，自由的流，痛快的流，尽性的流，像山水出峡似的流，像暴雨倾盆似的流……

现在时辰到了，你们让你们咽着，压迫着，挣扎着，汹涌着的声音嚎，直嚎，狂嚎，放肆的嚎，凶狠的嚎，像飓风在大海波涛间的嚎，像你们丧失了最亲爱的骨肉时的嚎……

现在时辰到了，你们让你们回复了的天性忏悔，让眼泪的滚油煎净了的，让悲恸的雷霆震醒了的天性忏悔，默默的忏悔，悠久的忏悔，沉彻的忏悔，像冷峭的星光照落在一个寂寞的山谷，像一个黑衣的尼僧匐匐在一座金漆的神龛前；……

在眼泪的沸腾里，在嚎恸的酣彻里，在忏悔的沉寂里，你们望见了上帝永久的威严。

婴儿

我们要盼望一个伟大的事实出现，我们要守候一个馨香的婴儿出世：——

你看他那母亲在她生产的床上受罪！

她那少妇的安详，柔和，端丽，现在在剧烈的阵痛里变形成不可信的丑恶：你看她那遍体的筋络都在她薄嫩的皮肤底里暴涨着，可怕的青色与紫色，像受惊的水青蛇在田沟里急泅似的，汗珠站在她的前额上像一颗颗的黄豆，她的四肢与身体猛烈的抽搐着，畸屈着，奋挺着，纠旋着，仿佛她垫着的席子是用针尖编成的，仿佛她的帐围是用火焰织成的；

一个安详的，镇定的，端庄的，美丽的少妇，现在在绞痛的惨酷里变形成魔鬼似的可怖：她的眼，一时紧紧的阖着，一时巨大的睁着，她那眼，原来像冬夜池潭里反映着的明星，现在吐露着青黄色的凶焰，眼珠像是烧红的炭火，映射出她灵魂最后的奋斗，她的唇，原来朱红色的，现在像是炉底的冷灰，她的口颤着，撅着，扭着，死神的热烈的亲吻不容许她一息的平安，她的发是散披着，横在口边，漫在胸前，像揪乱的麻丝，她的手指间，还紧抓着几穗抟下来的乱发；

这母亲在她生产的床上受罪：——

但她还不曾绝望，她的生命挣扎着血与肉与骨与肢体的纤微，在危崖的边沿上，抵抗着，搏斗着，死神的逼迫；

　　她还不曾放手，因为她知道(她的灵魂知道！)这苦痛不是无因的，因为她知道她的胎宫里孕育着一点比她自己更伟大的生命的种子，包涵着一个比一切更永久的婴儿；

　　因为她知道这苦痛是婴儿要求出世的征候，是种子在泥土里爆裂成美丽的生命的消息，是她完成她自己生命的使命的机会；

　　因为她知道这忍耐是有结果的，在她剧痛的昏瞀中她仿佛听着上帝准许人间祈祷的声音，她仿佛听着天使们赞美未来的光明的声音；

　　因此她忍耐着，抵抗着，奋斗着……她抵拼绷断她统体的纤微，她要赎出在她那胎宫里动荡着的生命，在她一个完全，美丽的婴儿出世的盼望中，最锐利，最沉酣的痛感逼成了最锐利最沉酣的快感……

　　这也许是无聊的希冀，但是谁不愿意活命，就使到了绝望最后的边沿，我们也还要妄想希望的手臂从黑暗里伸出来挽着我们。我们不能不想望这苦痛的现在，只是准备着一个更光荣的将来，我们要盼望一个洁白的肥胖的活泼的婴儿出世！

　　新近有两件事实，使我得到很深的感触。让我来说给你们听听。

　　前几时有一天俄国公使馆挂旗，我也去看了。加拉罕站在台上，微微的笑着，他的脸上发出一种严肃的青光，他侧仰着他的头看旗上升时，我觉着了他的人格的尊严，他至少是一个有胆有略的男子，他有为主义牺牲的决心，他的脸上至少没有苟且的痕迹，同时屋顶那根旗杆上，冉冉的升上了一片的红光，背着窈远没有一斑云彩的青天。那面簇新的红旗在风前料峭的袅荡个不定。这异样的彩色与声响引起了我异样的感想。是腼腆，是骄傲，还是鄙夷，如今这红旗初次面对着我们偌大的民族？在场人也有拍掌的，但只是断续的拍掌，这就算是我想我们初次见红旗的敬意；但这又是鄙夷，骄傲，还是惭愧呢？那红色是一个伟大的象征，代表人类史里最伟大的一个时期；不仅标示俄国民族流血的成绩，却也为人类立下了一个勇敢尝试的榜样。在那旗子抖动的声响里我不仅仿佛听出了这近十年来那斯拉夫民族失败与胜利的呼声，我也想象到百数十年前法国革命时的狂热，一七八九年七月四日那天巴黎市民攻破巴士梯亚牢狱时的疯癫。自由，平等，友爱！友爱，平等，自由！你们听呀，在这呼声里人类理想的火焰一直从地面上直冲破天顶，历史上再没有更重要更强烈的转变的时期。卡莱尔(Carlyle)在他的法国革命史里形容这件大事有三句名句，他说，"To describe this scene transcends the talent of mortals.After four hours of worldbedlam it surrenders.The Bastille is down!"他说："要形容这一景超过了凡人的力量。过了四小时的疯狂他(那大牢)投降了。巴士梯亚是下了！"打破一个政治犯的牢狱不算是了不得的大事，但这事实里有一个象征。巴士梯亚是代表阻碍自由的势力，巴黎士民的攻击是代表全人类争自由的势力，巴士梯亚的"下"是人类理想胜利的凭证。自由，平等，友爱！友爱，平等，自由！法国人在百几十年前猖狂的叫着。这叫声还在人类的性灵里荡着。我们不好像听见吗，虽则隔着百几十年光阴的旷野。如今凶恶的巴士梯亚又在我们的面前堵着；我们如其再不发疯，他那牢门上的铁钉，一个个都快刺透我们的心胸了！

　　这是一件事。还有一件是我六月间伴着泰戈尔到日本时的感想。早七年我过太平洋时曾经到东京去玩过几个钟头，我记得到上野公园去，上一座小山去下望东京的市场，只见连绵的高楼大厦，一派富盛繁华的景象。这回我又到上野去了，我又登山去望东京城了，那分别可太大了！房子，不错，原是有的；但从前是几层楼的高房，还有不少有名的建筑，比如帝国剧场、帝国大学等等，这次看见的，说也可怜，只是薄皮松板暂时支着应用的鱼鳞似的屋子，白松松的像一个烂发的花头，再没有从前那样富盛与繁华的气象。十九的城子都是叫那大地震吞了去烧了去的。我们站着的地面平常看是再坚实不过的，但是等到他起兴时小小的翻一个身，或是微微的张一张口，我们脆弱的文明与脆弱的生命就够受。我们在中国的差不多是不能想着世界上，在醒着的不是梦里的世界上，竟可以有那样的大灾难。我们中国人是在灾难里讨生活的，水，旱，刀兵，盗劫，那一样没有，但是我敢说我们所有的灾难合起来也抵不上我们邻居一年前遭受的大难。那事情的可怕，我敢说是超过了人类忍受力的止境。我们国内居然有人以日本人这次大灾为可喜的，说他们活该，我真要请协和医院大夫用 X 光检查一下他们那几位，究竟他们是有没有心肝的。因为在可怕的运命的面前，我们人类的全体只是一群在山里逢着雷霆风雨时的绵羊，那里还能容什么种族政治等等的偏见与意气？我来说一点情形给你们听听，因为虽则你们在报上看过极详细的记载，不曾亲自察看过的总不免有多少距离的隔膜。我自己未到日本前与看过日本后，见解就完全的不同。你们试想假定我们今天在这里集会，我讲的，你们听的，假如日本

那把戏轮着我们头上来时，要不了的搭的搭的搭的三秒钟我与你们与讲台与屋子就永远诀别了地面，像变戏法似的，影踪都没了。那是事实，横滨有好几所五六层高的大楼，全是在三四秒时间内整个儿与地面拉一个平，全没了。你们知道圣书里面形容天降大难的时候，不要说本来脆弱的人类完全放弃了一切的虚荣，就是最猛鸷的野兽与飞禽也会在霎时间变化了性质，老虎会来小猫似的挨着你躲着，利喙的鹰鹞会得躲入鸡棚里去窝着，比鸡还要驯服。在那样非常的变动时，他们也好似觉悟了这彼此同是生物的亲属关系，在天怒的跟前同是剥夺了抵抗力的小虫子，这里面就发生了同命运的同情。你们试想就东京一地说，二三百万的人口，几十百年辛勤的成绩，突然的面对着最后审判的实在，就在今天我们回想起当时他们全城子像一个滚沸的油锅时的情景，原来热闹的市场变成了光焰万丈的火盆，在这里面人类最集中的心力与体力的成绩全变了燃料，在这里面艺术教育政治社会人的骨与肉与血都化成了灰烬，还有百十万男女老小的哭嚷声，这哭声本体就可以摇动天地，——我们不要说亲身经历，就是坐在椅子上想象这样不可信的情景时，也不免觉得害怕不是？那可不是顽儿的事情。单只描写那样的大变，恐怕至少就须要荷马或是莎士比亚的天才。你们试想在那时候，假如你们亲身经历时，你的心理该是怎么样？你还恨你的仇人吗？你还不饶恕你的朋友吗？你还沾恋你个人的私利吗？你还有欺哄人的机会吗？你还有什么希望吗？你还不搂住你身旁的生物，管他是你的妻子，你的老子，你的听差，你的妈，你的冤家，你的老妈子，你的猫，你的狗，把你灵魂里还剩下的光明一齐放射出来，和着你同难的同胞在这普遍的黑暗里来一个最后的结合吗？

但运命的手段还不是那样的简单。他要是把你的一切都扫灭了，那倒也是一个痛快的结束；他可不然。他还让你活着，他还有更苛刻的试验给你。大难过了，你还喘着气；你的家，你的财产，都变了你脚下的灰，你的爱亲与妻与儿女的骨肉还有烧不烂的在火堆里燃着，你没有了一切；但是太阳又在你的头上光亮的照着，你还是好好的在平定的地面上站着，你疑心这一定是梦，可又不是梦，因为不久你就发见与你同难的人们，他们也一样的疑心他们身受的是梦。可真不是梦；是真的。你还活着，你还喘着气，你得重新来过，根本的完全的重新来过。除非是你自愿放手，你的灵魂里再没有勇敢的分子。那才是你的真试验的时候。这考卷可不容易交了，要到那时候你才知道你自己究竟有多大能耐，值多少，有多少价值。

我们邻居日本人在灾后的实际就是这样。全完了，要来就得完全来过，尽你自己的力量不够，加上你儿子的，你孙子的，你孙子的儿子的儿子的孙子的努力也许可以重新撑起这份家私，但在这努力的经程中，谁也保不定天与地不再捣乱；你的几十年只要他的几秒钟。问题所以是你干不干？就只干脆的一句话，你干不干，是或否？同时也许无情的运命，扭着他那丑陋可怕的脸子在你的身旁冷笑，等着你最后的回话。你干不干，他仿佛也涎着他的怪脸问着你！

我们勇敢的邻居们已经交了他们的考卷；他们回答了一个干脆的干字，我们不能不佩服。我们不能不尊敬他们精神的人格。不等那大震灾的火焰缓和下去，我们邻居们第二次的奋斗已经庄严的开始了。不等运命的残酷的手臂放松，他们已经宣言他们积极的态度对运命宣战。这是精神的胜利，这是伟大，这是证明他们有不可摇的信心，不可动的自信力；证明他们是有道德的与精神的准备的，有最坚强的毅力与忍耐力的，有内心潜在着的精力的，有充分的后备军的，好比说，虽则前敌一起在炮火里毁了，这只是给他们一个出马的机会。他们不但不悲观，不但不消极，不但不绝望，不但不矮着嗓子乞怜，不但不倒在地下等救，在他们看来这大灾难，只是一个伟大的载刺，伟大的鼓励，伟大的灵感，一个应有的试验，因此他们新来的态度只是双倍的积极，双倍的勇猛，双倍的兴奋，双倍的有希望；他们仿佛是经过大战的大将，战阵愈急迫愈危险，战鼓愈打得响亮，他的胆量愈大，往前冲的步子愈紧，必胜的决心愈强。这，我说，真是精神的胜利，一种道德的强制力，伟大的，难能的，可尊敬的，可佩服的。泰戈尔说的，国家的灾难，个人的灾难，都是一种试验：除是灾难的结果压倒了你的意志与勇敢，那才是真的灾难，因为你更没有翻身的希望。

这也并不是说他们不感觉灾难的实际的难受，他们也是人，他们虽勇，心究竟不是铁打的。但他们表现他们痛苦的状态是可注意的；他们不来零碎的呼叫，他们采用一种雄伟的庄严的仪式。此次震灾的周年纪念时，他们选定一个时间，举行他们全国的悲哀；在不知是几秒或几分钟的期间内，他们全国的国民一致的静默了，全国民的心灵在那短时间内融合在一阵忏悔的，祈祷的，普遍的肃静里（那是何等的凄伟！）；然后，一个信号打破了全国的静默，那千百万人民又一致的高声悲号，悲悼他们曾经遭受的惨运；在这一声弥漫的哀号里，他们国民，不仅发泄了蓄积着的悲哀，这一声长号，也表明他

们一致重新来过的伟大的决心（这又是何等的凄伟！）。

这是教训，我们最切题的教训。我个人从这两件事情——俄国革命与日本地震——感到极深刻的感想；一件是告诉我们什么是有意义有价值的牺牲，那表面紊乱的背后坚定的站着某种主义或是某种理想，激动人类潜伏着一种普遍的想望，为要达到那想望的境界，他们就不顾冒怎样剧烈的险与难，拉倒已成的建设，踏平现有的基础，抛却生活的习惯，尝试最不可测量的路子。这是一种疯癫，但是有目的的疯癫；单独的看，局部的看，我们尽可以下种种非难与责备的批评，但全部的看，历史的看时，那原来纷乱的就有了条理，原来散漫的就成了片段，甚至于在经程中一切反理性的分明残暴的事实都有了他们相当的应有的位置，在这部大悲剧完成时，在这无形的理想"物化"成事实时，在人类历史清理节帐时，所得便超过所出，赢余至少是盖得过损失的。我们现在自己的悲惨就在问题不集中，不清楚，不一贯；我们缺少——用一个现成的比喻——那一面半空里升起来的彩色旗，（我不是主张红旗，我不过比喻罢了！）使我们有眼睛能看的人都不由的不仰着头望；缺少那青天里的一个霹雳，使我们有耳朵能听的不由的惊心。正因为缺乏这样一个一贯的理想与标准（能够表现我们潜在意识所想望的），我们有的那一部疯癫性——历史上所有的大运动都脱不了疯癫性的成分——就没有机会充分的外现，我们物质生活的累赘与沾恋，便有力量压迫住我们精神性的奋斗；不是我们天生不肯牺牲，也不是天生懦怯，我们在这时期内的确不曾寻着值得或是强迫我们牺牲的那件理想的大事，结果是精力的散漫，志气的怠惰，苟且心理的普遍，悲观主义的盛行，一切道德标准与一切价值的毁灭与埋葬。

人原来是行为的动物，尤其是富有集合行为力的，他有向上的能力，但他也是最容易堕落的，在他眼前没有正当的方向时，比如猛兽监禁在铁笼子里。在他的行为力没有发展的机会时，他就会随地躺了下来，管他是水潭是泥潭，过他不黑不白的猪奴的生活。这是最可惨的现象，最可悲的趋向。如其我们容忍这种状态继续存在时，那时每一对父母每次生下一个洁净的小孩，只是为这卑劣的社会多添一个堕落的分子，那是莫大的亵渎的罪业；所有的教育与训练也就根本的失去了意义，我们还不如盼望一个大雷霆下来毁尽了这三江或四江流域的人类的痕迹！

再看日本人天灾后的勇猛与毅力，我们就不由的不惭愧我们的穷，我们的乏，我们的寒伧。这精神的穷乏才是真可耻的，不是物质的穷乏。我们所受的苦难都还不是我们应有的试验的本身，那还差得远着哪；但是我们的丑态已经恰好与人家的从容成一个对照。我们的精神生活没有充分的涵养，所以临着稀小的纷扰便没有了主意，像一个耗子似的，他的天才只是害怕，他的伎俩只是小偷；又因为我们的生活没有深刻的精神的要求，所以我们合群生活的大网子就缺少最吃分量最经用的那几条普遍的同情线，再加之原来的经纬已经到了完全破烂的状态，这网子根本就没有了联结，不受外物侵损时已有溃败的可能，那里还能在时代的急流里，捞起什么有价值的东西？说也奇怪，这几千年历史的传统精神非但不曾供给我们社会一个巩固的基础，我们现在到了再不容隐讳的时候，谁知道发见我们的桩子，只是在黄河里造桥，打在流沙里的！

　　难怪悲观主义变成了流行的时髦！但我们年轻人，我们的身体里还有生命跳动，脉管里多少还有鲜血的年轻人，却不应当沾染这最致命的时髦，不应当学那随地躺得下去的猪，不应当学那苟且专家的耗子，现在时候逼迫了，再不容我们刹那的含糊。我们要负我们应负的责任，我们要来补织我们已经破烂的大网子，我们要在我们各个人的生活里抽出人道的同情的纤维来合成强有力的绳索，我们应当发见那适当的象征，像半空里那面大旗似的，引起普遍的注意；我们要修养我们精神的与道德的人格，预备忍受将来最难堪的试验。简单的一句话，我们应当在今天——过了今天就再没有那一天了——宣传我们对于生活基本的态度。是是还是否；是积极还是消极；是生道还是死道；是向上还是堕落？在我们年轻人一个字的答案上就挂着我们全社会的运命的决定。我盼望我至少可以代表大多数青年，在这篇讲演的末尾，高叫一声——用两个有力量的外国字——"Everlasting yea！"①

---

　　① Everlasting Yea，意为永远持积极的态度。

我们病了怎么办

　　"在理想的社会中，我想，"西滢在闲话里说"医生的进款应当与人们的康健做正比例。他们应当像保险公司一样，保证他们的顾客的健全，一有了病就应当罚金或赔偿的。"在撒牟勃德腊（Samuel Butler）的乌托邦里，生病只当作犯罪看待，疗治的场所是监狱，不是医院，那是留着伺候犯罪人的。真的为什么人们要生病，自己不受用，旁人也麻烦？我有时看了不知病痛的猫狗们的快乐自在，便不禁回想到我们这造孽的文明的人类，且不说那尾巴不曾蜕化的远祖，就说湘西的苗子，太平洋群岛上的保立尼新人之类，他们所知道所受用的健康与安逸，已不是我们所谓文明人所能梦想。咳，堕落的人们，病痛变了你们的本分，至于健康，那是例外的例外了！

　　不妨事，你说，病了有医，有药，怕什么的？看近代的医学、药学够多么飞快的进步？就北京说吧，顶体面顶费钱的屋子是什么？医院！顶体面顶赚钱的职业是什么？医生！设备、手术、调理、取费，没一样不是上乘！病，病怕什么的——只要你有钱，更好你兼有势！

　　是的，我们对科学，尤其是对医学的信仰，是无涯涘的；我们对外国人，尤其是对西医的信仰，是无边际的。中国大夫其实是太难了，开口是玄学，闭口也还是玄学，什么脾气侵肺，肺气侵肝，肝气侵肾，肾气又回侵脾，有谁，凡是有哀皮西①脑筋的，听得惯这一套废话？冲他们那寸把长乌木镶边的指甲，鸦片烟带牙污的口气，就不能叫你放心，不说信任！同样穿洋服的大夫们够

――――――――――
　　① 哀皮西，即 ABC，在此指基础的科学知识。

多漂亮，说话够多有把握，什么病就是什么病，该吃黄丸子的就不该吃黑丸子，这够多干脆，单冲他们那身上收拾的干净，脸上表情的镇定与威权，病人就觉得爽气得多！"医者意也"是一句古话；但得进了现代的大医院，我们才懂得那话的意思。

多谢那些平均算一秒钟滚进一只金元宝之类的大大王们，他们有了钱设法用就想"留芳"，正如做皇帝的想成仙，拿了无数的钱分到苦恼的半开化的民族的国度里，造教堂推广福音来救度他们的病痛。而且这也不是白来；他们往回收的不是名，就是利，很多时候是名利双收。为什么不，我有了钱也这么来。

我个人向来也是无条件信仰西洋医学，崇拜外国医院的，但新近接连听着许多话不由我不开始疑问了。我只说疑问，不说停止崇拜，那还远着哪。在北京有的医院别号是"高等台基"，有的雅称是某大学分院，这已够新鲜，但还不妨事，医院是医院的机关，只要它这一点能名副其实的做到，你管得它其他附带的作用。但在事实上可巧它们往往是在最主要的功用上使我们失望，那是我们为全社会计，为它们自身名誉计，有时不得不出声来提醒它们一声。我们只说提醒，决不敢用忠告甚至警告责备一类的字样；因为我们怎能不感念他们在这里方便我们的好意？

我们提另来说协和。因为协和，就我所知道的，岂不是在本城的医院中算是资本最雄厚，设备最丰富，人才最济济的一个机关？并且它也是在办事上最认真的一个地方，我们可以相信。它一年所花的钱，一年所医治的人，虽则我不知实在，想来一定是可惊的数目。但我们要看看它的成绩。说来也怪，也许原因是人们的本性是忘恩，也许它的"人缘"特别不佳，凡是请教过协和的病人，就我所知，简直可说是一致，也许多少不一，有怨言。这怨言的性质却不一致，综了说有这几种：

（一）种族界限 这是说看病先看你脸皮是白是黄：凡是外国人，说句公平话，他们所得的待遇就应有尽有，一点也不含糊，但要是不幸你是黄脸的，那就得趁大夫们的高兴了，他们爱怎么样理你就怎么样理你。据说院内雇用的中国人，上自助手下至打扫的，都在说这话——中外国病人的分别大着哪！原来是，这是有根据的，诺狄克民优胜的谬见一天不打破，我们就得一天忍受这类不平等的待遇。外国医院设在中国的，第一个目的当然是伺候外国

人,轮得着你们,已算是好了,谁叫你们自不争气,有病人自己不会医!

(二)势力分别 同是中国人,还有分别;但这分别又是理由极充分的;有钱有势的病人照例得着上等的待遇,普通乃至贫苦的病人只当得病人看。这是人类的通性什么地方什么时候都有表见的,谁来低哆谁就没有幽默,虽则在理论上说,至少医院似乎应分是"一视同仁"的。我们听见过进院的产妇放在屋子里没有人顾问,到时候小孩子自己下来了,医生还不到一类的故事!

(三)科学精神 这是说拿病人当试验品,或当标本看。你去看你的眼,一个大夫或是学生来检看了一下出去了;二、一个大夫或是学生又来查看了一下出去了;三、一个大夫或是学生再来一次,但究竟谁负责看这病,你得绕大弯儿才找得出来,即使你能的话。他们也许是为他们自己看病来了,但很不像是替病人看病。那也有理,但在这类情形之下,西滢在他的闲话说得趣,付钱的应分是医院,不该是病人!

(四)大意疏忽 一般人的逻辑是不准确的,他们往往因为一个医生偶尔的疏忽便断定他所代表的学理与方法是要不得的。很多人从极细小题外的原因推定科学的不成立。这是危险的。就医病说,从新医术跳回党参、黄岐,从党参黄岐跳回祝由科符水,从符水到请猪头烧纸,是常见的事;我们忧心文明,期望"进步"的不该奖励这类"开倒车"的趋向。但同时不幸对科学有责任的新派大夫们,偏容易大意,结果是多少误事。查验的疏忽,诊断的错误,手术的马虎,在在是使病人失望的原因。但医院是何等事,一举措间的分别可以交关人命,我们即使大量,也不能忍受无谓的灾殃。

最近一个农业大学学生的死,据报载是:(一)原因于不及时医治;(二)原因于手术时不慎致病菌入血。这类的情形我们如何能不抗议?

再如梁任公先生这次的白丢腰子,几乎是太笑话了。梁先生受手术之前,见着他的知道,精神够多健旺,面色够光采。协和最能干的大夫替他下了不容疑义的诊断,说割了一个腰子病就去根。腰子割了,病没有割。那么病原在牙;再割牙,从一根割起割到七根,病还是没有割。那么病在胃吧;饿瘪了试试——人瘪了,病还是没有瘪!那究竟为什么出血呢?最后的答话其实是太妙了,说是无原因的出血:Essential Hoematuria。所以闹了半天的发见是既不是肾脏肿疡(Kidney Farmour),又不是齿牙一类的作祟;原因是无原因的!

我们是完全外行，怎懂得这其中的玄妙，内行错了也只许内行批评，那轮着外行多嘴！但这是协和的责任心。这是他们的见解，他们的本领手段！

后面附着梁仲策先生的笔记[①]，关于这次医治的始末，尤其是当事人的态度，记述甚详，不少耐人寻味的地方，你们自己看去，我不来多加案语。但一点是分明的，协和当事人免不了诊断疏忽的责备。我们并不完全因为梁先生是梁先生所以特别提出讨论，但这次因为是梁先生在协和已经是特别卖力气，结果尚不免几乎出大乱子，我们对于协和的信仰，至少我个人的，多少不免有修正的必要了。"尽信医则不如无医"，诚哉是言也！但我们却不愿一班人因此而发生出轨的感想：就是对医学乃至科学本身怀疑，那是错了，当事人也许有时没交代，但近代医学是有交代的，我们决不能混为一谈。并且外行终究是外行，难说梁先生这次的经过，在当事人自有一种折服人的说法，我们也不得而知。但假如有理可说的话，我们为协和计，为替梁先生割腰子的大夫计，为社会上一般人对协和乃至西医的态度计，正巧梁先生的医案已经几于尽人皆知，我们即不敢要求，也想望协和当事人能给我们一个相当的解说。让我们外行借此长长见识也是好的！

要不然我们此后岂不个个人都得踌躇着：

我们病了怎么办？

---

① 本书没有摘录。

一封信（给抱怨生活干燥的朋友）

得到你的信，像是掘到了地下的珍藏，一样的稀罕，一样的宝贵。

看你的信，像是看古代的残碑，表面是模糊的，意致却是深微的。

又像是在尼罗河旁边幕夜，在月亮正照着金字塔的时候，梦见一个穿黄金袍服的帝王，对着我作谜语，我知道他的意思，他说："我无非是一个体面的木乃伊；"

又像是我在这重山脚下半夜梦醒时，听见松林里夜鹰 Soprano①，可怜的遭人厌毁的鸟，他虽则没有子规那样天赋的妙舌，但我却懂得他的怨愤，他的理想，他的急调是他的嘲讽与咒诅；我知道他怎样的鄙蔑一切，鄙蔑光明，鄙蔑烦嚣的燕雀，也鄙弃自喜的画眉；

又像是我在普陀山发见的一个奇景；外面看是一大块岩石，但里面却早被海水蚀空，只剩罗汉头似的一个脑壳，每次海涛向这岛身搂抱时，发出极奥妙的音响，像是情话，像是咒诅，像是祈祷，在雕空的石笋、钟乳间呜咽，像大和琴的谐音在皋雪格②的古寺的花椽、石槛间回荡——但除非你有耐心与勇气，攀下几重的石岩，俯身下去凝神的察看与倾听，你也许永远不会想象，不必说发见这样的秘密；

又像是……但是我知道，朋友，你已经听够了我的比喻。也许你愿意听我自然的嗓音与不做作的语调，不愿意收受用幻想的亮箔包裹着的话，虽

---

① Soprano，英文"女高音"。

② 皋雪格，英文 Gothic 的音译，通译哥特式，是欧洲中世纪的一种建筑风格。

则，我不能不补一句，你自己就是最喜欢从一个弯曲的白银喇叭里，吹弄你的古怪的调子。

你说："风大土大，生活干燥。"这话仿佛是一阵奇怪的凉风，使我感觉一个恐怖的战栗；像一团飘零的秋叶，使我的灵魂里掉下一滴悲悯的清泪。

我的记忆里，我似乎自信，并不是没有葡萄酒的颜色与香味，并不是没有妩媚的微笑的痕迹，我想我总可以抵抗你那句灰色的语调的影响——

是的，昨天下午我在田里散步的时候，我不是分明看见两块凶恶的黑云消灭在太阳猛烈的光焰里，五只小山羊，兔子一样的白净，听着她们妈的吩咐在路旁寻草吃，三个捉草的小孩在一个稻屯前抛掷镰刀；自然的活泼给我不少的鼓舞，我对着白云里矗着的宝塔喊说我知道生命是有意趣的。

今天太阳不曾出来。一捆捆的云在空中紧紧的挨着，你的那句话碰巧又添上了几重云蒙，我又疑惑我昨天的宣言了。

我也觉得奇怪，朋友，何以你那句话在我的心里，竟像白垩涂在玻璃上，这半透明的沉闷是一种很巧妙的刑罚；我差不多要喊痛了。

我向我的窗外望，暗沉沉的一片，也没有月亮，也没有星光，日光更不必想，他早已离别了，那边黑蔚蔚的是林子，树上，我知道，是夜鸦的寓处，树下累累的在初夜的微芒中排列着，我也知道。是坟墓，僵的白骨埋在硬的泥里，磷火也不见一星，这样的静，这样的惨，黑夜的胜利是完全的了。

我闭着眼向我的灵府里问讯，呀，我竟寻不到一个与干燥脱离的生活的意象，干燥像一个影子，永远跟着生活的脚后，又像是葱头的葱管，永远附着在生活的头顶，这是一件奇事。

朋友，我抱歉，我不能答复你的话，虽则我很想，我不是爽恺的西风，吹不散天上的云罗，我手里只有一把粗拙的泥锹，如其有美丽的理想或是希望要埋葬，我的工作倒是现成的——我也有过我的经验。

朋友，我并且恐怕，说到最后，我只得收受你的影响，因为你那句话已经凶狠的咬入我的心里，像一个有毒的蝎子，已经沉沉的压在我的心上，像一块盘陀石，我只能忍耐，我只能忍耐……

『就使打破了头，也还要保持我灵魂的自由』

照群众行为看起来，中国人是最残忍的民族。

照个人行为看起来，中国人大多数是最无耻的个人。慈悲的真义是感觉人类应感觉的感觉，和有胆量来表现内动的同情。中国人只会在杀人场上听小热昏，决不会在法庭上贺喜判决无罪的刑犯；只想把洁白的人齐拉入混浊的水里，不会原谅拿人格的头颅去撞开地狱门的牺牲精神，只是"幸灾乐祸"，"投井下石"，不会冒一点子险去分肩他人为正义而奋斗的负担。

从前在历史上，我们似乎听见过有什么义呀侠呀，什么当仁不让，见义勇为的榜样呀，气节呀，廉洁呀，等等。如今呢，只听见神圣的职业者接受蜜甜的"冰炭散'，磕拜寿祝福的响头，到处只见拍卖人格、"贱卖灵魂"的招贴。这是革命最彰明的成绩，这是华族民国最动人的广告！

"无理想的民族必亡"，是一句不刊的真言。我们目前的社会政治走的只是卑污苟且的路，最不能容许的理想，因为理想好比一面大镜子，若然摆在面前，一定照出魑魅魍魉的丑迹。莎士比亚的丑鬼卡立朋（Caliban）有时在海水里照出他自己的尊容，总是老羞成怒的。

所以每次有理想主义的行为或人格出现，这卑污苟且的社会一定不能容忍；不是拳打脚踢，也总是冷嘲热讽，总要把那三闾大夫硬推入汨罗江底，他们方才放心。

我们从前是儒教国，所以从前理想人格的标准是智仁勇。现在不知道变成了什么国了，但目前最普遍人格的通性，明明是愚暗残忍懦怯，正得一个反面。但是真理正义是永生不灭的圣火；也许有的遭被蒙盖掩翳罢了。大多数的人一天二十四点钟的时间内,何尝没有一刹那清明之气的回复?但是谁有胆量来想他自己的想,感觉他内动的感觉,表现他正义的冲动呢?

蔡元培所以是个南边人说的"戆大",愚不可及的书呆子,卑污苟且社会里的一个最不合时宜的理想者。所以他的话是没有人能懂的;他的行为是极少数人——如真有——敢表同情的;他的主张,他的理想,尤其是一盆飞旺的炭火,大家怕炙手,如何敢去抓呢?

"小人知进而不知退,"

"不忍为同流合污之苟安,"

"不合作主义,"

"为保持人格起见……"

"生平仅知是非公道,从不以人为单位。"

这些话有多少人能懂,有多少人敢懂?

这样的一个理想者,非失败不可;因为理想者总是失败的。若然理想胜利,那就是卑污苟且的社会政治失败——那是一个过于奢侈的希望了。

有知识有胆量能感觉的男女同志,应该认明此番风潮是个道德问题;随便彭允彝京津各报如何淆惑,如何谣传,如何去牵涉政党,总不能掩没这风潮里面的一点子理想的火星。要保全这点子小小的火星不灭,是我们的责任,是我们良心上的负担;我们应该积极同情这番拿人格头颅去撞开地狱门的精神!

卢梭与幼稚教育

　　我去年七月初到康华尔（Cornwall 英伦最南一省）去看卢梭夫妇。他们住在离潘让市九英里沿海设无线电台处的一个小村落，望得见"地角"（Land's End）的"壁虎"尖凸出在大西洋里，那是英伦岛最南的一点，康华尔沿海的"红岩"（Red Cliffs）是有名的，但我在那一带见着的却远没有想象中的红岩的壮艳。因为热流故，这沿海一带的气候几乎接近热带性，听说冬天是极难得冷雪的。这地段却颇露荒凉的景象，不比中部的一片平芜，树木也不多，荒草地里只见起伏的巨牛；滨海尤其是硗确的岩地，有地方壁立万仞，下瞰白羽的海岛在汹涌的海涛间出没。卢梭的家，一所浅灰色方形的三层楼屋，有矮墙围着，屋后身凸出一小方的雨廊，两根廊柱是黄漆的，算是纪念中国的意思。——是矗峙在一片荒原的中间，远望去这浅嫩的颜色与呆木的神情，使你想起十八世纪趣剧中的村姑子，发上歇着一只怪鸟似的缎结，手叉着腰，直挺挺的站着发愣。屋子后面是一块草地，一边是门，一边抄过去满种着各色的草花不下二三十种，在一个墙角里他们打算造一爿中国凉亭式的小台，我当时给写了一块好像"听风"还不知"临风"的匾题，现在想早该造得了。这小小的家园是我们的哲学家教育他的新爱弥儿的场地。

　　卢梭那天赶了一个破汽车到潘让市车站上来接我的时候，我差一点不认识他。简直是一个乡下人！一顶草帽子是开花的，褂子是烂的，领带，如其有，是像一根稻草在胸前飘着，鞋，不用说，当然有资格与贾波林的那双拜弟兄！他手里擒着一只深酱色的烟斗，调和他的皮肤的颜色。但他那一双眼，多敏锐，多集中，多光亮——乡下人的外廓掩不住哲学家的灵智！

那天是礼拜，我从"Exeter"下去就只这趟奇慢的车。卢梭先生开口就是警句，他说"萨拜司的休息日是耶教与工团联合会的惟一共同信条"！车到了门前，那边过来一个光着"脚鸭子"手提着浴布的女人，肤色叫太阳晒得比卢梭的紫酱，笑着招呼我，可不是勃兰克女士，现在卢梭夫人，我怎么也认不出来，要是她不笑不开口。进门去他们给介绍他们的一对小宝贝，大的是男，四岁，有个中国名字叫金铃，小的是女，叫恺弟。我问他们为什么到这极南地方来做隐士，卢梭说一来为要静心写书，二来（这是更重要的理由）为顾管他们两小孩子的德育（to look after the moral education of our kids）。

我在他们家住了两晚。听卢梭谈话正比是看德国烟火，种种眩目的神奇，不可思议的在半空里爆发，一胎孕一胎的，一彩绽一彩的，不由你不讶异，不由你不欢喜。但我不来追记他的谈话，那困难就比是想描写空中的银花火树；我此时想起的就只我当时眼见的所谓"看顾孩子们的德育"的一斑。这讲过了，下回再讲他新出论教育的书——

On Education! Especially in Early Childhood, By Bertrand Russell, Published: London, George Allen and Unwin.

金铃与恺弟有他们的保姆，有他们的奶房（Nursery），白天他们爹妈工作的时候保姆领着他们。每餐后他们照例到屋背后草地上玩，骑木马，弄熊，看花，跑，这时候他们的爹妈总来参加他们的游戏。有人说大人物都是有孩子气的，这话许有一部分近情。有一次我在威尔思家看他跟他的两个孩子在一间"仓间"里打"行军球"玩，他那高兴真使人看了诧异，简直是一个孩子——跑，踢，抢，争，笑，嚷，算输赢，一双晶亮的小蓝眼珠里活跃着不可抑遏的快活，满脸红红的亮着汗光，气吁吁的一点也不放过，正如一个活泼的孩子，谁想到他是年近六十"在英语国里最伟大的一个智力"（法郎士评语）的一个作者！卢梭也是的，虽则他没有威尔思那样彻底的忘形，也许是为他孩子还太小不够合伙玩的缘故。这身体上（不止思想——与心情上）不失童真，在我看是西方文化成功的一个大秘密；回想我们十六字联"蟠蟠老成，尸居余气；翩翩年少，弱不禁风！"的汉族，不由的脊骨里不打寒噤。

我们全站在草地上。卢梭对大孩子说，来，我们练习。他手抓住了一双小手，口唱着"我们到桑园里去，我们到桑园里去"那个儿歌，提空了小身子一高一低的打旋。同时恺弟那不满三岁的就去找妈给她一个同哥哥一样。再来就骑马。爸爸做马头，妈妈做马尾巴，两孩夹在中间做马身子，得儿儿跑，得

儿儿跑，绕着草地跑，跑个气喘才住。有一次兄妹俩抢骑木马，闹了，爸爸过去说约翰（男的名）你先来，来过了让妹妹，恺弟就一边站着等轮着她。但约翰来过了还不肯让。恺弟要哭了，爸妈吩咐他也不听，这回老哲学家恼了，一把拿他合扑着抱了起来往屋子里跑，约翰就哭，听他们上楼去了。但等不到五分钟，父子俩携着手笑吟吟走了出来，再也不闹了。

妈叫约翰领徐先生看花去，这真太可爱了，园里花不止三十种，惭愧我这老大认不到三种，四岁的约翰却没一样不知名，并且很多种还是他小手亲自栽的，看着他最爱的他就蹲下去摸摸亲亲，他还知道各种花开的迟早，那几样蝴蝶们顶喜欢，那几样开顶茂盛，他全知道，他得意极了。恺弟虽则走路还勉强，她也来学样，轻轻的摸摸嗅嗅，那神气太好玩了。

吃茶的时候孩子们也下来。约翰捧了一本大书来，那是他的，给客人看。书里是各地不同的火车头，他每样讲给我听：这绿的是南非洲从那里到那里的，这长的是加拿大那里的，这黄的是伦敦带我们到潘让市来的，到那一站换车，这是过西伯利亚到中国去的，爸爸妈妈顶喜欢的中国，约翰大起来一定得去看长城吃大鸭子；这是横穿美洲过落机山的，过多少山洞，顶长的有多长——喔，约翰全知道，一看就认识！卢梭说他不仅认识知道火车，他还知道轮船，他认好几十个大轮船，知道它们走的航线，从那里到那里——他的地理知识早就超过他保姆的，这学全是诱着他好奇的本能，渐渐由他自己一道一道摸出来的；现在你可以问他从伦敦到上海，或是由西特尼到利物浦，或是更复杂的航路，他都可以从地图上指给你看，过什么地方，有什么好东西看好东西吃，他全知道！

但最使我受深印的是这一件事。卢梭告诉我他们早到时，约翰还不满三岁，他们到海里去洗澡，他还是初次见海，他觉得怕，要他进水去他哭，这来我们的哲学家发恼了："什么，卢梭的儿子可以怕什么的！可以见什么觉得胆怯的！那不成！"他们夫妻俩简直把不满三岁的儿子，不管他哭闹，一把撺进了海里去，来了一回再来，尽他哭！好，过了三五天，你不叫他进水去玩他都不依，一定要去了！现在他进海水去就比在平地上走一样的不以为奇了。东方做父母的一定不能下这样手段不是？我也懂得，但勇敢，胆力，无畏的精神，是一切德性的起源，品格的基础，这地方决不可含糊；别的都还可以，懦怯，怕，最不成的，这一关你不趁早替他打破，他竟许会害了他一辈子的。卢梭每回说勇敢（Courage）这字时，他声音来得特别的沉着，他眼里光异样的闪亮,竟仿佛这是他的宗教的第一个信条,做人惟一的凭证!

我们谁没有做过小孩子?我们常听说孩子时代是人生最乐的时光。孩子是一片天真没有烦恼,没有忧虑,一天只道玩,肢体是灵活的,精神是活泼的。有父母的孩子尤其是享福,谁家父母不疼爱孩子,家里添了一个男的,屋子里顶奥僻的基角都会叫喜气的光彩给照亮了的。谁不想回去再过一道甜蜜的孩子生活,在妈的软兜里窝里,向爹要果子糖吃,晚上睡的时候有人替你换衣服,低低的唱着歌哄你闭上眼,做你甜蜜的小梦去?年岁是烦恼,年岁是苦恼,年岁是懊恼:咒它的,为什么亮亮的童心一定得叫人事的知识给涂黯了的?我们要老是那七八十来岁,永远不长成,永远有爹娘疼着我们;比如那林子里的莺儿,永远在欢欣的歌声中自醉,永远不知道:

The weariness,the fever,and the fret here,where men sit and hear each other groan...①

那够多美!

这是我们理想中的孩子时代,我们每回觉得吃不住生活的负担时往往惆怅光阴太匆匆的卷走了我们那一段最耐寻味的痕迹。但我们不要太受诗人们的催眠了,既然过去的已经是过去;我们知道有意识的人生自有它的尊严,我们经受的烦恼与痛苦,只要我们能受得住不叫它们压倒,也自有它们的意义与价值;过分耽想做孩子时轻易的日子,只是泄漏你对人生欠缺认识,犹之过分伤悼老年同是一种知识上的浅陋,不,我们得把人生看成一个整的;正如树木有根有干有枝叶有花果,完全的一生当然得具备童年与壮年与老年三个时期;童年是播种与栽培期,壮年是开花成荫期,老年是结果收成期,童年期的重要,正在它是一个伟大的未来工作的预备,这部工夫做不认真不透彻时将来的花果就得代付这笔价钱——

The child is father of the man.②

真的我们很少自省到我们的缺陷,意志缺乏坚定,身体与心智不够健

① 这句英文的意思是:疲惫,烦躁和懊恼;坐下来相互唉声叹气……
② 这是一句英国谚语,意思是一个人的童年决定着他的未来,类似于中国人常说的"三岁看八十。"

全,种种习惯的障碍使我们随时不自觉的走上堕落的方向,这里面有多少情形是可以追源到我们当初栽培与营养时期的忽略与过失。根心里的病伤难治;在弁髦时代种下的斑点,可以到斑白的毛发上去寻痕迹,在这里因果的铁律是丝毫不松放的。并且我们说的孩子时期还不单指早年时狭义的教育,实际上一个人品格的养成是在六岁以前,不是以后;这里说的孩子期可以说是从在娘胎时起到学龄期止的经程——别看那初出娘胎黄毛吐沫的小团团正如小猫小狗似的不懂事,它们官感开始活动的时辰,就是它来人生这学校上学的凭证。不,胎教家还得进一步主张做父母的在怀胎期内就该开始检点他们自身的作为,开始担负他们养育的责任。这道理是对的;正如在地面上仅透乃至未透一点青芽的花木,不自主的感受风露的影响,禀承父母气血的胎儿,当然也同样可以吸收他们思想与行为的气息,不论怎样的微细。

但孩子它自己是无能力的,这责任当然完全落在做父母的与及其他管理人的身上。但我们一方面看了现代没有具备做父母资格的男女们尽自机械性的活动着他们生产的本能,没遮拦的替社会增加废物乃至毒性物的负担,无顾恋的糟蹋血肉与灵性——我们不能不觉着怕惧与忧心;再一方面我们又见着应分有资格的父母们因为缺乏相当的知识或是缺乏打破不良习惯的勇气,不替他们的儿女准备下适当环境,不给他们适当的营养,结果上好的材料至少不免遭受部分的残废——我们又不能不觉着可惜与可怜。因为养育儿女,就算单顾身体一事,仅仅凭一点本能的爱心还是不够的;要期望一个完全的儿童,我们得先假定一双完全的父母,身体、知识、思想,一般的重要。人类因为文明的结果,就这躯体的组织也比一切生物更复杂,更柔纤,更不易培养;它那受病的机会以及病的种类也比别的动物差得远了。因此在猫、狗、牛、马是一个不成问题的现象,在今日的人类就变了最费周章的问题了。

带一个生灵到世界上来,养育一个孩子成人,做父母的责任够多重大;但实际上做父母的——尤其是我们中国人——够多糊涂!中国民族是叫"不孝有三,无后为大"一句话给咒定了的;"生儿子"是人生第一件大事情,多少的罪恶,什么丑恶的家庭现象,都是从这上头发生出来的。影响到个人,影响到社会,同样的不健康。摘下来的果子,比方说,全是这半青不熟的,毛刺刺的一张皮包着松松的一个核,上口是一味苦涩,做酱都嫌单薄,难怪结果是十六字的大联"蟫蟫老成，尸居余气；翩翩年少，弱不禁风！"尤其是所谓"士"的阶级，那应分是社会的核心，最受儒家"孝"说的流毒，一代促一代的酿成世界上惟一的弱种；谁说今日中国社会发生病态与离心涣散的现象（原先闭关时代，不与外族竞争，所以病象不能自见，虽则这病根已有几千年的老），不能归咎到我们最荒谬的"唯生男主义"？先天所以是弱定了的，后天又没有补救的力量；中国人管孩子还不是绝无知识绝对迷信固执恶习的老妈子们的专门任务？管孩子是阃以内的事情，丈夫们管不着，除了出名请三朝满月周岁或是孩子死了出名报丧！家庭又是我们民族恶劣根性的结晶，比牢狱还来得惨酷，黑暗，比猪圈还来得不讲卫生；但这是我们小安琪们命定长成的环境，什么奇才异禀敌得过这重重"反生命"的势力？这情形想起都叫人发抖，我不是说我们的父母就没有人性，不爱惜他们子女；不，实际上我们是爱得太过了。但不幸天下事情单凭原始的感情是万万不够的，何况中国人所谓爱儿子的爱的背后还耽着一个不可说的最自私的动机——"传种"：有了儿子盼孙子，有了孙子望曾孙，管他是生疮生癣，做贼做强盗，只要到年纪娶媳妇传种就得！生育与繁殖固然是造物的旨意，但人类的尊严就在能用心的力量超出自然法的范围，另创一种别的生物所不能的生活概念，像我们这样原始性的人生观不是太挖苦了吗？就为我们生子女的惟一目标是为替祖先传命脉，所以儿童本身的利益是绝对没有地位的。喔，我知道你要驳说中国人家何尝不想栽培子弟，要他有出息，"有出息"，是的！旧的人家想子弟做官发财；新的人家想子弟发财做官（现在因为欠薪的悲惨做父母的渐渐觉得做官是乏味的，除了做兵官，那是一种新的行业）动机还不是一样为要满足老朽们的虚荣与实惠，有几家父母曾经替子弟们自身做人的使命（非功利的）费一半分钟的考量踌躇？再没有一种反嘲（爱伦内）能比说"中国是精神文明"来得更恶毒，更鲜艳，更深刻！我们现在有人已经学会了嘲笑英国维多利亚时代所代表的理想与习俗。呒，这也是爱伦内；我们的开化程度正还远不如那所谓"菲力士挺"哪！我们从这近几十年来的经验，至少得了一个教训，就是新的绝对不能与旧的妥协，正如科学不能妥协迷信，真理不能妥协错误。我们革新的工作得从根底做起；一切的价值得重新估定，生活的基本观念得重新确定，一切教育的方针得按照前者重新筹划——否则我们的民族就没有更新的希望。

是的，希望就在教育。但教育是一个最泛的泛词，重要的核心就在教育的目标是什么。古代斯巴达奖励儿童做贼，为的是要造成做间谍的技巧；中世纪的教育是为训练教会的奴隶；近代帝国主义的教育是为侵略弱小民族；中国人旧式的教育是为维持懒惰的生活。但西方的教育，虽则自有它的错误与荒谬情形，但它对于人的个性总还有相当的尊敬与计算，这是不容否认的。所以我们当前第一个观念得确定的是人是个人，他对他自身的生命负有直接的责任；人的生命不是一种工具，可以供当权阶级任意的利用与支配。教育的问题是在怎样帮助一个受教育人合理的做人。在这里我们得假定几个重要的前提：（一）人是可以为善的；（二）合理的生活是可能的；（三）教育是有造成品格的力量的。我在这篇里说的教育几乎是限于养成品格一义，因为灌输智识只是极狭义的教育并且是一个实际问题，比较的明显简单。近代关于人生科学的进步，给了我们在教育上很多的发见与启示，一点是使我们对于儿童教育特别注意，因为品格的养成期最重要的是在孩子出娘胎到学龄年的期间。在人类的智力还不能实现"优生"的理想以前，我们只能尽我们教育的能力引导孩子们逼近准备"理想人"的方向走去。这才真是革命的工作——革除人类已成乃至防范未成的恶劣根性，指望实现一个合理的群体生活的将来。手把着革命权威的不是散传单的学生，不是有枪弹的大兵，也不是讲道的牧师或讲学的教师；他们是有子女的父母，在孩子们学语学步吃奶玩耍最关紧要的日常生活间，我们期望真正革命工作的活动！

关于这革命工作的性质、原则，以及实行的方法，卢梭在他新出《论教育》的书里给了我们极大的光亮与希望。那本书听说陈宝锷先生已经着手翻译，那是一个极好的消息，我们盼望那书得到最大可能的宣传，真爱子女的父母们都应得接近那书里的智慧，因为在适当的儿童教育里隐有改造社会最不可错误的消息。我下次也许再续写一篇，略述卢梭那本书的大意与我自己的感想。

守旧与『玩』旧

一

走路有两个法子：一个是跟前面人走，信任他是认识路的；一个是走自己的路，相信你自己有能力认识路的。谨慎的人往往太不信任他自己；有胆量的人往往过分信任他自己。为便利计，我们不妨把第一种办法叫做古典派或旧派，第二种办法叫做浪漫派或新派。在文学上，在艺术上，在一般思想上，在一般做人的态度上，我们都可以看出这样一个分别。这两种办法的本身，在我看来，并没有什么好坏，这只是个先天性情上或后天嗜好上一个区别；你也许夸他自己寻路的有勇气，但同时有人骂他狂妄；你也许骂跟在人家背后的人寒伧，但同时就有人夸他稳健。应得留神的就只一点：就只那个"信"字是少不得的，古典派或旧派就得相信——完全相信——领他路的那个人是对的，浪漫派或新派就得相信——完全相信——他自己是对的。没有这点子原始的信心，不论你跟人走，或是你自己领自己，走出道理来的机会就不见得多，因为你随时有叫你心里的怀疑打断兴会的可能；并且即使你走着了也不算稀奇，因为那是碰巧，与打中白鸽票的差不多。

二

在思想上抱住古代直下来的几根大柱子的，我们叫做旧派。这手势本身并不怎样的可笑，但我们却盼望他自己确凿的信得过那几条柱子是不会倒

的。并且我们不妨进一步假定上代传下来的确有几根靠得住的柱子，随你叫它纲，叫它常，礼或是教，爱什么，就什么，但同时因为在事实上有了真的便有假的，那几根真靠得住的柱子的中间就夹着了加倍加倍的幻柱子，不生根的，靠不住的，假的，你要是抱错了柱子，把假的认作真的，结果你就不免伊索寓言里那条笨狗的命运：他把肉骨头在水里的影子认是真的，差一点叫水淹了它的狗命。但就是那狗，虽则笨，虽则可笑，至少还有它诚实的德性：它的确相信那河里的骨头影子是一条真骨头。假如，譬方说，伊索那条狗曾经受过现代文明教育，那就是说学会了骗人上当。明知道水里的不是真骨头，却偏偏装出正经而且大量的样子，示意与他一同站在桥上的狗朋友们，他们碰巧是不受教育的，因此容易上人当，叫他们跳下水去吃肉骨头影子，它自己倒反站在旁边看趣剧作乐，那时我们对它的举动能否拍掌，对它的态度与存心能否容许？

三

寓言是给有想象力并且有天生幽默的人们看的，它内中的比喻是"不伤道"的；在寓言与童话里——我们竟不妨加一句在事实上——就有许多畜生比普通人们——如其我们没有一个时候忘得了人是宇宙的中心与一切标准——更有道理，更诚实，更有义气，更有趣味，更像人！

四

上面说完了原则，使用了比方，现在要应用了。在应用之先，我得介绍我说这番话的缘由。孤桐在他的《再疏解辟义》——《甲寅周刊》第十七期——里有下面几节文章——

……凡一社会能同维秩序，各长养子孙，利害不同，而游刃有余，贤不肖浑淆而无过不及之大差，雍容演化，即于繁祉，共游一藩，不为天下裂，必有共同信念以为之基，基立而构兴，则相与饮食焉，男女焉，教化焉，事为焉，途虽万殊，要归于一者也。兹信念者，亦期于有而已，固不必持绝对之念，本逻辑之律，以绳其为善为恶，或衷于理与否也。……（圈是原有的也是我要特加的。摩。)

……此诚世道之大忧，而深识怀仁之士所难熟视无睹者也。笃而论之，如耶教者，其蟒陋焉得言无；然天下之大，大抵上智少而中才多，宇宙之谜，既未可以尽明，因葆其不可明者，养人敬畏之心，取使彝伦之叙，乃为忧世者意念之所必至，故神道设教，圣人不得已而为之，故不容于其义理，详加论议也。

……过此以往，稍稍还醇返朴，乃情势之所必然；此为群化消长之常，甲无所谓进化，乙亦无所谓退化，与愚曩举辇义，盖有合焉。夫吾国亦苦社会公同信念之摇落也甚矣，旧者悉毁而新者未生，后生徒恃己意所能判断者，自立准裁，大道之忧，孰甚于是，愚此为惧。论人怀己，趣申本义，昧时之讥，所不能敢辞。

五

孤桐这次论的是美国田芮西州新近喧传的那件大案；与他的"辇义有合"的是判决那案件的法官们所代表的态度，就是特举的说，不承认我们人的祖宗与猴子的祖宗是同源的，因为《圣经》上不是这么说，并且这是最污辱人类尊严的一种邪说。关于孤桐先生论这件事的批评，我这里暂且不管，虽则我盼望有人管，因为他那文里叙述兼论断一段话并不给我们对于任何一种有真切了解的印象。我现在要管的是孤桐在这篇文章里泄露给我们他自己的思想的基本态度。

自分是"根器浅薄之流"，我向来不敢对现代"思想界的威权者"的思想存挑战的妄念，甲寅记者先生的议论与主张，就我见得到看得懂的说，很多是我不敢苟同的，但我这一晌只是忍着不说话。

同时我对于现代言论界里有孤桐这样一位人物的事实，我到如今为止，认为不仅有趣味，而且值得欢迎的。因为在事实上得着得力的朋友固然不是偶然；寻着相当的敌手也是极难得的机会。前几年的所谓新思潮只是在无抵抗性的空间里流着；这不是"新人们"的幸运，这应分是他们的悲哀。因为打架大部分的乐趣，认真的说，就在与你相当的对敌切实较量身手的事实里：你揪他的头发，他回揪你的头毛，你腾空再去扼他的咽喉，制他的死命，那才是引起你酣兴的办法；这暴烈的冲突是快乐，假如你的力量都花在无反应性的空气里，那有什么意思？早年国内旧派的思想太没有它的保护人了，太没

有战斗的准备，退让得太荒谬了；林琴南只比了一个手势就叫敌营的叫嚣吓了回去。新派的拳头始终不曾打着重实的对象；我个人一时间还猜想旧派竟许永远不会有对垒的能耐。但是不，《甲寅周刊》出世了，它那势力，至少就销数论，似乎超过了现在任何同性质的期刊物。我于孤桐一向就存十二分的敬意的，虽则明知在思想上他与我——如其我配与他对称这一次——完全是不同道的。我敬仰他因为他是个合格的敌人。在他身上，我常常想，我们至少认识了一个不苟且、负责任的作者，在他的文字里，我们至少看着了旧派思想部分的表现。有组织的根据论辩的表现。有肉有筋有骨的拳头，不再是林琴南一流棉花般的拳头了；在他的思想里，我们看了一个中国传统精神的秉承者，牢牢的抱住几条大纲，几则经义，决心在"邪说横行"的时代里替往古争回一个地盘；在他严刻的批评里新派觉悟了许多一向不曾省察到的虚陷与弱点。不，我们没有权利，没有推托，来蔑视这样一个认真的敌人，我常常这么想，即使我们有时在他卖弄他的整套家数时，看出不少可笑台步与累赘的空架。每回我想着了安诺尔德说牛津是"败绩的主义的老家"，我便想象到一轮同样自傲的彩晕围绕在《甲寅周刊》的头顶；这一比量下来，我们这方倚仗人多的势力倒反吃了一个幽默上的亏输！不，假如我的祈祷有效力时，我第一就希冀《甲寅周刊》所代表的精神"亿万斯年"！

六

因为两极端往往有碰头的可能。在哲学上，最新的唯实主义与最老的唯心主义发见了彼此是紧邻的密切；在文学上，最极端的浪漫派作家往往暗合古典派的模型；在一般思想上，最激进的也往往与最保守的有联合防御的时候。这不是偶然；这里面有深刻的消息。"时代有不同"，诗人勃兰克说，"但天才永远站在时代的上面"。"运动有不同"，英国一个艺术批评家说，"但传统精神是绵延的"。正因为所有思想最后的目的就在发见根本的评价标源，最浪漫（那就是最向个性里来）的心灵的冒险往往只是发见真理的一个新式的方式，虽则它那本质与最旧的方式所包容的不能有可称量的分别。一个时代的特征，虽则有，毕竟是暂时的，浮面的；这只是大海里波浪的动荡，它那渊深的本体是不受影响的；只要你有胆量与力量没透这时代的掀涌的上层你就淹入了静定的传统的底质，要能探险得到这变的底里的不变，那才是攫着了骊龙的颔下珠，那才是勇敢的思想者最后的荣耀。旧派人不离口的那个"道"字，依我浅见，应从这样的讲法，才说得通，说得懂。

七

孤桐这回还是顶谨慎的捧出他的"大道"的字样来作他文章的后镇——"大道之忧，孰甚于是？"但是这回我自认我对于孤桐，不仅他的大道，并且他思想的基本态度，根本的失望了！而且这失望在我是一种深刻的幻灭的苦痛。美丽的安琪儿的腿，这样看来，原来是泥做的！请看下文。

我举发孤桐先生思想上没有基本信念。我再重复我上面引语加圈的几句："……兹信念者亦期于有而已，固不必持绝对之念，本逻辑之律，以绳其为善为恶，或衷于理与否也。"所有唯心主义或理想主义的力量与灵感就在肯定它那基本信念的绝对性；历史上所有殉道、殉教、殉主义的往例，无非那几个个人在确信他们那信仰的绝对性的真切与热奋中，他们的考量便完全超轶了小己的利益观念，欣欣的为他们各人心目中特定的"恋爱"上十字架，进火焰，登断头台，服毒剂，尝刀锋，假如他们——不论是耶稣，是圣保罗，是贞德，勃罗诺，罗兰夫人，或是甚至苏格腊底斯——假如他们各个人当初曾经有刹那间会悟到孤桐的达观："固不必持绝对之念"；那在他们就等于彻底的怀疑，如何还能有勇气来完成他们各人的使命？

但孤桐已经自认他只是一个"实际政家"，他的职司，用他自己的辞令，是在"操剥复之机，妙调和之用"。这来我们其实"又何能深怪"？上当是我们自己。"我的腿是泥塑的"，安琪儿自己在那里说，本来用不着我们去发见。一个"实际政家"往往就是一个"投机政家"，正因他所见的只是当时与暂时的利害，在他的口里与笔下，一切主义与原则都失却了根本的与绝对的意义与价值，却只是为某种特定作用而姑妄言之的一套，背后本来没有什么思想的诚实，面前也没有什么理想的光彩。"作者手里的题目"，阿诺尔德说，"如其没有贯彻他的，也一定做不好：谁要不能独立的运思，他就不会被一个题目所贯彻。"（Matthew Arnold: *Preface to Merope*）如今在孤桐的文章里，我们凭良心说，能否寻出些微"贯彻"的痕迹，能否发见些微思想的独立？

八

　　一个自己没有基本信仰的人，不论他是新是旧，不但没权利充任思想的领袖，并且不能在思想界里占任何的位置；正因为思想本身是独立的，纯粹性的，不含任何作用的，他那动机，我前面说过，是在重新审定，劈去时代的浮动性，一切评价的标准，与孤桐所谓"第二者"（即实际政家）之用心："操剥复之机，妙调和之用"，根本没有关连。一个"实际政家"的言论只能当作一个"实际政家"的言论看他所浮泅的地域，只在时代浮动性的上层！他的维新，如其他是维新，并不是根基于独见的信念，为的只是实际的便利；他的守旧，如其他是守旧，他也不是根基于传统精神的贯彻，为的也只是实际的便利。这样一个人的态度实际上说不上"维"，也说不上"守"，他只是"玩"！一个人的弊病往往是在夸张过分；一个"实际政家"也自有他的地位，自有他言论的领域，他就不该侵入纯粹思想的范围，他尤其不该指着他自己明知是不定靠得住的柱子说"这是靠得住的，你们尽管抱去"，或是——再引喻伊索的狗——明知水里的肉骨头是虚影——因为他自己没有信念——却还怂恿桥上的狗友去跳水，那时他的态度与存心，我想，我们决不能轻易容许了吧！

我过的端阳节

我方才从南口回来。天是真热,朝南的屋子里都到九十度以上,两小时的火车竟如在火窖中受刑,坐起一样的难受。我们今天一早在野鸟开唱以前就起身,不到六时就骑骡出发,除了在永陵休息半小时以外,一直到下午一时余,只是在高度的日光下赶路。我一到家,只觉得四肢的筋肉里像用细麻绳扎紧似的难受,头里的血,像沸水似的急流,神经受了烈性的压迫,仿佛无数烧红的铁条蛇盘似的绞紧在一起……

一进阴凉的屋子,只觉得一阵眩晕从头顶直至踵底,不仅眼前望不清楚,连身子也有些支持不住。我就向着最近的藤椅上瘫了下去,两手按住急颤的前胸,紧闭着眼,纵容内心的混沌,一片黯黄,一片茶青,一片墨绿,影片似的在倦绝的眼膜上扯过……

直到洗过了澡,神志方才回复清醒,身子也觉得异常的爽快,我就想了……

人啊,你不自己惭愧吗?

野兽,自然的,强悍的,活泼的,美丽的;我只是羡慕你!

什么是文明:只是腐败了的野兽!你若是拿住一个文明惯了的人类,剥了他的衣服装饰,夺了他作伪的工具——语言文字,把他赤裸裸的放在荒野里看看——多么"寒碜"的一个畜生呀!恐怕连长耳朵的小骡儿,都瞧他不起哪!

白天,狼虎放平在丛林里睡觉,他躲在树荫底下发痧;

晚上,清风在树林中演奏轻微的妙乐,鸟雀儿在巢里做好梦,他倒在一块石上发烧咳嗽——着了凉了！

也不等狼虎去商量他有限的皮肉，也不必小雀儿去嘲笑他的懦弱；单是他平常歌颂的艳阳与凉风，甘霖与朝露，已够他的受用：在几小时之内可使他脑子里消灭了金钱名誉经济主义等等的虚景，在一半天之内，可使他心窝里消灭了人生的情感悲乐种种的幻象，在三两天之内——如其那时还不曾受淘汰——可使他整个的超出了文明人的丑态，那时就叫他放下两支手来替脚平分走路的负担，他也不以为离奇，抵拼撕破皮肉爬上树去采果子吃，也不会感觉到体面的观念……

平常见了活泼可爱的野兽，就想起红烧野味之美，现在你失去了文明的保障，但求彼此平等待遇两不相犯，已是万分的侥幸……

文明只是个荒谬的状况；文明人只是个凄惨的现象，——

我骑在骡上嚷累叫热，跟着哑巴的骡夫，比手势告诉我他整天的跑路，天还不算顶热，他一路很快活的不时采一朵野花，拆一茎麦穗，笑他古怪的笑，唱他哑巴的歌；我们到了客寓喝冰汽水喘息，他路过一条小涧时，扑下去喝一个贴面饱，同行的有一位说："真的，他们这样的胡喝，就不会害病，真贱！"

回头上了头等车，坐在皮椅上嚷累叫热，又是一瓶两瓶的冰水，还怪嫌车里不安电扇；同时前面火车头里司机的加煤的，在一百四五十度的高温里笑他们的笑，谈他们的谈……

田里刈麦的农夫拱着棕黑色的裸背在工作，从清早起已经做了八九时的工，热烈的阳光在他们的皮上像在打出火星来似的，但他们却不曾嚷腰酸、叫头痛……

我们不敢否认人是万物之灵；我们却能断定人是万物之淫；

什么是现代的文明；只是一个淫的现象；

淫的代价是活力之腐败与人道之丑化。

前面是什么，没有别的，只是一张黑沉沉的大口，在我们运定的道上张开等着，时候到了把我们整个的吞了下去完事！

海滩上种花

朋友是一种奢华：且不说酒肉势利，那是说不上朋友，真朋友是相知，但相知谈何容易，你要打开人家的心，你先得打开你自己的，你要在你的心里容纳人家的心，你先得把你的心推放到人家的心里去；这真心或真性情的相互的流转，是朋友的秘密，是朋友的快乐。但这是说你内心的力量够得到，性灵的活动有富余，可以随时开放，随时往外流，像山里的泉水，流向容得住你的同情的沟槽；有时你得冒险，你得花本钱，你得抵拼在嶙岈的乱石间，触刺的草缝里耐心的寻路，那时候艰难，苦痛，消耗，在是可能的，在你这水一般灵动，水一般柔顺的寻求同情的心能找到平安欣快以前。

我所以说朋友是奢华，"相知"是宝贝，但得拿真性情的血本去换，去拼。因此我不敢轻易说话，因为我自己知道我的来源有限，十分的谨慎尚且不时有破产的恐惧；我不能随便"化"。前天有几位小朋友来邀我跟你们讲话，他们的恳切折服了我，使我不得不从命，但是小朋友们，说也惭愧，我拿什么来给你们呢？

我最先想来对你们说些孩子话，因为你们都还是孩子。但是那孩子的我到那里去了？仿佛昨天我还是个孩子，今天不知怎的就变了样。什么是孩子要不为一点活泼的天真，但天真就比是泥土里的嫩芽，天冷泥土硬就压住了它的生机——这年头问谁去要和暖的春风？

孩子是没了。你记得的只是一个不清切的影子，模糊得紧，我这时候想起就像是一个瞎子追念他自己的容貌，一样的记不周全；他即使想急了拿一双手到脸上去印下一个模子来，那模子也是个死的。真的没了。一个在公园

101

里见一个小朋友不提多么活动，一忽儿上山，一忽儿爬树，一忽儿溜冰，一忽儿干草里打滚，要不然就跳着憨笑；我看着羡慕，也想学样，跟他一起玩，但是不能，我是一个大人，身上穿着长袍，心里存着体面，怕招人笑，天生的灵活换来矜持的存心——孩子，孩子是没有的了，有的只是一个年岁与教育蛀空了的躯壳，死僵僵的，不自然的。

我又想找回我们天性里的野人来对你们说话。因为野人也是接近自然的；我前几年过印度时得到极刻心的感想，那里的街道房屋以及土人的体肤容貌，生活的习惯，虽则简，虽则陋，虽则不夸张，却处处与大自然——上面碧蓝的天，火热的阳光，地下焦黄的泥土，高矗的椰树——相调谐，情调，色彩，结构，看来有一种意义的一致，就比是一件完美的艺术的作品。也不知怎的，那天看了他们的街，街上的牛车，赶车的老头露着他的赤光的头颅与此紫姜色的圆肚，他们的庙，庙里的圣像与神座前的花，我心里只是不自在，就仿佛这情景是一个熟悉的声音的叫唤，叫你去跟着他，你的灵魂也何尝不活跳跳的想答应一声"好，我来了，"但是不能，又有碍路的挡着你，不许你回复这叫唤声启示给你的自由。困着你的是你的教育；我那时的难受就比是一条蛇摆脱不了困住他的一个硬性的外壳——野人也给压住了，永远出不来。

所以今天站在你们上面的我不再是融会自然的野人，也不是天机活灵的孩子：我只是一个"文明人"，我能说的只是"文明话"。但什么是文明只是堕落？文明人的心里只是种种虚荣的念头，他到处忙不算，到处都得计较成败。我怎么能对着你们不感觉惭愧？不了解自然不仅是我的心，我的话也是的。并且我即使有话说也没法表现，即使有思想也不能使你们了解；内里那点子性灵就比是在一座石壁里牢牢的砌住，一丝光亮都不透，就凭这只眼望见你们，但有什么法子可以传达我的意思给你们，我已经忘却了原来的语言，还有什么话可说的？

但我的小朋友们还是逼着我来说谎（没有话说而勉强说话便是谎）。知识，我不能给；要知识你们得请教教育家去，我这里是没有的。智慧，更没有了：智慧是地狱里的花果，能进地狱更能出地狱的才采得着智慧，不去地狱的便没有智慧——我是没有的。

我正发窘的时候，来了一个救星——就是我手里这一小幅画，等我来讲道理给你们听。这张画是我的拜年片，一个朋友替我制的。你们看这个小孩子在海边沙滩上独自的玩，赤脚穿着草鞋，右手提着一枝花，使劲把它往沙里栽，左手提着一把浇花的水壶，壶里水点一滴滴的往下掉着。离着小孩不远看得见海里翻动着的波澜。

你们看出了这画的意思没有？

在海砂里种花。在海砂里种花！那小孩这一番种花的热心怕是白费的了。砂碛是养不活鲜花的，这几点淡水是不能帮忙的；也许等不到小孩转身，这一朵小花已经支不住阳光的逼迫，就得交卸他有限的生命，枯萎了去。况且那海水的浪头也快打过来了，海浪冲来时不说这朵小小的花，就是大根的树也怕站不住——所以这花落在海边上是绝望的了，小孩这番力量准是白花的了。

你们一定狠能明白这个意思。我的朋友是狠聪明的，他拿这画意来比我们一群呆子，乐意在白天里做梦的呆子，满心想在海砂里种花的傻子。画里的小孩拿着有限的几滴淡水想维持花的生命，我们一群梦人也想在现在比沙漠还要干枯比沙滩更没有生命的社会里，凭着最有限的力量，想下几颗文艺与思想的种子，这不是一样的绝望，一样的傻？想在海砂里种花，想在海砂里种花，多可笑呀！但我的聪明的朋友说，这幅小小画里的意思还不止此；讽刺不是她的目的。她要我们更深一层看。在我们看来海砂里种花是傻气，但在那小孩自己却不觉得。他的思想是单纯的，他的信仰也是单纯的。他知道的是什么？他知道花是可爱的，可爱的东西应得帮助他发长；他平常看见花草都是从地土里长出来的，他看来海砂也只是地，为什么海砂里不能长花他没有想到，也不必想到，他就知道拿花来栽，拿水去浇，只要那花在地上站直了他就欢喜，他就乐，他就会跳他的跳，唱他的唱，来赞美这美丽的生命，以后怎么样，海砂的性质，花的运命，他全管不着！我们知道小孩们怎样的崇拜自然，他的身体虽则小，他的灵魂却是大着，他的衣服也许脏，他的心可是洁净的。这里还有一幅画，这是自然的崇拜，你们看这孩子在月光下跪着拜一朵低头的百合花，这时候他的心与月光一般的清洁，与花一般的美丽，与夜一般的安静。我们可以知道到海边上来种花那孩子的思想与这月下拜花的孩子的思想会得跪下的——单纯，清洁，我们可以想象那一个孩子把花栽好了也是一样来对着花膜拜祈祷——他能把花暂时栽了起来便是他的成功，

此外以后怎么样不是他的事情了。

你们看这个象征不仅美，并且有力量；因为它告诉我们单纯的信心是创作的泉源——这单纯的烂漫的天真是最永久最有力量的东西，阳光烧不焦他，狂风吹不倒他，海水冲不了他，黑暗掩不了他——地面上的花朵有被摧残有消灭的时候，但小孩爱花种花这一点："真"却有的是永久的生命。

我们来放远一点看。我们现有的文化只是人类在历史上努力与牺牲的成绩。为什么人们肯努力肯牺牲？因为他们有天生的信心；他们的灵魂认识什么是真什么是善什么是美，虽则他们的肉体与智识有时候会诱惑他们反着方向走路；但只要他们认明一件事情是有永久价值的时候，他们就自然的会得兴奋，不期然的自己牺牲，要在这忽忽变动的声色的世界里，赎出几个永久不变的原则的凭证来。耶稣为什么不怕上十字架？密尔顿何以瞎了眼还要做诗，贝德花芬何以聋了还要制音乐，米开朗基罗为什么肯积受几个月的潮湿不顾自己的皮肉与靴子连成一片的用心思，为的只是要解决一个小小的美术问题？为什么永远有人到冰洋尽头雪山顶上去探险？为什么科学家肯在显微镜底下或是数目字中间研究一般人眼看不到心想不通的道理消磨他一生的光阴？

为的是这些人道的英雄都有他们不可摇动的信心；像我们在海砂里种花的孩子一样，他们的思想是单纯的——宗教家为善的原则牺牲，科学家为真的原则牺牲，艺术家为美的原则牺牲——这一切牺牲的结果便是我们现有的有限的文化。

你们想想在这地面上做事难道还不是一样的傻气——这地面还不与海砂一样不容你生根；在这里的事业还不是与鲜花一样的娇嫩？——潮水过来可以冲掉，狂风吹来可以折坏，阳光晒来可以熏焦我们小孩子手里拿着往砂里栽的鲜花，同样的，我们文化的全体还不一样有随时可以冲掉折坏熏焦的可能吗？巴比伦的文明现在那里？磋礴城曾经在地下埋过千百年，克利脱的文明直到最近五六十年间才完全发见。并且有时一件事实体的存在并不能证明他生命的继续。这区区地球的本体就有一千万个毁灭的可能。人们怕死不错，我们怕死人，但最可怕的不是死的死人，是活的死人，单有躯壳生命没有灵性生活是莫大的悲惨；文化也有这种情形，死的文化倒也罢了，最可怜的是勉强喘着气的半死的文化。你们如其问我要例子，我就不迟疑的回答你说，朋友们，贵国的文化便是一个喘着气的活死人！时候已经很久的了，自从我们最后的几个祖宗为了不变的原则牺牲他们的呼吸与血液，为了不死的生命牺牲他们有限的存在，为了单纯的信心遭受当时人的讪笑与侮辱。时候已经很久的了，自从我们最后听见普遍的声音像潮水似的充满着地面。时候已经很久的了，自从我们最后看见强烈的光明像彗星似的扫掠过地面。时候已经很久的了，自从我们最后为某种主义流过火热的鲜血。时候已经很久的了，自从我们的骨髓里有胆量，我们的说话里有分量。这是一个极伤心的反省！我真不知道这时代犯了什么不可赦的大罪，上帝竟狠心的赏给我们这样恶毒的刑罚？你看看去这年头到那里去找一个完全的男子或是一个完全的女子——你们去看去，这年头那一个男子不是阳痿，那一个女子不是鼓胀！要形容我们现在受罪的时期，我们得发明一个比丑更丑比脏更脏比下流更下流比苟且更苟且比懦怯更懦怯的一类生字去！朋友们，真的我心里常常害怕，害怕下回东风带来的不是我们盼望中的春天，不是鲜花青草蝴蝶飞鸟，我怕他带来一个比冬天更枯槁更凄惨更寂寞的死天——因为丑陋的脸子不配穿漂亮的衣服，我们这样丑陋的变态的人心与社会凭什么权利可以问青天要阳光，问地面要青草，问飞鸟要音乐，问花朵要颜色？你问我明天天会不会放亮？我回答说我不知道，竟许不！

归根是我们失去了我们灵性努力的重心，那就是一个单纯的信仰，一点烂漫的童真！不要说到海滩去种花——我们都是聪明人，谁愿意做傻瓜去——就是在你自己院子里种花你都懒怕动手哪！最可怕的怀疑的鬼与厌世的黑影已经占住了我们的灵魂！

所以朋友们，你们都是青年，都是春雷声响不曾停止时破绽出来的鲜花，你们再不可堕落了——虽则陷阱的大口满张在你的跟前，你不要怕，你把你的烂漫的天真倒下去，填平了它再往前走——你们要保持那一点的信心，这里面连着来的就是精力与勇敢与灵感——你们再不怕做小傻瓜，尽量在这人道的海滩边种你的鲜花去——花也许会消灭，但这种花的精神是不烂的！

秋

　　两年前，在北京，有一次，也是这么一个秋风生动的日子，我把一个人的感想比作落叶，从生命那树上掉下来的叶子。落叶，不错，是衰败和凋零的象征，它的情调几乎是悲哀的。但是那些在半空里飘摇，在街道上颠倒的小树叶儿，也未尝没有它们的妩媚，它们的颜色，它们的意味，在少数有心人看来，它们在这宇宙间并不是完全没有地位的。"多谢你们的摧残，使我们得到解放，得到自由。"它们仿佛对无情的秋风说："劳驾你们了，把我们踹成粉，踩成泥，使我们得到解脱，实现消灭，"它们又仿佛对不经心的人们这么说。因为看着，在春风回来的那一天，这叫卑微的生命的种子又会从冰封的泥土里翻成一个新鲜的世界。它们的力量，虽则是看不见，可是不容疑惑的。

　　我那是感着的沉闷，真是一种不可形容的沉闷。它仿佛是一座大山，我整个的生命叫它压在底下。我那时的思想简直是毒的，我有一首诗，题目就叫《毒药》，开头的两行是——

　　今天不是，我唱歌的日子，我口边涎着狞恶的冷笑，不是我说笑的日子，我胸怀间插着发冷光的刀剑；

　　相信我，我的思想是恶毒的，因为这世界是恶毒的，我的灵魂是黑暗的，因为太阳已经灭绝了光彩，我的声调，像是坟堆里的夜枭，因为人间已经杀尽了一切的和谐，我的口音，像是冤鬼责问他的仇人，因为一切的恩已经让路给一切的怨。

　　我借这一首不成形的咒诅的诗，发泄了我一腔的闷气，但我却并不绝望，并不悲观，在极深刻的沉闷的底里，我那时还摸着了希望。所以我在《婴儿》——那首不成形诗的最后一节——那诗的后段，在描写一个产妇在她生产的受罪中，还能含有希望的句子。

　　在我那时带有预言性的想象中，我想望着一个伟大的革命。因此我在那篇《落叶》的末尾，我还有勇气来对付人生的挑战，郑重的宣告一个态度，高声的喊一声"Everlasting Yea"。

　　"Everlasting Yea"，"Everlasting Yea"，一年，一年，又过去了两年。这两年间我那时的想望实现了没有？那伟大的"婴儿"有出世了没有？我们的受罪取得了认识与价值没有？

　　我不知道，我不知道。我知道的还只是那一大堆丑陋的蛮肿的沉闷，厌得瘪人的沉闷，笼盖着我的思想，我的生命。它在我经络里，在我的血液里。我不能抵抗，我再没有力量。

　　我们靠着维持我们生命的不仅是面包，不仅是饭，我们靠着活命的，是一个诗人的话，是情爱，敬仰心，希望。"We Live by love, admiration and hope"这话又包涵一个条件，就是说这世界这人类能承受我们的爱，值得我们的敬仰，容许我们的希望的。但现代是什么光景？人性的表现，我们看得见听得到的，到底是怎么回事？我想我们都不是外人，用不着掩饰，实在也无从掩饰，这里没有什么人性的表现，除了丑恶，下流，黑暗。太丑恶了，我们火热的胸膛里有爱不能爱，太下流了，我们有敬仰心不能敬仰，太黑暗了，我们要希望也无从希望。太阳给天狗吃了去，我们只能在无边的黑暗中沉默着，永远的沉默着！这仿佛是经过一次强烈的地震的悲惨，思想，感情，人格，全给震成了无可收拾的断片，也不成系统，再也不得连贯，再也没有表现。但你们在这个时候要我来讲话，这使我感着一种异样的难受。难受，因为我自身的悲惨。难受，尤其因为我感到你们的邀请不止是一个寻常讲演的邀请，你们来邀我，当然不是要什么现成的主义，那我是外行，也不为什么专门的学识，那我是草包，你们明知我是一个诗人，他的家当，除了几座空中的楼阁，至多只是一颗热烈的心。你们邀我来也许在你们中间也有同我一样感到这时代的悲哀，一种不可解脱不能摆脱的况味，所以邀我这同是这悲哀沉闷中的同志来，希冀万一，可以给你们打几个幽默的比喻，说一点笑话，给一点子安

慰，有这么小小的一半个时辰，彼此可以在同情的温暖中忘却了时间的冷酷。因此我踌躇，我来怕没有什么交代，不来又于心不安。我也曾想选几个离着实际的人生较远些的事儿来和你们谈谈，但是相信我，朋友们，这念头是枉然的，因为不论你思想的起点是星光是月是蝴蝶，只一转身，又逢着了人生的基本问题，冷森森的竖着像是几座拦路的墓碑。

不，我们躲不了它们：关于这时代人生的问号，小的，大的，歪的，正的，像蝴蝶的绕满了我们的周遭。正如在两年前它们逼迫我宣告一个坚决的态度，今天它们还是逼迫着要我来表示一个坚决的态度。也好，我想，这是我再来清理一次我的思想的机会，在我们完全没有能力解决人生问题时，我们只能承认失败。但我们当前的问题究竟是些什么？如其它们有力量压倒我们，我们至少也得抬起头来认一认我们敌人的面目。再说譬如医病，我们先得看清是什么病而后用药，才可以有希望治病。说我们是有病，那是无可置疑的。但病在那一部，最重要的征候是什么，我们却不一定答得上。至少，各人有各人的答案，决不会一致的。就说这时代的烦闷：烦闷也不能凭空来的不是？它也得有种种造成它的原因，它到底是怎么回事，我们也得查个明白。换句话说，我们先得确定我们的问题，然后再试第二步的解决。也许在分析我们病症的研究中，某种对症的医法，就会不期然的显现。我们来试试看。

说到这里，我们可以想象一班乐观派的先生们冷眼的看着我们好笑。他们笑我们无事忙，谈什么人生，谈什么根本问题。人生根本就没有问题，这都那玄学鬼钻进了懒惰人的脑筋里在那里不相干的捣玄虚来了！做人就是做人，重在这做字上。你天性喜欢工业，你去找工程事情做去就得。你爱谈整理国故，你寻你的国故整理去就得。工作，更多的工作，是惟一的福音。把你的脑力精神一齐放在你愿意做的工作上，你就不会轻易发挥感伤主义，你就不会无病呻吟，你只要尽力去工作，什么问题都没有了。

这话初听倒是又生辣又干脆的，本来末，有什么问题，做你的工好了，何必自寻烦恼！但是你仔细一想的时候，这明白晓畅的福音还是有漏洞的。固然这时代很多的呻吟只是懒鬼的装痛，或是虚幻的想象，但我们因此就能说这时代本来是健全的，所谓病痛所谓烦恼无非是心理作用了吗？固然当初德国有一个大诗人，他的伟大的天才使他在什么心智的活动中都找到趣味，他在科学实验室里工作得厌倦了，他就跑出来带住一个女性就发迷，西洋人说

的"跌进了恋爱";回头他又厌倦了或是失恋了,只一感到烦恼,或悲哀的压迫,他又赶快飞进了他的实验室,关上了门,也关上了他自己的感情的门,又潜心他的科学研究去了。在他,所谓工作确是一种救济,一种关栏,一种调剂,但我们怎能比得?我们一班青年感情和理智还不能分清的时候,如何能有这样伟大的克制的工夫?所以我们还得来研究我们自身的病痛,想法可能的补救。

并且这工作论是实际上不可能的。因为假如社会的组织,果然能容得我们各人从各人的心愿选定各人的工作并且有机会继续从事这部分的工作,那还不是一个黄金时代?"民各乐其业,安其生"。还有什么问题可谈的?现代是这样一个时候吗?商人能安心做他的生意,学生能安心读他的书,文学家能安心做他的文章吗?正因为这时代从思想起,什么事情都颠倒了,混乱了,所以才会发生这普通的烦闷病,所以才有问题,否则认真吃饱了饭没有事做,大家甘心自寻烦恼不成。

我们来看看我们的病症。

第一个显明的症候是混乱。一个人群社会的存在与进行是有条件的。这条件是种种体力与智力的活动的和谐的合作,在这诸种活动中的总线索,总指挥,是无形迹可寻的思想,我们简直可以说哲理的思想,它顺着时代或领着时代规定人类努力的方面,并且在可能时给它一种解释,一种价值的估定与意义的发见。思想是一个使命,是引导人类从非意识的以至无意识的活动进化到有意识的活动,这点子意识性的认识与觉悟,是人类文化史上最光荣的一种胜利,也是最透彻的一种快乐。果然是这部分哲理的思想,统辖得住这人群社会全体的活动,这社会就上了正轨;反面说,这部分思想要是失去了它那总指挥的地位,那就坏了,种种体力和智力的活动,就随时随地有发生冲突的可能,这重心的抽去是种种不平衡现象主要的原因。现在的中国就吃亏在没有了这个重心,结果什么都豁了边,都不合式了。我们这老大国家,说也可惨,在这百年来,根本就没有思想可说。从安逸到宽松,从怠惰到着忙,从着忙到瞎闹,从瞎闹到混乱,这几个形容词我想可以概括近百年来中国的思想史,——简单说,它完全放弃了总指挥的地位,没有了统系,没有了目标,没有了和谐,结果是现代的中国:一团混乱。

混乱,混乱,那儿都是的。因为思想的无能,所以引起种种混乱的现象,

这是一步。再从这种种的混乱，更影响到思想本体，使它也传染了这混乱。好比一个人因为身体软弱才受外感，得了种种的病，这病的蔓延又回过来销蚀病人有限的精力，使他变成更软弱了，这是第二步。经济，政治，社会，那儿不是蹊跷，那儿不是混乱？这影响到个人方面是理智与感情的不平衡，感情不受理智的节制就是意气，意气永远是浮的，浅的，无结果的；因为意气占了上风，结果是错误的活动。为了不曾辨认清楚的目标，我们的文人变成了政客，研究科学的，做了非科学的官，学生抛弃了学问的寻求，工人做了野心家的牺牲。这种种混乱现象影响到我们青年是造成烦闷心理的原因的一个。

这一个征候——混乱——又过渡到第二个征候——变态。什么是人群社会的常态？人群是感情的结合。虽则尽有好奇的思想家告诉我们人是互杀互害的，或是人的团结是基本于怕惧的本能，虽则就在有秩序上轨道的社会里，我们也看得见恶性的表现，我们还是相信社会的纪纲是靠着积极的情感来维系的。这是说在一常态社会天平上，爱情的分量一定超过仇恨的分量，互助的精神一定超过互害互杀的现象。但在一个社会没有了负有指导使命的思想的中心的情形之下，种种离奇的变态的现象，都是可能的产生了。

一个社会不能供给正常的职业时，它即使有严厉的法令，也不能禁止盗匪的横行。一个社会不能保障安全，奖励恒业恒心，结果原来正当的商人，都变成了拿妻子生命财产来做买空卖空的投机家。我们只要翻开我们的日报：就可以知道这现代的社会是常态是变态。笼统一点说，他们现在只有两个阶级可分，一个是执行恐怖的主体，强盗，军队，土匪，绑匪，政客，野心的政治家，所有得势的投机家都是的，他们实行的，不论明的暗的，直接间接都是一种恐怖主义。还有一个是被恐怖的。前一阶级永远拿着杀人的利器或是类似的东西在威吓着，压迫着，要求满足他们的私欲，后一阶级永远在地上爬着，发着抖，喊救命，这不是变态吗？这变态的现象表现在思想上就是种种荒谬的主义离奇的主张。笼统说，我们现在听得见的主义主张，除了平庸不足道的，大就是计算领着我们向死路上走的。这不是变态吗？

这种种的变态现象影响到我们青年，又是造成烦闷心理的原因的一个。

这混乱与变态的观众又协同造成了第三种的现象——一切标准的颠倒。人类的生活的条件，不仅仅是衣食住；"人之异于禽兽者几希"，我们一讲到人道，就不能脱离相当的道德观念。这比是无形的空气，他的清鲜是我们健康生活的必要条件。我们不能没有理想，没有信念，我们真生命的寄托决不在单纯的衣食间。我们崇拜英雄——广义的英雄——因为在他们事业上表现的品性里，我们可以感到精神的满足与灵感，鼓动我们更高尚的天性，勇敢的发挥人道的伟大。你崇拜你的爱人，因为她代表的是女性的美德。你崇拜当代的政治家，因为他们代表的是无私心的努力。你崇拜思想家，因为他们代表的是寻求真理的勇敢。这崇拜的涵义就是标准。时代的风尚尽管变迁，但道义的标准是永远不动摇的。这些道义的准则，我们向时代要求的是随时给我们这些道义准则的一个具体的表现。仿佛是在渺茫的人生道上给悬着几颗照路的明星。但现在给我们的是什么？我们何尝没有热烈的崇拜心？我们何尝不在这一件那一件事上，或是这一个人物那一个人物的身上安放过我们迫切的期望。但是，但是，还用我说吗！有那一件事不使我们重大的迷惑，失望，悲伤？说到人的方面，那有比普通的人格的破产更可悲悼的？在不知那一种魔鬼主义的秋风里，我们眼见我们心目中的偶像败叶似的一个个全掉了下来！眼见一个个道义的标准，都叫丑恶的人性给沾上了不可清洗的污秽！标准是没有了的。这种种道德方面人格方面颠倒的现象，影响到我们青年，又是造成烦闷心理的原因的一个。

　　跟着这种种征候还有一个惊心的现象，是一般创作活动的消沉，这也是当然的结果。因为文艺创作活动的条件是和平有秩序的社会状态，常态的生活，以及理想主义的根据。我们现在却只有混乱，变态，以及精神生活的破产。这仿佛是拿毒药放进了人生的泉源，从这里流出来的思想，那还有什么真善美的表现？

　　这时代病的症候是说不尽的，这是最复杂的一种病，但单就我们上面说到的几点看来，我们似乎已经可以采得一点消息，至少我个人是这么想。——那一点消息就是生命的枯窘，或是活力的衰耗。我们所以得病是为我们生活的组织上缺少了思想的重心，它的使命是领导与指挥。但这又为什么呢？我的解释，是我们这民族已经到了一个活力枯窘的时期。生命之流的本身，已经是近于干涸了，再加之我们现得的病，又是直接剋伐生命本体的致命症候，我们怎能受得住？这话可又讲远了，但又不能不从本原上讲起。我们第一要记得我们这民族是老得不堪的一个民族。我们知道什么东西都有它天限的寿命；一种树只能青多少年，过了这期限就得衰，

一种花也只能开几度花，过此就为死（虽则从另一种看法，它们都是永生的，因为它们本身虽得死，它们的种子还是有机会继续发长）。我们这棵树在人类的树林里，已经算得是寿命极长的了。我们的血统比较又是纯粹的，就连我们的近邻西藏满蒙的民族①都等于不和我们混合。还有一个特点是我们历来因为四民制的结果，士之子恒为士，商之子恒为商，思想这任务完全为士民阶级的专利，又因为经济制度的关系，活力最充足的农民简直没有机会读书，因为士民阶级形成了一种孤单的地位。我们要知道知识是一种堕落，尤其从活力的观点看，这士民阶级是特别堕落的一个阶级，再加之我们旧教育观念的偏窄，单就知识论，我们思想本能活动的范围简直是荒谬的狭小。我们只有几本书，一套无生命的陈腐的文学，是我们惟一的工具。这情形就比是本来是一个海湾，和大海是相通的，但后来因为沙地的胀起，这一湾水渐渐隔离它所从来的海，而变成了湖。这湖原先也许还承受得着几股山水的来源，但后来又经过陵谷的变迁，这部分的来源也断绝了，结果这湖又干成一只小潭，乃至一小潭的止水，胀满了青苔与萍梗，纯迟迟的眼看得见就可以完全干涸了去的一个东西。这是我们受教育的士民阶级的相仿情形。现在所谓知识亦无非是这潭死水里的比较泥草松动些风来还多少吹得皱的一洼臭水，别瞧它矜矜自喜，可怜它能有多少前程？还能有多少生命？

所以我们这病，虽则征候不止一种，虽然看来复杂，归根只是中医所谓气血两亏的一种本原病。我们现在所感觉的烦闷，也只见沉浸在这一洼离死不远的臭水里的气闷，还有什么可说的？水因为不流所以滋生了水草，这水草的涨性，又帮助浸干这有限的水。同样的，我们的活力因为断绝了来源，所以发生了种种本原性的病症，这些病又回过来侵蚀本源，帮助消尽这点仅存的活力。

病性既是如此，那不是完全绝望了吗？

那也不能这么容易。一棵大树的凋零，一个民族的衰歇，绝不是一朝一夕的事儿。我们当然还是要命。只是怎么要法，是我们的问题。我说过我们的病根是在失去了思想的重心，那又是原因于活力的单薄。在事实上，我们

---

① 本文所用的"民族"，从全文来看应该指的是整个的中华民族，但作者在此单指汉族，明显不妥。

这读书阶级形成了一种极孤单的状况,一来因为阶级关系它和民族里活力最充足的农民阶级完全隔绝了,二来因为畸形教育以及社会的风尚的结果,它在生活方面是极端的城市化,腐化,奢侈化,惰化,完全脱离了大自然健全的影响变成自蚀的一种蛀虫,在智力活动方面,只偏向于纤巧的浅薄的诡辩的乃至于程式化的一道,再没有创造的力量的表示,渐次的完全失去了它自身的尊严以及统辖领导全社会活动的无上的权威。这一没有了统帅,种种紊乱的现象就都跟着来了。

这畸形的发展是值得寻味的。一方面你有你的读书阶级,中了过度文明的毒,一天一天望腐化僵化的方向走,但你却不能否认它智力的发达,只因为道义标准的颠倒以及理想主义的缺乏,它的活动也全不是在正理上。就说这一堂的翩翩年少——尤其是文化最发旺的江浙的青年,十个虑有九个是弱不禁风的。但问题还不全在体力的单薄,尤其是智力活动本身是有了病,它只有毒性的载刺,没有健全的来源,没有天然的资养。纤巧的新奇的思想不是我们需要的,我们要的是从丰满的生命与强健的活力里流露出来纯正的健全的思想,那才是有力量的思想。

同时我们再看看占我们民族十分之八九的农民阶级。他们生活的简单,脑筋的简单,感情的简单,意识的疏浅,文化的定住,几于使他们形成一种仅仅有生物作用的人类。他们的肌肉是发达的,他们是能工作的,但因为教育的不普及,他们智力的活动简直的没有机会,结果按照生物学的公例,因无用而退化,他们的脑筋简直不行的了。乡下的孩子当然比城市的孩子不灵,粗人的子弟当然比上不书香人的子弟,这是一定的。但我们现在为救这文化的性命,非得赶快就有健全的活力来补充我们受足了过度文明的毒的读书阶级不可。也有人说这读书阶级是不可救药的了,希望如其有,是在我们民族里还未经开化的农民阶级。我的意思是我们应得利用这部分未开凿的精力来补充我们开凿过分的士民阶级。讲到实施,第一得先打破这无形的阶级界限以及省分界限。通婚和婚是必要的,比较的说,广东湖南乃至北方人比江浙人健全得多,乡下人比城里人健全得多,所以江浙人和北方人非得尽量的通婚,城市人非得与农人尽量的通婚不可。但是这话说着容易,实际上是极困难的。讲到结婚,谁愿意放弃自身的艳福,为的是渺茫的民族的前途上,那一个翩翩的少年甘心放着窈窕风流的江南女郎不要,而去乡村找粗蠢的

大姑娘作配,谁肯不就近结识血统逼近的姨妹表妹乃至于同学妹,而肯远去异乡到口音不相通的外省人中间去寻配偶?这是难的,我知道。但希望并不见完全没有——这希望完全是在教育上。第一我们得赶快认清这时代病无非是一种本原病,什么混乱的变态的现象,都无非是显示生命的缺乏,这种种病,又都就是直接剁伐生命的,所以我们为要文化与思想的健全,不能不想方法开通路子,使这几洼孤立的呆定的死水重复得到天然泉水的接济,重复灵活起来,一切的障碍与淤塞自然会得消灭——思想非得直接从生命的本体里热烈的迸裂出来才有力量,才是力量。这过度文明的人种非得带它回到生命的本原上去不可,它非得重新生过根不可。按着这个目标,我们在教育上就不能不极力推广教育的机会到健全的农民阶级里去,同时奖励阶级间的通婚。假如国家的力量可以干涉到个人婚姻的话,我们尽可以用强迫的方法叫你们这些翩翩的少年都去娶乡下大姑娘子,而同时把我们窈窕风流的女郎去嫁给农民做媳妇。况且谁都知道,我们现在择偶的标准本身就是不健全的。女人要嫁给金钱,奢侈,虚荣,女性的男子;男人的口味也是同样的不妥当。什么都是不健全的,喔,这毒气充塞的文明社会!在我们理想实现的那一天,我们这文化如其有救的话,将来的青年男女一定可以兼有士民与农民的特长,体力与智力得到均平的发展,从这类健全的生命树上,我们可以盼望吃得着美丽鲜甜的思想的果子!

至于我们个人方面,我也有一部分的意见,只是今天时光局促了怕没有机会发挥,但总结一句话,我们要认清我们是什么病,这病毒是在我们一个个你我的身体上,血液里,毋庸讳言的。只要我们不认错了病多少总有办法。我的意见是要多多接近自然,因为自然是健全的纯正的影响,这里面有无穷尽性灵的资养与启发与灵感。这完全靠我们各个个自觉的修养。我们先得要立志不做时代和时光的奴隶,我们要做我们思想和生命的主人,这暂时的沉闷决不能压倒我们的理想,我们正应得感谢这深刻的沉闷,因为在这里,我们才感悟着一些自度的消息,如我方才说的,我们还是得努力,我们还是得坚持,我们的态度是积极的。正如我两年前《落叶》的结束是喊一声 Everlasting Yea,我今天还是要你们跟着我来喊一声 Everlasting Yea!

想飞

假如这时候窗子外有雪——街上,城墙上,屋脊上,都是雪,胡同口一家屋檐下偎着一个戴黑兜帽的巡警,半拢着睡眼,看棉团似的雪花在半空中跳着玩……假如这夜是一个深极了的啊,不是壁上挂钟的时针指示给我们看的深夜,这深就比是一个山洞的深,一个往下钻螺旋形的山洞的深……

假如我能有这样一个深夜,它那无底的阴森捻起我遍体的毫管;再能有窗子外不住往下筛的雪,筛淡了远近间飚动的市谣;筛泯了在泥道上挣扎的车轮;筛灭了脑壳中不妥协的潜流……

我要那深,我要那静。那在树荫浓密处躲着的夜鹰轻易不敢在天光还在照亮时出来睁眼。思想:它也得等。

青天里有一点子黑的。正冲着太阳耀眼,望不真,你把手遮着眼,对着那两株树缝里瞧,黑的,有榧子来大,不,有桃子来大——嘿,又移着往西了!

我们吃了中饭出来到海边去。(这是英国康槐尔极南的一角,三面是大西洋。)勌丽丽的叫响从我们的脚底下匀匀的往上颤,齐着腰,到了肩高,过了头顶,高入了云,高出了云。啊,你能不能把一种急震的乐音想象成一阵光明的细雨,从蓝天里冲着这平铺着青绿的地面不住的下?不,那雨点都是跳舞的小脚,安琪儿的。云雀们也吃过了饭,离开了它们卑微的地巢飞往高处做工去。上帝给它们的工作,替上帝做的工作。瞧着,这儿一只,那边又起了两!一起就冲着天顶飞,小翅膀动活的多快活,圆圆的,不踌躇的飞,——它们就认识青天。一起就开口唱,小嗓子动活的多快活,一颗颗小精圆珠子直

往外唾，亮亮的唾，脆脆的唾，——它们赞美的是青天。瞧着，这飞得多高，有豆子大，有芝麻大，黑刺刺的一屑，直顶着无底的天顶细细的摇，——这全看不见了，影子都没了！但这光明的细雨还是不住的下着……

飞。"其翼若垂天之云……背负苍天，而莫之夭阏者"；那不容易见着。我们镇上东关厢外有一座黄泥山，山顶上有一座七层的塔，塔尖顶着天。塔院里常常打钟，钟声响动时，那在太阳西晒的时候多，一枝艳艳的大红花贴在西山的鬓边回照着塔山上的云彩，——钟声响动时，绕着塔顶尖，摩着塔顶天，穿着塔顶云，有一只两只，有时三只四只有时五只六只蜷着爪往地面瞧的"饿老鹰"，撑开了它们灰苍苍的大翅膀没挂恋似的在盘旋，在半空中浮着，在晚风中泅着，仿佛是按着塔院钟的波荡来练习圆舞似的。那是我做孩子时的"大鹏"。有时好天抬头不见一瓣云的时候听着貌忧忧的叫响，我们就知道那是宝塔上的饿老鹰寻食吃来了，这一想象半天里秃顶圆睛的英雄，我们背上的小翅膀骨上就仿佛豁出了一锉锉铁刷似的羽毛，摇起来呼呼响的，只一摆就冲出了书房门，钻入了玳瑁镶边的白云里玩儿去，谁耐烦站在先生书桌前晃着身子背早上上的多难背的书！啊，飞！不是那在树枝上矮矮的跳着的麻雀儿的飞；不是那凑天黑从堂廊后背冲出来赶蚊子吃的蝙蝠的飞；也不是那软尾巴软嗓子做窠在堂檐上的燕子的飞。要飞就得满天飞，风拦不住云挡不住的飞，一翅膀就跳过一座山头，影子下来遮得阴二十亩稻田的飞，到天晚飞倦了就来绕着那塔顶尖顺着风向打圆圈做梦……听说饿老鹰会抓小鸡！

飞。人们原来都是会飞的。天使们有翅膀，会飞，我们初来时也有翅膀，会飞。我们最初来就是飞了来的，有的做完了事还是飞了去，他们是可羡慕的。但大多数人是忘了飞的，有的翅膀上掉了毛不长再也飞不起来，有的翅膀叫胶水给胶住了再也拉不开，有的羽毛叫人给修短了像鸽子似的只会在地上跳，有的拿背上一对翅膀上当铺去典钱使过了期再也赎不回……真的，我们一过了做孩子的日子就掉了飞的本领。但没了翅膀或是翅膀坏了不能用是一件可怕的事。因为你再也飞不回去，你蹲在地上呆望着飞不上去的天，看旁人有福气的一程一程的在青云里逍遥，那多可怜。而且翅膀又不比是你脚上的鞋,穿烂了可以再问妈要一双去,翅膀可不成,折了一根毛就是一根,没法给补的。还有,单顾着你翅膀也还不定规到时候能飞,你这身子要是不谨慎养太肥了,翅膀力量小再也拖不起,也是一样难不是?一对小翅膀驮不起一个胖肚子,那情形多可笑!到时候你听人家高声的招呼说,朋友,回去吧,趁这天还有紫色的光,你听他们的翅膀在半空中沙沙的摇响,朵朵的春云跳过来拥着他们的肩背,望着最光明的来处翩翩的,冉冉的,轻烟似的化出了你的视域,像云雀似的只留下一泻光明的骤雨——"Thou art unseen but yet I hear thy shrill delight"①——那你,独自在泥涂里淹着,够多难受,够多懊恼,够多寒伧!趁早留神你的翅膀,朋友?

是人没有不想飞的。老是在这地面上爬着够多厌烦,不说别的。飞出这圈子,飞出这圈子!到云端里去,到云端里去!那个心里不成天千百遍的这么想?飞上天空去浮着,看地球这弹丸在大空里滚着,从陆地看到海,从海再看回陆地。凌空去看一个明白——这才是做人的趣味,做人的权威,做人的交代。这皮囊要是太重挪不动,就掷了它,可能的话,飞出这圈子,飞出这圈子!

人类初发明用石器的时候,已经想长翅膀。想飞。原人洞壁上画的四不像,它的背上揹着翅膀;拿着弓箭赶野兽的,他那肩背上也给安了翅膀。小爱神是有一对粉嫩的肉翅的。挨开拉斯(Icarus)是人类飞行史里第一个英雄,第一次牺牲。安琪儿(那是理想化的人)第一个标记是帮助他们飞行的翅膀。那也有沿革——你看西洋画上的表现。最初像是一对小精致的令旗,蝴蝶似的粘在安琪儿们的背上,像真的,不灵动的。渐渐的翅膀长大了,地位安准了,毛羽丰满了。画图上的天使们长上了真的可能的翅膀。人类初次实现了翅膀的观念,彻悟了飞行的意义。挨开拉斯闪不死的灵魂,回来投生又投生。人类最大的使命,是制造翅膀;最大的成功是飞!理想的极度,想象的止境,从人到神!诗是翅膀上出世的;哲理是在空中盘旋的。飞:超脱一切,笼盖一切,扫荡一切,吞吐一切。

---

① 大意是"你无影无踪,但我仍然能听清你的尖声尖叫"。

你上那边山峰顶上试去,要是度不到这边山峰上,你就得到这万丈的深渊里去找你的葬身地！"这人形的鸟会有一天试他第一次的飞行,给这世界惊骇,使所有的著作赞美,给他所从来的栖息处永久的光荣。"啊达文賽！

但是飞?自从挨开拉斯以来,人类的工作是制造翅膀,还是束缚翅膀?这翅膀,承上了文明的重量,还能飞吗?都是飞了来的,还都能飞了回去吗?钳住了,烙住了,压住了,——这人形的鸟会有试他第一次飞行的一天吗?……

同时天上那一点子黑的已经迫近在我的头顶,形成了一架鸟形的机器,忽的机沿一侧,一球光直往下注,硼的一声炸响,——炸碎了我在飞行中的幻想,青天里平添了几堆破碎的浮云。

泰戈尔

　　我有几句话想趁这个机会对诸君讲，不知道你们有没有耐心听。泰戈尔先生快走了，在几天内他就离别北京，在一两个星期内他就告辞中国。他这一去大约是不会再来的了。也许他永远不能再到中国。

　　他是六七十岁的老人，他非但身体不强健，他并且是有病的。所以他要到中国来，不但他的家属，他的亲戚朋友，他的医生，都不愿意他冒险，就是他欧洲的朋友，比如法国的罗曼罗兰，也都有信去劝阻他。他自己也曾经踌躇了好久，他心里常常盘算他如其到中国来，他究竟能不能够给我们好处，他想中国人自有他们的诗人、思想家、教育家，他们有他们的智慧、天才、心智的财富与营养，他们更用不着外来的补助与戟刺，我只是一个诗人，我没有宗教家的福音，没有哲学家的理论，更没有科学家实利的效用，或是工程师建设的才能，他们要我去做什么，我自己又为什么要去，我有什么礼物带去满足他们的盼望。他真的很觉得迟疑，所以他延迟了他的行期。但是他也对我们说到冬天完了春风吹动的时候（印度的春风比我们的吹得早），他不由的感觉了一种内迫的冲动，他面对着逐渐滋长的青草与鲜花，不由的抛弃了，忘却了他应尽的职务，不由的解放了他的歌唱的本能，和着新来的鸣雀，在柔软的南风中开怀的讴吟。同时他收到我们催请的信，我们青年盼望他的诚意与热心，唤起了老人的勇气。他立即定夺了他东来的决心。他说趁我暮年的肢体不曾僵透，趁我衰老的心灵还能感受，决不可错过这最后惟一的机会，这博大、从容、礼让的民族，我幼年时便发心朝拜，与其将来在黄昏寂静的境界中萎衰的惆怅，毋宁利用这夕阳未暝时的光芒，了却我晋香人的心愿？

他所以决意的东来，他不顾亲友的劝阻，医生的警告，不顾自身的高年与病体，他也撇开了在本国一切的任务，跋涉了万里的海程，他来到了中国。

自从四月十二在上海登岸以来，可怜老人不曾有过一半天完整的休息，旅行的劳顿不必说，单就公开的演讲以及较小集会时的谈话，至少也有了三四十次！他的，我们知道，不是教授们的讲义，不是教士们的讲道，他的心府不是堆积货品的栈房，他的辞令不是教科书的喇叭。他是灵活的泉水，一颗颗颤动的圆珠从他心里兢兢的泛登水面都是生命的精液；他是瀑布的吼声，在白云间，青林中，石罅里，不住的啸响；他是百灵的歌声，他的欢欣、愤慨、响亮的谐音，弥漫在无际的晴空。但是他是倦了。终夜的狂歌已经耗尽了子规的精力，东方的曙色亦照出他点点的心血染红了蔷薇枝上的白露。

老人是疲乏了。这几天他睡眠也不得安宁，他已经透支了他有限的精力。他差不多是靠散拿吐瑾过日的。他不由的不感觉风尘的厌倦，他时常想念他少年时在恒河边沿拍浮的清福，他想望椰树的清荫与曼果的甜瓜。

但他还不仅是身体的惫劳，他也感觉心境的不舒畅。这是很不幸的。我们做主人的只是深深的负歉。他这次来华，不为游历，不为政治，更不为私人的利益，他熬着高年，冒着病体，抛弃自身的事业，备尝行旅的辛苦，他究竟为的是什么？他为的只是一点看不见的情感，说远一点，他的使命是在修补中国与印度两民族间中断千余年的桥梁。说近一点，他只想感召我们青年真挚的同情。因为他是信仰生命的，他是尊崇青年的，他是歌颂青春与清晨的，他永远指点着前途的光明。悲悯是当初释迦牟尼证果的动机，悲悯也是泰戈尔先生不辞艰苦的动机。现代的文明只是骇人的浪费，贪淫与残暴，自私与自大，相猜与相忌，飓风似的倾覆了人道的平衡，产生了巨大的毁灭。芜秽的心田里只是误解的蔓草，毒害同情的种子，更没有收成的希冀。在这个荒惨的境地里，难得有少数的丈夫，不怕阻难，不自馁怯，肩上扛着铲除误解的大锄，口袋里满装着新鲜人道的种子，不问天时是阴是雨是晴，不问是早晨是黄昏是黑夜，他只是努力的工作，清理一方泥土，施殖一方生命，同时口唱着嘹亮的新歌，鼓舞在黑暗中将次透露的萌芽。泰戈尔先生就是这少数中的一个。他是来广布同情的，他是来消除成见的。我们亲眼见过他慈祥的阳春似的表情，亲耳听过他从心灵底里迸裂出来的大声，我想只要我们的良心不曾受恶毒的烟煤熏黑，或是被恶浊的偏见污抹，谁不曾感觉他至诚的力量，魔术似的，为我们生命的前途开辟了一个神奇的境界，燃点了理想的光明？所以我们也懂得他的深刻的懊怅与失望，如其他知道部分的青年不但不能容纳他的灵感，并且存心的诬毁他的热忱。我们固然奖励思想的独立，但我们决不敢附和误解的自由。他生平最满意的成绩就在他永远能得青年的同情，不论在德国，在丹麦，在美国，在日本，青年永远是他最忠心的朋友。他也曾经遭受种种的误解与攻击，政府的猜疑与报纸的诬捏与守旧派的讥评，不论如何的谬妄与剧烈，从不曾扰动他优容的大量，他的希望，他的信仰，他的爱心，他的至诚，完全的托付青年。我的须，我的发是白的，但我的心却永远是青的，他常常的对我们说，只要青年是我的知己，我理想的将来就有着落，我乐观的明灯永远不致黯淡。他不能相信纯洁的青年也会坠落在怀疑、猜忌、卑琐的泥溷，他更不能信中国的青年也会沾染不幸的污点。他真不预备在中国遭受意外的待遇。他很不自在，他很感觉异样的怆心。

因此精神的懊丧更加重他躯体的倦劳。他差不多是病了。我们当然很焦急的期望他的健康，但他再没有心境继续他的讲演。我们恐怕今天就是他在北京公开讲演最后的一个机会。他有休养的必要。我们也决不忍再使他耗费有限的精力。他不久又有长途的跋涉，他不能不有三四天完全的养息。所以从今天起，所有已经约定的集会，公开与私人的，一概撤销，他今天就出城去静养。

我们关切他的一定可以原谅，就是一小部分不愿意他来作客的诸君也可以自喜战略的成功。他是病了，他在北京不再开口了，他快走了，他从此不再来了。但是同学们，我们也得平心的想想，老人到底有什么罪，他有什么负心，他有什么不可容赦的犯案？公道是死了吗？为什么听不见你的声音？

他们说他是守旧，说他是顽固。我们能相信吗？他们说他是"太迟"，说他是"不合时宜"，我们能相信吗？他自己是不能信，真的不能信。他说这一定是滑稽家的反调。他一生所遭逢的批评只是太新，太早，太急进，太激烈，太革命，太理想的，他六十年的生涯只是不断的奋斗与冲锋，他现在还只是冲锋与奋斗。但是他们说他是守旧，太迟，太老。他顽固奋斗的对象只是暴烈主义、资本主义、帝国主义、武力主义、杀灭性灵的物质主义；他主张的只是创造的生活，心灵的自由，国际的和平，教育的改造，普爱的实现。但他们说他是帝国政策的间谍，资本主义的助力，亡国奴族的流民，提倡裹脚的狂人！肮

脏是在我们的政客与暴徒的心里，与我们的诗人又有什么关系？昏乱是在我们冒名的学者与文人的脑里，与我们的诗人又有什么亲属？我们何妨说太阳是黑的，我们何妨说苍蝇是真理？同学们，听信我的话，像他的这样伟大的声音我们也许一辈子再不会听着了。留神目前的机会，预防将来的惆怅！他的人格我们只能到历史上去搜寻比拟。他的博大的温柔的灵魂我敢说永远是人类记忆里的一次灵迹。他的无边的想象是辽阔的同情使我们想起惠德曼；他的博爱的福音与宣传的热心使我们记起托尔斯泰；他的坚韧的意志与艺术的天才使我们想起造摩西像的米开朗基罗；他的诙谐与智慧使我们想象当年的苏格拉底与老聃！他的人格的和谐与优美使我们想念暮年的歌德；他的慈祥的纯爱的抚摩，他的为人道不厌的努力，他的磅礴的大声，有时竟使我们唤起救主的心像，他的光彩，他的音乐，他的雄伟，使我们想念奥林必克山顶的大神。他是不可侵凌的，不可逾越的，他是自然界的一个神秘的现象。他是三春和暖的南风，惊醒树枝上的新芽，增添处女颊上的红晕。他是普照的阳光。他是一派浩瀚的大水，来从不可追寻的渊源，在大地的怀抱中终古的流着，不息的流着，我们只是两岸的居民，凭借这慈恩的天赋，灌溉我们的田稻，苏解我们的消渴，洗净我们的污垢。他是喜马拉雅积雪的山峰，一般的崇高，一般的纯洁，一般的壮丽，一般的高傲，只有无限的青天枕藉他银白的头颅。

人格是一个不可错误的实在，荒歉是一件大事，但我们是饿惯了的，只认鸠形与鹄面是人生本来的面目，永远忘却了真健康的颜色与彩泽。标准的低降是一种可耻的堕落：我们只是踡坐在井底青蛙，但我们更没有怀疑的余地。我们也许揣详东方的初白，却不能非议中天的太阳。我们也许见惯了阴霾的天时，不耐这热烈的光焰，消散天空的云雾，暴露地面的荒芜，但同时在我们心灵的深处，我们岂不也感觉一个新鲜的影响，催促我们生命的跳动，唤醒潜在的想望，仿佛是武士望见了前峰烽烟的信号，更不踌躇的奋勇向前？只有接近了这样超轶的纯粹的丈夫，这样不可错误的实在，我们方始相形的自愧我们的口不够阔大，我们的嗓音不够响亮，我们的呼吸不够深长，我们的信仰不够坚定，我们的理想不够莹澈，我们的自由不够磅礴，我们的语言不够明白，我们的情感不够热烈，我们的努力不够勇猛，我们的资本不够充实……

　　我自信我不是恣滥不切事理的崇拜,我如其曾经应用浓烈的文字,这是因为我不能自制我浓烈的感想。但是我最急切要声明的是,我们的诗人,虽则常常招受神秘的徽号,在事实上却是最清明,最有趣,最诙谐,最不神秘的生灵。他是最通达人情,最近人情的。我盼望有机会追写他日常的生活与谈话。如其我是犯嫌疑的,如其我也是性近神秘的(有好多朋友这么说),你们还有适之先生的见证,他也说他是最可爱最可亲的个人:我们可以相信适之先生绝对没有"性近神秘"的嫌疑!所以无论他怎样的伟大与深厚,我们的诗人还只是有骨有血的人,不是野人,也不是天神。惟其是人,尤其是最富情感的人,所以他到处要求人道的温暖与安慰,他尤其要我们中国青年的同情与情爱。他已经为我们尽了责任,我们不应,更不忍辜负他的期望。同学们!爱你的爱,崇拜你的崇拜,是人情不是罪孽,是勇敢不是懦怯!

济慈的夜莺歌

　　诗中有济慈（John Keats）的《夜莺歌》，与禽中有夜莺一样的神奇。除非你亲耳听过，你不容易相信树林里有一类发痴的鸟，天晚了才开口唱，在黑暗里倾吐他的妙乐，愈唱愈有劲，往往直唱到天亮，连真的心血都跟着歌声从她的血管里呕出；除非你亲自咀嚼过，你也不易相信一个二十三岁的青年有一天早饭后坐在一株李树底下迅笔的写，不到三小时写成了一首八段八十行的长歌，这歌里的音乐与夜莺的歌声一样的不可理解，同是宇宙间一个奇迹，即使有那一天大英帝国破裂成无可记认的断片时，《夜莺歌》依旧保有他无比的价值：万万里外的星亘古的亮着，树林里的夜莺到时候就来唱着，济慈的夜莺歌永远在人类的记忆里存着。

　　那年济慈住在伦敦的 Wentworth Place。百年前的伦敦与现在的英京大不相同，那时候"文明"的沾染比较的不深，所以华次华士站在威士明治德桥上，还可以放心的讴歌清晨的伦敦，还有福气在"无烟的空气"里呼吸，望出去也还看得见"田地、小山、石头、旷野，一直开拓到天边"。那时候的人，我猜想，也一定比较的不野蛮，近人情，爱自然，所以白天听得着满天的云雀，夜里听得着夜莺的妙乐。要是济慈迟一百年出世，在夜莺绝迹了的伦敦市里住着，他别的著作不敢说，这首夜莺歌至少，怕就不会成功，供人类无尽期的享受。说起真觉得可惨，在我们南方，古迹而兼是艺术品的，止淘成①了西湖上一座孤单的雷峰塔，这千百年来雷峰塔的文学还不曾见面，雷峰塔的映影已

---

　　① 淘成，浙江方言，意为"剩存"。

经永别了波心！也许我们的灵性是麻皮做的，木屑做的，要不然这时代普遍的苦痛与烦恼的呼声还不是最富灵感的天然音乐；——但是我们的济慈在那里？我们的《夜莺歌》在那里？济慈有一次低低的自语——"I feel the flowers growing on me"。意思是"我觉得鲜花一朵朵的长上了我的身"，就是说他一想着了鲜花，他的本体就变成了鲜花，在草丛里掩映着，在阳光里闪亮着，在和风里一瓣瓣的无形的伸展着，在蜂蝶轻薄的口吻下羞晕着。这是想象力最纯粹的境界：孙猴子能七十二般变化，诗人的变化力更是不可限量——沙士比亚戏剧里至少有一百多个永远有生命的人物，男的女的、贵的贱的、伟大的、卑琐的、严肃的、滑稽的，还不是他自己摇身一变变出来的。济慈与雪莱最有这与自然谐合的变术；——雪莱制《云歌》时我们不知道雪莱变了云还是云变了；雪莱歌《西风》时不知道歌者是西风还是西风是歌者；颂《云雀》时不知道是诗人在九霄云端里唱着还是百灵鸟在字句里叫着；同样的济慈咏"忧郁""Odeon Melancholy"时他自己就变了忧郁本体，"忽然从天上掉下来像一朵哭泣的云"：他赞美"秋""To Autumn"时他自己就是在树叶底下挂着的叶子中心那颗渐渐发长的核仁儿，或是在稻田里静偃着玫瑰色的秋阳！这样比称起来，如其赵松雪关紧房门伏在地下学马的故事可信时，那我们的艺术家就落粗蠢，不堪的"乡下人气味"！

他那《夜莺歌》是他一个哥哥死的那年做的，据他的朋友有名肖像画家 Rkbert Haydon 给 Miss Mitford 的信里说，他在没有写下以前早就起了腹稿，一天晚上他们俩在草地里散步时济慈低低的背诵给他听——"...in a low, tremulous undertone which affected me extremely." 那年碰巧——据著《济慈传》的 Lord Houghton 说，在他屋子的邻近来了一只夜莺，每晚不倦的歌唱，他很快活，常常留意倾听，一直听得他心痛神醉逼着他从自己的口里复制了一套不朽的歌曲。我们要记得济慈二十五岁那年在意大利在他一个朋友的怀抱里作古，他是，与他的夜莺一样，呕血死的！

能完全领略一首诗或是一篇戏曲，是一个精神的快乐，一个不期然的发见。这不是容易的事；要完全了解一个人的品性是十分难，要完全领会一首小诗也不得容易。我简直想说一半得靠你的缘分，我真有点儿迷信。就我自己说，文学本不是我的行业，我的有限的文学知识是"无师传授"的。裴德（Walter Pater）是一天在路上碰着大雨到一家旧书铺去躲避无意中发见的，

歌德(Goethe)——说来更怪了——是司蒂文孙(R.L.S.)介绍给我的,(在他的 *Art of writcing* 那书里他称赞 George Henry Lewes 的《歌德评传》;Everman edition①一块钱就可以买到一本黄金的书)。柏拉图是一次在浴室里忽然想着要去拜访他的。雪莱是为他也离婚才去仔细请教他的,杜思退益夫斯基、托尔斯泰、丹农雪乌、波特莱耳、卢骚,这一班人也各有各的来法,反正都不是经由正宗的介绍:都是邂逅,不是约会。这次我到平大教书也是偶然的,我教着济慈的《夜莺歌》也是偶然的,乃至我现在动手写这一篇短文,更不是料得到的。友鸾再三要我写才鼓起我的兴来,我也很高兴写,因为看了我的乘兴的话,竟许有人不但发愿去读那《夜莺歌》,并且从此得到了一个亲口尝味最高级文学的门径,那我就得意极了。

但是叫我怎样讲法呢?在课堂里一头讲生字一头讲典故,多少有一个讲法,但是现在要我坐下来把这首整体的诗分成片段诠释它的意义,可真是一个难题!领略艺术与看山景一样,只要你地位站得适当,你这一望一眼便吸收了全景的精神;要你"远视"的看,不是近视的看;如其你捧住了树才能见树,那时即使你不惜工夫一株一株的审查过去,你还是看不到全林的景子。所以分析的看艺术,多少是杀风景的:综合的看法才对。所以我现在勉强讲这《夜莺歌》,我不敢说我能有什么心得的见解!我并没有!我只是在课堂里讲书的态度,按句按段的讲下去就是;至于整体的领悟还得靠你们自己,我是不能帮忙的。

你们没有听过夜莺先是一个困难。北京有没有我都不知道。下回萧友梅先生的音乐会要是有贝德花芬的第六个"沁芳南"(The Pastoral Symphony)时,你们可以去听听,那里面有夜莺的歌声。好吧,我们只能要同意听音乐——自然的或人为的——有时可以使我们听出神:譬如你晚上在山脚下独步时听着清越的笛声,远远的飞来,你即使不滴泪,你多少不免"神往"不是?或是在山中听泉乐,也可使你忘却俗景,想象神境。我们假定夜莺的歌声比我们白天听着的什么鸟都要好听;他初起像是龚云甫②,嗓子发沙的,很懒的试她的新歌;顿上一顿,来了,有调了。可还不急,只是清脆悦耳,像是珠走

---

① Everman edition,意为"书籍的普及版"。
② 龚云甫,京剧演员,下文中的几个"她"是指他的角色身份。

玉盘(比喻是满不相干的)!慢慢的她动了情感,仿佛忽然想起了什么事情使他激成异常的愤慨似的,他这才真唱了,声音越来越亮,调门越来越新奇,情绪越来越热烈,韵味越来越深长,像是无限的欢畅,像是艳丽的怨慕,又像是变调的悲哀——直唱得你在旁倾听的人不自主的跟着她兴奋,伴着她心跳。你恨不得和着她狂歌,就差你的嗓子太粗太浊合不到一起!这是夜莺;这是济慈听着的夜莺,本来晚上万籁静定后声音的感动力就特强,何况夜莺那样不可模拟的妙乐。

好了,你们先得想象你们自己也教音乐的沉醴浸醉了,四肢软绵绵的,心头痒荠荠的,说不出的一种浓味的馥郁的舒服,眼帘也是懒洋洋的挂不起来,心里满是流膏似的感想,辽远的回忆,甜美的惆怅,闪光的希冀,微笑的情调一齐兜上方寸灵台时——再来——"in a low, tiemulous under-tone"——开通济慈的《夜莺歌》,那才对劲儿!

这不是清醒时的说话;这是半梦呓的私语:心里畅快的压迫太重了流出口来绻缱的细语——我们用散文译过他的意思来看:——

(一)"这唱歌的,唱这样神妙的歌的,决不是一只平常的鸟;她一定是一个树林里美丽的女神,有翅膀会得飞翔。她真乐呀,你听独自在黑夜的树林里,在架干交叉,浓荫如织的青林里,她畅快的开放她的歌调,赞美着初夏的美景,我在这里听她唱,听的时候已经很多,她还是恣情的唱着;啊,我真被她的歌声迷醉了,我不敢羡慕她的清福,但我却让她无边的欢畅催眠住了,我像是服了一剂麻药,或是喝尽了一剂鸦片汁,要不然为什么这睡昏昏思离离的像进了黑甜乡似的,我感觉着一种微倦的麻痹,我太快活了,这快感太尖锐了,竟使我心房隐隐的生痛了!"

(二)"你还是不倦的唱着——在你的歌声里我听出了最香冽的美酒的味儿。啊,喝一杯陈年的真葡萄酿多痛快呀!那葡萄是长在暖和的南方的,普鲁冈斯那种地方,那边有的是幸福与欢乐,他们男的女的整天在宽阔的太阳光底下作乐,有的携着手跳春舞,有的弹着琴唱恋歌;再加那遍野的香草与各样的树馨——在这快乐的地土下他们有酒窖埋着美酒。现在酒味益发的澄静,香冽了。真美呀,真充满了南国的乡土精神的美酒,我要来引满一杯,这酒好比是希宝克林灵泉的泉水,在日光里潋潋发虹光的清泉,我拿一只古爵盛一个扑满。啊,看呀!这珍珠似的酒沫在这杯边上发瞬,这杯口也叫紫色

的浓浆染一个鲜艳；你看看，我这一口就把这一大杯酒吞了下去——这才真醉了，我的神魂就脱离了躯壳，幽幽的辞别了世界，跟着你清唱的音响，像一个影子似淡淡的掩入了你那暗沉沉的林中。"

（三）"想起这世界真叫人伤心。我是无沾恋的，巴不得有机会可以逃避，可以忘怀种种不如意的现象，不比你在青林茂荫里过无忧的生活，你不知道也无须过问我们这寒伧的世界，我们这里有的是热病、厌倦、烦恼，平常朋友们见面时只是愁颜相对，你听我的牢骚，我听你的哀怨；老年人耗尽了精力，听凭痹症摇落他们仅存的几茎可怜的白发；年轻人也是叫不如意事蚀空了，满脸的憔悴，消瘦得像一个鬼影，再不然就进墓门；真是除非你不想他，你要一想的时候就不由的你发愁，不由的你眼睛里钝迟迟的充满了绝望的晦色；美更不必说，也许难得在这里，那里，偶然露一点痕迹，但是转瞬间就变成落花流水似没了，春光是挽留不住的，爱美的人也不是没有，但美景既不常驻人间，我们至多只能实现暂时的享受，笑口不曾全开，愁颜又回来了！因此我只想顺着你歌声离别这世界，忘却这世界，解化这忧郁沉沉的知觉。"

（四）"人间真不值得留恋，去吧，去吧！我也不必乞灵于培克司（酒神）与他那宝辇前的文豹，只凭诗情无形的翅膀我也可以飞上你那里去。啊，果然来了！到了你的境界了！这林子里的夜是多温柔呀，也许皇后似的明月此时正在她天中的宝座上坐着，周围无数的星辰像侍臣似的拱着她。但这夜却是黑，暗阴阴的没有光亮，只有偶然天风过路时把这青翠荫蔽吹动，让半亮的天光丝丝的漏下来，照出我脚下青茵浓密的地土。"

（五）"这林子里梦沉沉的不漏光亮，我脚下踏着的不知道是什么花，树枝上渗下来的清馨也辨不清是什么香；在这薰香的黑暗中我只能按着这时令猜度这时候青草里，矮丛里，野果树上的各色花香；——乳白色的山楂花，有刺的野蔷薇，在叶丛里掩盖着的芝罗兰已快萎谢了，还有初夏最早开的麝香玫瑰，这时候准是满承着新鲜的露酿，不久天暖和了，到了黄昏时候，这些花堆里多的是采花来的飞虫。"

我们要注意从第一段到第五段是一顺下来的；第一段是乐极了的谵语，接着第二段声调跟着南方的阳光放亮了一些，但情调还是一路的缠绵。第三段稍为激起一点浪纹，迷离中夹着一点自觉的愤慨，到第四段又沉了下去，从"already with thee！"起，语调又极幽微，像是小孩子走入了一个阴凉的地窨子,骨髓里觉着凉,心里却觉着半害怕的特别意味,他低低的说着话,带颤动的,断续的;又像是朝上风来吹断清梦时的情调;他的诗魂在林子的黑荫里闻着各种看不见的花草的香味,私下一一的猜测诉说,像是山涧平流入湖水时的尾声……这第六段的声调与情调可全变了;先前只是畅快的惝恍,这下竟是极乐的谵语了。他乐极了,他的灵魂取得了无边的解说与自由,他就想永保这最痛快的俄顷,就在这时候轻轻的把最后的呼吸和入了空间,这无形的消灭便是极乐的永生;他在另一首诗里说——

> I know this being's lease,
>
> My fsncy to its utmost bliss spreads,
>
> Yet could I on this veiy midneght cease,
>
> And the worlds gaudy ensign see in shreds;
>
> Verse,Fame and beauty are intense indeed,
>
> But Death in tenser—Death is life's high
>
> Meeh.

在他看来,(或是在他想来),"生"是有限的,生的幸福也是有限的——诗,声名与美是我们活着时最高的理想,但都不及死,因为死是无限的,解化的,与无尽流的精神相投契的,死才是生命最高的蜜酒,一切的理想在生前只能部分的,相对的实现,但在死里却是整体的绝对的谐合,因为在自由最博大的死的境界中一切不调谐的全调谐了,一切不完全的都完全了,他这一段用的几个状词要注意,他的死不是苦痛,是"Easeful Death"舒服的,或是竟可以翻作"逍遥的死";还有他说"Quiet Breath",幽静或是幽静的呼吸,这个观念在济慈诗里常见,很可注意;他在一处排列他得意的幽静的比象——

AUTUMN SUNS

> Smiling at eve upon the quiet sheaves.
>
> Sweet Sapphos Cheek—a sleeping infant's breath—
>
> The gradual sand that throungh an hour glass runs
>
> A woodland rivulet,a Poet's death.

秋田里的晚霞，沙浮女诗人的香腮，睡孩的呼吸，光阴渐缓的流沙，山林里的小溪，诗人的死。他诗里充满着静的，也许香艳的，美丽的静的意境，正如雪莱的诗里无处不是动，生命的振动，剧烈的，有色彩的，嘹亮的。我们可以拿济慈的《秋歌》对照雪莱的《西风歌》，济慈的"夜莺"对比雪莱的"云雀"，济慈的"忧郁"对比雪莱的"云"，一是动、舞、生命、精华的、光亮的、搏动的生命，一是静、幽、甜熟的、渐缓的"奢侈"的死，比生命更深奥更博大的死，那就是永生。懂了他的生死的概念我们再来解释他的诗：

（六）"但是我一面正在猜测着这青林里的这样那样，夜莺他还是不歇的唱着，这回唱得更浓更烈了。（先前只像荷池里的雨声，调虽急，韵节还是很匀净的；现在竟像是大块的骤雨落在盛开的丁香林中，这白英在狂颤中缤纷的堕地，雨中的一阵香雨，声调急促极了。）所以他竟想在这极乐中静静的解化，平安的死去，所以他竟与无痛苦的解脱发生了恋爱，昏昏的随口编着钟爱的名字唱着赞美他，要他领了他永别这生的世界，投入永生的世界。这死所以不仅不是痛苦，真是最高的幸福，不仅不是不幸，并且是一个极大的奢侈；不仅不是消极的寂灭，这正是真生命的实现。在这青林中，在这半夜里，在这美妙的歌声里，轻轻的挑破了生命的水泡，啊，去吧！同时你在歌声中倾吐了你的内蕴的灵性，放胆的尽性的狂歌好像你在这黑暗里看出比光明更光明的光明，在你的叶荫中实现了比快乐更快乐的快乐；——我即使死了，你还是继续的唱着，直唱到我听不着，变成了土，你还是永远的唱着。"

这是全诗精神最饱满音调最神灵的一节，接着上段死的意思与永生的意思，他从自己又回想到那鸟的身上，他想我可以在这歌声里消散，但这歌声的本体呢？听歌的人可以由生入死，由死得生，这唱歌的鸟，又怎样呢？以前的六节都是低调，就是第六节调虽变，音还是像在浪花里浮沉着的一张叶片，浪花上涌时叶片上涌，浪花低伏时叶片也低伏；但这第七节是到了最高点，到了急调中的争调——诗人的情绪，和着鸟的歌声，尽情的涌了出来；他的迷醉中的诗魂已经到了梦与醒的边界。

这节里 Ruth 的本事是在旧约书里 *The Book Of Ruth*，她是嫁给一个客民的，后来丈夫死了，她的姑要回老家，叫她也回自己的家再嫁人去，罗司一定不肯，情愿跟着她的姑到外国去守寡，后来他在麦田里收麦，她常常想着她的本乡,济慈就应用这段故事。

(七)"方才我想到死与灭亡,但是你,不死的鸟呀,你是永远没有灭亡的日子,你的歌声就是你不死的一个凭证。时代尽迁异,人事尽变化,你的音乐还是永远不受损伤,今晚上我在此地听你,这歌声还不是在几千年前已经在着,富贵的王子曾经听过你,卑贱的农夫也听过你:也许当初罗司那孩子在黄昏时站在异邦的田里割麦,他眼里含着一包眼泪思念故乡的时候,这同样的歌声,曾经从林子里透出来,给她精神的慰安,也许在中古时期幻术家在海上变出蓬莱仙岛,在波心里起造着楼阁,在这里面住着他们摄取来的美丽的女郎,她们凭着窗户望海思乡时,你的歌声也曾经感动她们的心灵,给他们平安与愉快。"

(八)这段是全诗的一个总束,夜莺放歌的一个总束,也可以说人生的大梦的一个总束。他这诗里有两相对的(动机);一个是这现世界,与这面目可憎的实际的生活:这是他巴不得逃避,巴不得忘却的,一个是超现实的世界,音乐声中不朽的生命,这是他所想望的,他要实现的,他愿意解除脱了不完全暂时的生为要化入这完全的永久的生。他如何去法,凭酒的力量可以去,凭诗的无形的翅膀亦可以飞出尘寰,或是听着夜莺不断的唱声也可以完全忘却这现世界的种种烦恼。他去了,他化入了温柔的黑夜,化入了神灵的歌声——他就是夜莺;夜莺就是他。夜莺低唱时他也低唱,高唱时他也高唱,我们辨不清谁是谁,第六第七段充分发挥"完全的永久的生"那个动机,天空里,黑夜里已经充塞了音乐——所以在这里最高的急调尾声一个字音 forlorn 里转回到那一个动机,他所从来那个现实的世界,往来穿着的还是那一条线,音调的接合,转变处也极自然;最后糅和那两个相反的动机,用醒(现世界)与梦(想象世界)结束全文,像拿一块石子掷入山壑内的深潭里,你听那音响又清切又谐和,余音还在山壑里回荡着,使你想见那石块慢慢的,慢慢的沉入了无底的深潭……音乐完了,梦醒了,血呕尽了,夜莺死了!但他的余韵却袅袅的永远在宇宙间回响着……

谒见哈代的一个下午

一

　　"如其你早几年。也许就是现在,到道骞司德的乡下,你或许碰得到《裘德》的作者,一个和善可亲的老者,穿着短裤便服,精神飒爽的,短短的脸面,短短的下颏,在街道上闲暇的走着,招呼着,答话着,你如其过去问他卫撒克士小说里的名胜,他就欣欣的从详指点讲解;回头他一扬手,已经跳上了他的自行车,按着车铃,向人丛里去了。我们读过他著作的,更可以想象这位貌不惊人的圣人,在卫撒克士广大的,起伏的草原上,在月光下,或在晨曦里,深思地徘徊着。天上的云点,草里的虫吟,远处隐约的人声都在他灵敏的神经里印下不磨的痕迹;或在残败的古堡里拂拭乳石上的苔青与网结;或在古罗马的旧道上,冥想数千年前铜盔铁甲的骑兵曾经在这日光下驻蹠或在黄昏的苍茫里,独倚在枯老的大树下,听前面乡村里的青年男女,在笛声琴韵里,歌舞他们节会的欢欣;或在济慈或雪莱或史文庞的遗迹,悄悄的追怀他们艺术的神奇……在他的眼里,像在高蒂闲(Theuophile Gautier)的眼里,这看得见的世界是活着的;在他的'心眼'(The Inward Eye)里,像在他最服膺的华茨华士的心眼里,人类的情感与自然的景象是相联合的;在他的想象里,像在所有大艺术家的想象里,不仅伟大的史迹,就是眼前最琐小最暂忽的事实与印象,都有深奥的意义,平常人所忽略或竟不能窥测的。从他那六十年不断的心灵生活,——观察、考量、揣度、印证,——从他那六十年不懈不弛的真纯经验里，哈代，像春蚕吐丝制茧似的抽绎他最微妙最桀傲的音调，纺织他最缜密最经久的诗歌——这是他献给我们可珍的礼物。"

二

上文是我三年前慕而未见时半自想象半自他人传述写来的哈代。去年七月在英国时，承狄更生先生的介绍，我居然见到了这位老英雄，虽则会面不及一小时，在余小子已算是莫大的荣幸，不能不记下一些踪迹。我不讳我的"英雄崇拜"。山，我们爱踹高的；人，我们为什么不愿意接近大的？但接近大人物正如爬高山，往往是一件费劲的事；你不仅得有热心，你还得有耐心。半道上力乏是意中事，草间的刺也许拉破你的皮肤，但是你想一想登临危峰时的愉快！真怪，山是有高的，人是有不凡的！我见曼殊斐儿，比方说，只不过二十分钟模样的谈话，但我怎么能形容我那时在美的神奇的启示中的全生的震荡？

我与你虽仅一度相见——

但那二十分不死的时间

果然，要不是那一次巧合的相见，我这一辈子就永远见不着她——会面后不到六个月她就死了。自此我益发坚持我英雄崇拜的势利，在我有力量能爬的时候，总不教放过一个"登高"的机会。我去年到欧洲完全是一次"感情作用的旅行"；我去是为泰戈尔，顺便我想去多瞻仰几个英雄。我想见法国的罗曼罗兰，意大利的丹农雪乌，英国的哈代。但我只见着了哈代。

在伦敦时对狄更生先生说起我的愿望，他说那容易，我给你写信介绍，老头精神真好，你小心他带了你到道骞斯德林子里去走路，他仿佛是没有力乏的时候似的！那天我从伦敦下去到道骞斯德，天气好极了，下午三点过到的。下了站我不坐车，问了 Max Gate 的方向，我就欣欣的走去。他家的外园门正对一片青碧的平壤，绿到天边，绿到门前；左侧远处有一带绵延的平林。进园径转过去就是哈代自建的住宅，小方方的壁上满爬着藤萝。有一个工人在园的一边剪草，我问他哈代先生在家不，他点一点头，用手指门。我拉了门铃，屋子里突然发一阵狗叫声，在这宁静中听得怪尖锐的，接着一个白纱抹头的年轻下女开门出来。

"哈代先生在家,"她答我的问,"但是你知道哈代先生是'永远'不见客的。"

我想糟了。"慢着,"我说,"这里有一封信,请你给递了进去。""那末请候一候,"她拿了信进去,又关上了门。

她再出来的时候脸上堆着最俊俏的笑容。"哈代先生愿意见你,先生,该进来。"多俊俏的口音!"你不怕狗吗,先生,"她又笑了。"我怕,"我说。"不要紧,我们的梅雪就叫,她可不咬,这儿生客来得少。"

我就怕狗的袭来!战兢兢的进了门,进了官厅,下女关门出去,狗还不曾出现,我才放心。壁上挂着沙琴德(John Sargent)的哈代画像,一边是一张雪莱的像,书架上记得有雪莱的大本集子,此外陈设是朴素的,屋子也低,暗沉沉的。

我正想着老头怎么会这样喜欢雪莱,两人的脾胃相差够多远,外面楼梯上一阵急促的脚步声和狗铃声下来,哈代推门进来了。我不知他身材实际多高,但我那时站着平望过去,最初几乎没有见他,我的印像是他是一个矮极了的小老头儿。我正要表示我一腔崇拜的热心,他一把拉了我坐下,口里连着说"坐坐",也不容我说话,仿佛我的"开篇"辞他早就有数,连着问我,他那急促的一顿顿的语调与干涩的苍老的口音,"你是伦敦来的?""狄更生是你的朋友?""他好?""你译我的诗?""你怎么翻的?""你们中国诗用韵不用?"前面那几句问话是用不着答的(狄更生信上说起我翻他的诗),所以他也不等我答话,直到末一句他才收住了。他坐着也是奇矮,也不知怎的,我自己只显得高,私下不由的踌躇,似乎在这天神面前我们凡人就在身材上也不应分占先似的!(啊,你没见过萧伯纳——这比下来你是个蚂蚁!)这时候他斜着坐,一只手搁在台上头微微低着,眼往下看,头顶全秃了,两边脑角上还各有一鬌也不全花的头发;他的脸盘粗看像是一个尖角往下的等边形三角,两颧像是特别宽,从宽浓的眉尖直扫下来束住在一个短促的下巴尖;他的眼不大,但是深凹的,往下看的时候多,不易看出颜色与表情。最特别的,最"哈代的",是他那口连着两旁松松往下堕的夹腮皮。如其他的眉眼只是忧郁的深沉,他的口脑的表情分明是厌倦与消极。不,他的脸是怪,我从不曾见过这样耐人寻味的脸。他那上半部,秃的宽广的前额,着发的头角,你看了觉得好玩，正如一个孩子的头，使你感觉一种天真的趣味，但愈往下愈不好看，愈使你觉着难受，他那皱纹龟驳的脸皮正使你想起一块苍老的岩石，雷电的猛烈，风霜的侵凌，雨溜的剥蚀，苔藓的沾染，虫鸟的斑斓，什么时间与空间的变幻都在这上面遗留着痕迹！你知道他是不抵抗的，忍受的，但看他那下颏，谁说这不泄露他的怨毒，他的厌倦，他的报复性的沉默！他不露一点笑容，你不易相信他与我们一样也有嘻笑的本能。正如他的脊背是倾向伛偻，他面上的表情也只是一种不胜压迫的伛偻。喔哈代！

回讲我们的谈话。他问我们中国诗用韵不。我说我们从前只有韵的散文，没有无韵的诗，但最近……但他不要听最近，他赞成用韵，这道理是不错的。你投块石子到湖心里去，一圈圈的水纹漾了开去，韵是波纹。少不得。抒情诗（Lyric）是文学的精华的精华。颠不破的钻石，不论多小。磨不灭的光彩。我不重视我的小说。什么都没有做好的小诗难〔他背了莎"Tell me where is Fancy bred"，朋琼生（Ben Jonson）的"Drink to me only with thine eyes"高兴的说子。〕。我说我爱他的诗因它们不仅结构严密像建筑，同时有思想的血脉在流走，像有机的整体。我说了 Organic 这个字；他重复说了两遍："Yes Organic, yes Organic: A poem ought to be a living thing"，练习文字顶好学写诗；很多人从学诗写好散文，诗是文字的秘密。

他沉思了一晌。"三十年前有朋友约我到中国去。他是一个教士，我的朋友，叫莫尔德，他在中国住了五十年，他回英国来时每回说话先想起中文再翻英文的！他中国什么都知道，他请我去，太不便了，我没有去。但是你们的文字是怎么一回事？难极了不是？为什么你们不丢了它，改用英文或法文，不方便吗？"哈代这话骇住了我。一个最认识各种语言的天才的诗人要我们丢掉几千年的文字！我与他辩难了一晌，幸亏他也没有坚持。

说起我们共同的朋友。他又问起狄更生的近况，说他真是中国的朋友。我说我明天到康华尔去看罗素。谁？罗素？他没有加案语。我问起勃伦腾（Edmund Blunden），他说他从日本有信来，他是一个诗人。讲起麦雷（John M. Murry）他起劲了。"你认识麦雷？"他问。"他就住在这儿道骞斯德海边，他买了一所古怪的小屋子，正靠着海，怪极了的小屋子，什么时候那可以叫海给吞了去似的。他自己每天坐一部破车到镇上来买菜。他是有能干的。他会写。你也见过他从前的太太曼殊斐儿？他又娶了，你知道不？我说给你听麦

雷的故事。曼殊斐儿死了，他悲伤得很，无聊极了，他办了他的报（我怕他的报维持不了），还是悲伤。好了，有一天有一个女的投稿几首诗，麦雷觉得有意思，写信叫她去看他，她去看他，一个年轻的女子，两人说投机了，就结了婚，现在大概他不悲伤了。"

他问我那晚到那里去。我说到 Exeter 看教堂去，他说好的，他就讲建筑，他的本行。我问你小说里常有建筑师，有没有你自己的影子？他说没有。这时候梅雪出去了又回来，咻咻的爬在我的身上乱抓。哈代见我有些窘，就站起来呼开梅雪，同时说我们到园里去走走吧，我知道这是送客的意思。我们一起走出门绕到屋子的左侧去看花，梅雪摇着尾巴咻咻的跟着。我说哈代先生，我远道来你可否给我一点小纪念品。他回头见我手里有照相机，他赶紧他的步子急急的说，我不爱照相，有一次美国人来给了我很多的麻烦，我从此不叫来客照相，——我也不给我的笔迹（Autograph），你知道？他脚步更快了，微偻着背，腿微向外弯一摆一摆的走着，仿佛怕来客要强抢他什么东西似的！"到这儿来，这儿有花，我来采两朵花给你做纪念，好不好？"他俯身下去到花坛里去采了一朵红的一朵白的递给我："你暂时插在衣襟上吧，你现在赶六点钟车刚好，恕我不陪你了，再会，再会——来，来，梅雪：梅雪……"老头扬了扬手，径自进门去了。

啬刻的老头，茶也不请客人喝一盅！但谁还不满足，得着了这样难得的机会？往古的达文謇、莎士比亚、歌德、拜伦，是不回来了的；——哈代！多远多高的一个名字！方才那头秃秃的背弯弯的腿屈屈的，是哈代吗？太奇怪了！那晚有月亮，离开哈代家五个钟头以后，我站在哀克刺脱教堂的门前玩弄自身的影子，心里充满着神奇。

拜
伦

> 荡荡万斛船，影若扬白虹。
> 自非风动天，莫置大水中。
>
> ——杜甫

　　今天早上，我的书桌上散放着一垒书，我伸手提起一枝毛笔蘸饱了墨水正想下笔写的时候，一个朋友走进屋子来，打断了我的思路。"你想做什么？"他说。"还债，"我说，"一辈子只是还不清的债，开销了这一个，那一个又来，像长安街上要饭的一样，你一开头就糟。这一次是为他，"我手点着一本书里Westall 画的拜伦像（原本现在伦敦肖像画院）。"为谁，拜伦！"那位朋友的口音里夹杂了一些鄙夷的鼻音。"不仅做文章，还想替他开会哪，"我跟着说。"哼，真有工夫，又是戴东原那一套。"——那位先生发议论了——"忙着替死鬼开会演说追悼，哼！我们自己的祖祖宗宗的生忌死忌，春祭秋祭，先就忙不开，还来管姓呆姓摆的出世去世；中国鬼也就够受，还来张罗洋鬼！俄国共产党的爸爸死了，北京也听见悲声，上海广东也听见哀声；书呆子的退伍总统死了，又来一个同声一哭。二百年前的戴东原还不是一个一头黄毛一身奶臭一把鼻涕一把尿的娃娃，与我们什么相干，又用得着我们的正颜厉色开大会做论文！现在真是愈出愈奇了，什么，连拜伦也得利益均沾，又不是疯了，你们无事忙的文学先生们！谁是拜伦？一个滥笔头的诗人，一个宗教家说的罪人，一个花花公子，一个贵族。就使追悼会纪念会是现代的时髦，你也得想想受追悼的配不配，也得想想跟你们所谓时代精神合式不合式，拜伦是贵族，

你们贵国是一等的民生共和国,那里有贵族的位置?拜伦又没有发明什么苏维埃,又没有做过世界和平的大梦,更没有用科学方法整理过国故,他只是一个拐腿的纨裤诗人,一百年前也许出过他的风头,现在埋在英国纽斯推德(Newstead)的贵首头都早烂透了,为他也来开纪念会,哼,他配!讲到拜伦的诗你们也许与苏和尚的脾味合得上,看得出好处,这是你们的福气——要我看他的诗也不见得比他的骨头活得了多少。并且小心,拜伦倒是条好汉,他就恨盲目的崇拜,回头你们东抄西剿的忙着做文章想是讨好他,小心他的鬼魂到你梦里来大声的骂你一顿!"

那位先生大发牢骚的时候,我已经抽了半支的烟,眼看着缭绕的氤氲,耐心的挨他的骂,方才想好赞美拜伦的文章也早已变成了烟丝飞散:我呆呆的靠在椅背上出神了;——

拜伦是真死了不是?全朽了不是?真没有价值,真不该替他揄扬传布不是?

眼前扯起了一重重的雾幔,灰色的、紫色的,最后呈现了一个惊人的造像。最纯粹,光净的白石雕成的一个人头,供在一架五尺高的檀木几上,放射出异样的光辉,像是阿博洛,给人类光明的大神,凡人从没有这样庄严的"天庭",这样不可侵犯的眉宇,这样的头颅,但是不,不是阿博洛,他没有那样骄傲的锋芒的大眼,像是阿尔帕斯山南的蓝天,像是威尼市的落日,无限的高远,无比的壮丽,人间的万花镜的展览反映在他的圆睛中,只是一层鄙夷的薄翳;阿博洛也没有那样美丽的发鬈,像紫葡萄似的一穗穗贴在花岗石的墙边;他也没有那样不可信的口唇,小爱神背上的小弓也比不上他的精致,口角边微露着厌世的表情,像是蛇身上的文彩,你明知是恶毒的,但你不能否认他的艳丽;给我们弦琴与长笛的大神也没有那样圆整的鼻孔,使我们想象他的生命的剧烈与伟大,像是大火山的决口……

不,他不是神,他是凡人,比神更可怕更可爱的凡人,他生前在红尘的狂涛中沐浴,洗涤他的遍体的斑点,最后他踏脚在浪花的顶尖,在阳光中呈露他的无瑕的肌肤,他的骄傲,他的力量,他的壮丽,是天上瑳奕司与玖必德的忧愁。

他是一个美丽的恶魔,一个光荣的叛儿。

　　一片水晶似的柔波，像一面晶莹的明镜，照出白头的"少女"，闪亮的"黄金篦"，"快乐的阿翁"。此地更没有海潮的啸响，只有草虫的讴歌，醉人的树色与花香，与温柔的水声，小妹子的私语似的，在湖边吞咽。山上有急湍，有冰河，有幔天的松林，有奇伟的石景。瀑布像是疯癫的恋人，在荆棘丛中跳跃，从巉岩上滚坠，在磊石间震碎，激起无量数的珠子，圆的、长的、乳白色的、透明的，阳光斜落在急流的中腰，幻成五彩的虹纹。这急湍的顶上是一座突出的危崖，像一个猛兽的头颅，两旁幽邃的松林，像是一颈的长鬣，一阵阵的瀑雷，像是他的吼声。在这绝壁的边沿站着一个丈夫，一个不凡的男子，怪石一般的峥嵘。朝旭一般的美丽，劲瀑似的桀骜，松林似的忧郁。他站着，交抱着手臂，翻起一双大眼，凝视着无极的青天，三个阿尔帕斯的鸷鹰在他的头顶不息的盘旋；水声，松涛的呜咽，牧羊人的笛声，前峰的崩雪声——他凝神的听着。

　　只要一滑足，只要一纵身，他想，这躯壳便崩雪似的坠入深潭，粉碎在美丽的水花中，这些大自然的谐音便是赞美他寂灭的丧钟。他是一个骄子：人间踏烂的蹊径不是为他准备的，也不是人间的镣链可以锁住他的鸷鸟的翅羽。他曾经丈量过巴南苏斯的群峰，曾经搏斗过海理士彭德海峡的凶涛，曾经在马拉松放歌，曾经在爱琴海边狂啸，曾经践踏过滑铁卢的泥土，这里面埋着一个败灭的帝国。他曾经实现过西撒凯旋时的光荣，丹桂笼住他的发鬈，玫瑰承住他的脚踪，但他也免不了他的滑铁卢；运命是不可测的恐怖，征服的背后隐着僇辱的狞笑，御座的周遭显现了狴犴的幻景；现在他的遍体的斑痕，都是诽毁的箭镞，不更是繁花的装缀，虽则在他的无瑕的体肤上一样的不曾停留些微污损。……太阳也有他的淹没的时候，但是谁能忘记他临照时的光焰？

What is life, what is death, and what are we.

That when the ship sinks, we no longer may be.[1]

---

① 这两句诗句的大意是：什么是生，什么是死，我们又是什么。当船只沉没，我们可能也不复存在。

虬哪(Juno)发怒了。天变了颜色,湖面也变了颜色。四周的山峰都披上了黑雾的袍服,吐出迅捷的火舌,摇动着,仿佛是相互的示威,雷声像猛兽似的在山坳里咆哮、跳荡,石卵似的雨块,随着风势打击着一湖的磷光,这时候(一八一六年,六月十五日)仿佛是爱俪儿(Ariel)的精灵耸身在绞绕的云中,默唪着咒语,眼看着——

> Jove's lightnings,the precursors
>
> O'the dreadful thunder-claps...
>
> The fire,and cracks
>
> Of sulphurous roaring,the most mighty Neptune
>
> Seem'd to besiehe,and make his bold waves tremble,
>
> Yea his dreae tridents shade.
>
> (Tem est)[①]

在这大风涛中,在湖的东岸,龙河(Rhone)合流的附近,在小屿与白沫间,飘浮着一只疲乏的小舟,扯烂的布帆,破碎的尾舵,冲当着巨浪的打击,舟子只是着忙的祷告。乘客也失去了镇定,都已脱卸了外衣,准备与涛澜搏斗。这正是卢骚的故乡,那小舟的历险处又恰巧是玖荔亚与圣潘罗(Julia and St. Preux)遇难的名迹。舟中人有一个美貌的少年是不会泅水的,但他却从不介意他自己的骸骨的安全,他那时满心的忧虑,只怕是船翻时连累他的友人为他冒险,因为他的友人是最不怕险恶的,厄难只是他的雄心的激刺,他曾经狎侮爱琴海与地中海的怒涛,何况这有限的梨梦湖中的掀动,他交叉着手,静看着萨福埃(Savoy)的雪峰,在云鳞里隐现。这是历史上一个稀有的奇逢,在近代革命精神的始祖神感的胜处,在天地震怒的俄顷,载在同一的舟中。一对共患难的,伟大的诗魂,一对美丽的恶魔,一对光荣的叛儿!

---

① 这些诗句的大意是:朱庇特(罗马神话中的大神)的闪电,可怕的霹雳的先兆……火光,狂怒喧嚣的雷鸣当空劈裂,威风凛凛的尼普顿(罗马神话中的海神)眼遭围攻,使他的怒涛胆战心惊,使他可怕的三叉戟不住地摇晃。

他站在梅锁朗奇(Mesolongion)的滩边(一八二四年,一月,四至二十二日)。海水在夕阳里起伏,周遭静瑟瑟的莫有人迹,只有连绵的砂碛,几处卑陋的草屋,古庙宇残圮的遗迹,三两株灰苍色的柱廊,天空飞舞着几只阔翅的海鸥,一片荒凉的暮景。他站在滩边,默想古希腊的荣华,雅典的文章,斯巴达的雄武,晚霞的颜色二千年来不曾消灭,但自由的鬼魂究不曾在海砂上留存些微痕迹……他独自的站着,默想他自己的身世,三十六年的光阴已在时间的灰烬中埋着,爱与憎,得志与屈辱;盛名与怨诅,志愿与罪恶,故乡与知友,威尼市的流水,罗马古剧场的夜色,阿尔帕斯的白雪,大自然的美景与愤怒,反叛的磨折与尊荣,自由的实现与梦境的消残……他看着海砂上映着的曼长的身形,凉风拂动着他的衣裾——寂寞的天地间的一个寂寞的伴侣——他的灵魂中不由的激起了一阵感慨的狂潮,他把手掌埋没了头面。此时日轮已经翳隐,天上星先后的显现,在这美丽的暝色中,流动着诗人的吟声,像是松风,像是海涛,像是蓝奥孔苦痛的呼声,像是海伦娜岛上绝望的吁欢:——

Tis time this heart should be unmoved,

Since others it hath ceased to move;

Yet, though I cannot be beloved.

still let me love!

My days are in the yellow leaf;

The flowers and fruits of love are gone;

The worm, the canker, and the grief;

Are mine alone!

The fire that on my bosom preys

Is lone as some volcanic isle;

No torch is kindled at its blaze—

A funeral pile!

The hope, the fear, the jealous care,
The exalted portion of the pain
And power of love, I cannot share,
But wear the chain.

But 'tis not thus—and 'tis not here—
Such thoughts should shake my soul, nor now,
Where glory decks the hero's bier
Or binds his brow.

The sword, the banner, and the field,
Glory and Grace, around me see!

The Spartan, born upon his shield,
Was not more free.

Awake! (not Greece—she is awake!)
Awake, my spirit! Think through whom
The life—blood tracks its parent lake,
And then strike home!

Tread those reviving passions down;
Unworthy manhood! —unto thee
Indifferent should the smile or frown
Of beauty be.

If thou regret'st thy youth, why live;
The land of honorable death
Is here: —up to the field, and give
Away thy breath!

Seek out—less sought than found—

A dier's grave for thee the best;

Then look around, and choose thy ground,

And take thy rest.

年岁已经僵化我的柔心，

我再不能感召他人的同情；

但我虽则不敢想望恋与悯，

我不愿无情！

往日已随黄叶枯萎，飘零；

恋情的花与果更不留纵影，

只剩有腐土与虫与怆心，

长伴前途的光阴！

烧不尽的烈焰在我的胸前，

孤独的，像一个喷火的荒岛；

更有谁凭吊，更有谁怜——

一堆残骸的焚烧！

希冀，恐惧，灵魂的忧焦，

恋爱的灵感与苦痛与蜜甜，

我再不能尝味，再不能自傲——

我投入了监牢！

但此地是古英雄的乡国，

白云中有不朽的灵光，

我不当怨艾，惆怅，为什么

这无端的凄惶？

希腊与荣光,军旗与剑器,
古战场的尘埃,在我的周遭,
古勇士也应慕美我的际遇,
此地,今朝!

苏醒!(不是希腊——她早已惊起!)
苏醒,我的灵魂!问谁是你的
血液的泉源,休辜负这时机,
鼓舞你的勇气!

丈夫!休教已住的沾恋
梦魇似的压迫你的心胸。
美妇人的笑与颦的婉恋,
更不当容宠!

再休眷念你的消失的青年,
此地是健儿殉身的乡土,
听否战场的军鼓,向前,
毁灭你的体肤!

只求一个战士的墓窟,
收束你的生命,你的光阴;
去选择你的归宿的地域,
自此安宁。

他念完了诗句,只觉得遍体的狂热,壅住了呼吸,他就把外衣脱下,走入水中,向着浪头的白沫里耸身一窜,像一只海豹似的,鼓动着鳍脚,在铁青色的水波里泳了出去。……
"冲锋,冲锋,跟我来!"

冲锋,冲锋,跟我来！这不是早一百年拜伦在希腊梅锁龙奇临死前昏迷时说的话？那时他的热血已经让冷血的医生给放完了,但是他的争自由的旗帜却还是紧紧的擎在他的手里。……

再迟八年,一位八十二岁的老翁也在他的解脱前,喊一声"More light！"

"不够光亮！""冲锋,冲锋,跟我来！"

火热的烟灰掉在我的手背上,惊醒了我的出神,我正想开口答复那位朋友的讥讽,谁知道睁眼看时,他早溜了！

罗曼罗兰

罗曼罗兰（Romain Rolland），这个美丽的音乐的名字，究竟代表些什么？他为什么值得国际的敬仰，他的生日为什么值得国际的庆祝？他的名字，在我们多少知道他的几个人的心里，引起些个什么？他是否值得我们已经认识他思想与景仰他人格的更亲切的认识他，更亲切的景仰他；从不曾接近他的赶快从他的作品里去接近他？

一个伟大的作者如罗曼罗兰或托尔斯泰，正是是一条大河，它那波澜，它那曲折，它那气象，随处不同，我们不能划出它的一湾一角来代表它那全流。我们有幸福在书本上结识他们的正比是尼罗河或扬子江沿岸的泥坷，各按我们的受量分沾他们的润泽的恩惠罢了。说起这两位作者——托尔斯泰与罗曼罗兰：他们灵感的泉源是同一的，他们的使命是同一的，他们在精神上有相互的默契（详后），仿佛上天从不教他的灵光在世上完全灭迹，所以在这普遍的混浊与黑暗的世界内往往有这类禀承灵智的大天才在我们中间指点迷途，启示光明。但他们也自有他们不同的地方；如其我们还是引申上面这个比喻，托尔斯泰、罗曼罗兰的前人，就更像是尼罗河的流域，它那两岸是浩瀚的沙碛，古埃及的墓宫，三角金字塔的映影，高矗的棕榈类的林木，间或有帐幕的游行队，天顶永远有异样的明星；罗曼罗兰、托尔斯泰的后人，像是扬子江的流域，更近人间，更近人情的大河，它那两岸是青绿的桑麻，是连栉的房屋，在波鄰里泅着的是鱼是虾，不是长牙齿的鳄鱼，岸边听得见的也不是神秘的驼铃，是随熟的鸡犬声。这也许是斯拉夫与拉丁民族各有的异禀，在这两位大师的身上得到更集中的表现，但他们润泽这苦旱的人间的使命是一致的。

十五年前一个下午，在巴黎的大街上，有一个穿马路的叫汽车给碰了，差一点没有死。他就是罗曼罗兰。那天他要是死了，巴黎也不会怎样的注意，至多报纸上本地新闻栏里登一条小字："汽车肇祸，撞死一个走路的，叫罗曼罗兰，年四十五岁，在大学里当过音乐史教授，曾经办过一种不出名的杂志叫 *Cahiers de la Quinzaine*[①]的。"

但罗兰不死，他不能死；他还得完成他分定的使命。在欧战爆裂的那一年，罗兰的天才，五十年来在无名的黑暗里埋着的，忽然取得了普遍的认识。从此他不仅是全欧心智与精神的领袖，他也是全世界一个灵感的泉源。他的声音仿佛是最高峰上的崩雪，回响在远近的万壑间。五年的大战毁了无数的生命与文化的成绩，但毁不了的是人类几个基本的信念与理想，在这无形的精神价值的战场上，罗兰永远是一个不仆的英雄。对着在恶斗的旋涡里挣扎着的全欧，罗兰喊一声彼此是弟兄放手！对着蜘网似密布，疫疠似蔓延的怨恨，仇毒，虚妄，疯癫，罗兰集中他孤独的理智与情感的力量作战。对着普遍破坏的现象，罗兰伸出他单独的臂膀开始组织人道的势力。对着叫褊浅的国家主义与恶毒的报复本能迷惑住的智识阶级，他大声的唤醒他们应负的责任，要他们恢复思想的独立，救济盲目的群众。"在战场的空中"——"Above the Battle Field"——不是在战场上，在各民族共同的天空，不是在一国的领土内，我们听得罗兰的大声，也就是人道的呼声，像一阵光明的骤雨，激斗着地面上互杀的烈焰。罗兰的作战是有结果的，他联合了国际间自由的心灵，替未来的和平筑一层有力的基础。这是他自己的话：

我们从战争得到一个付重价的利益，它替我们联合了各民族中不甘受流行的种族怨毒支配的心灵。这次的教训益发激励他们的精力，强固他们的意志。谁说人类友爱是一个绝望的理想？我再不怀疑未来的全欧一致的结合。我们不久可以实现那精神的统一。这战争只是它的热血的洗礼。

这是罗兰，勇敢的人道的战士！当他全国的刀锋一致向着德人的时候，

---

① *Cahiers de la Quinzaine*，法语，《半月丛刊》。

他敢说不，真正的敌人是你们自己心怀里的仇毒。当全欧破碎成不可收拾的断片时，他想象到人类更完美的精神的统一。友爱与同情，他相信，永远是打倒仇恨与怨毒的利器；他永远不怀疑他的理想是最后的胜利者。在他的前面有托尔斯泰与道施滔奄夫斯基（虽则思想的形式不同）他的同时有泰戈尔与甘地（他们的思想的形式也不同），他们的立场是在高山的顶上，他们的视域在时间上是历史的全部，在空间里是人类的全体，他们的声音是天空里的雷震，他们的赠与是精神的慰安。我们都是牢狱里的囚犯，镣铐压住的，铁栏锢住的，难得有一丝雪亮暖和的阳光照上我们黟黑的脸面，难得有喜雀过路的欢声清醒我们昏沉的头脑。"重浊"，罗兰开始他的《贝德花芬传》：

重浊是我们周围的空气。这世界是叫一种凝厚的污浊的秽息给闷住了……一种卑琐的物质压在我们的心里，压在我们的头上，叫所有民族与个人失却了自由工作的机会。我们会让掐住了转不过气来。来，让我们打开窗子好叫天空自由的空气进来，好叫我们呼吸古英雄们的呼吸。

打破我执的偏见来认识精神的统一；打破国界的偏见来认识人道的统一。这是罗兰与他同理想者的教训。解脱怨毒的束缚来实现思想的自由；反抗时代的压迫来恢复性灵的尊严。这是罗兰与他同理想者的教训。人生原是与苦俱来的；我们来做人的名分不是咒诅人生因为它给我们苦痛，我们正应在苦痛中学习，修养，觉悟，在苦痛中发见我们内蕴的宝藏，在苦痛中领会人生的真际。英雄，罗兰最崇拜如密仡朗其罗与贝德花芬一类人道的英雄，不是别的，只是伟大的耐苦者。那些不朽的艺术家，谁不曾在苦痛中实现生命，实现艺术，实现宗教，实现一切的奥义？自己是个深感苦痛者，他推致他的同情给世上所有的受苦者；在他这受苦，这耐苦，是一种伟大，比事业的伟大更深沉的伟大。他要寻求的是地面上感悲哀感孤独的灵魂。"人生是艰难的。谁不甘愿承受庸俗，他这辈子就是不断的奋斗。并且这往往是苦痛的奋斗，没有光彩没有幸福，独自在孤单与沉默中挣扎。穷困压着你，家累累着你，无意味的沉闷的工作消耗你的精力，没有欢欣，没有希冀，没有同伴，你在这黑暗的道上甚至连一个在不幸中伸手给你的骨肉的机会都没有。"这受苦的概念便是罗兰人生哲学的起点，在这上面他求筑起一座强固的人道的寓所。因此在他有名的传记里他用力传述先贤的苦难生涯，使我们憬悟至少在我们的苦痛里，我们不是孤独的，在我们切己的苦痛里隐藏着人道的消息与线索。"不快活的朋友们，不要过分的自伤，因为最伟大的人们也曾分尝味你们的苦味。我们正应得跟着他们的努奋自勉。假如我们觉得软弱，让我们靠着他们喘息。他们有安慰给我们。从他们的精神里放射着精力与仁慈。即使我们不研究他们的作品，即使我们听不到他们的声音，单从他们面上的光彩，单从他们曾经生活过的事实里，我们应得感悟到生命最伟大，最生产——甚至最快乐——的时候是在受苦痛的时候。"

我们不知道罗曼罗兰先生想象中的新中国是怎样的；我们不知道为什么他特别示意要听他的思想在新中国的回响。但如其他能知道新中国像我们自己知道它一样，他一定感觉与我们更密切的同情，更贴近的关系，也一定更急急的伸手给我们握着——因为你知道，我也知道，什么是新中国只是新发见的深沉的悲哀与苦痛深深的盘伏在人生的底里！这也许是我个人新中国的解释；但如其有人拿一些时行的口号，什么打倒帝国主义等等，或是分裂与猜忌的现象，去报告罗兰先生说这是新中国，我再也不能预料他的感想了。

我已经没有时候与地位叙述罗兰的生平与著述；我只能匆匆的略说梗概。他是一个音乐的天才，在幼年音乐便是他的生命。他妈教他琴，在谐音的波动中他的童心便发见了不可言喻的快乐。莫察德与贝德花芬是他最早发见的英雄。所以在法国经受普鲁士战争爱国主义最高激的时候，这位年轻的圣人正在"敌人"的作品中尝味最高的艺术。他的自传里写着："我们家里有好多旧的德国音乐书。德国？我懂得那个字的意义？在我们这一带我相信德国人从没有人见过的。我翻着那一堆旧书，爬在琴上拼出一个个的音符。这些流动的乐音，谐调的细流，灌溉着我的童心，像雨水漫入泥土似的淹了进去。莫察德与贝德花芬的快乐与苦痛，想望的幻梦，渐渐的变成了我的肉的肉，我的骨的骨。我是它们，它们是我。要没有它们我怎过得了我的日子？我小时生病危殆的时候，莫察德的一个调子就像爱人似的贴近我的枕衾看着我。长大的时候，每回逢着怀疑与懊丧，贝德花芬的音乐又在我的心里拨旺了永久生命的火星。每回我精神疲倦了，或是心上有不如意事，我就找我的

琴去,在音乐中洗净我的烦愁。"

要认识罗兰的不仅应得读他神光焕发的传记,还得读他十卷的 *Jean Christophe*①,在这书里他描写他的音乐的经验。

他在学堂里结识了莎士比亚,发见了诗与戏剧的神奇。他的哲学的灵感,与歌德一样,是泛神主义的斯宾诺塞。他早年的朋友是近代法国三大诗人:克洛岱尔(Paul Claudel 法国驻日大使),Ande Suares,与 Charles Peguy(后来与他同办 *Cahiers de la Quinzaine*)。槐格纳是压倒一时的天才,也是罗兰与他少年朋友们的英雄。但在他个人更重要的一个影响是托尔斯泰。他早就读他的著作,十分的爱慕他,后来他念了他的《艺术论》,那只俄国的老象——用一个偷来的比喻——走进了艺术的花园里去,左一脚踩倒了一盆花,那是莎士比亚,右一脚又踩倒了一盆花,那是贝德花芬,这时候少年的罗曼罗兰走到了他的思想的歧路了。莎氏、贝氏、托氏,同是他的英雄,但托氏愤愤的申斥莎、贝一流的作者,说他们的艺术都是要不得的,不相干的,不是真的人道的艺术——他早年的自己也是要不得不相干的。在罗兰一个热烈的寻求真理者,这来就好似青天里一个霹雳;他再也忍不住他的疑虑。他写了一封信给托尔斯泰,陈述他的冲突的心理。他那年二十二岁。过了几个星期罗兰差不多把那信忘都忘了,一天忽然接到一封邮件:三十八满页写的一封长信,伟大的托尔斯泰的亲笔给这不知名的法国少年的!"亲爱的兄弟,"那六十老人称呼他,"我接到你的第一封信,我深深的受感在心。我念你的信,泪水在我的眼里。"下面说他艺术的见解:我们投入人生的动机不应是为艺术的爱,而应是为人类的爱。只有经受这样灵感的人才可以希望在他的一生实现一些值得一做的事业。这还是他的老话,但少年的罗兰受深彻感动的地方是在这一时代的圣人竟然这样恳切的同情他,安慰他,指示他,一个无名的异邦人。他那时的感奋我们可以约略想象。因此罗兰这几十年来每逢少年人写信给他,他没有不亲笔作复,用一样慈爱诚挚的心对待他的后辈。这来受他的灵感的少年人更不知多少了。这是一件含奖励性的事实。我们从可以知道凡是一件不勉强的善事就比如春天的熏风,它一路来散布着生命的种子,唤醒活泼的世界。

---

① *Jean Christophe*,罗曼·罗兰的代表作《约翰·克里斯朵夫》。

　　但罗兰那时离着成名的日子还远，虽则他从幼年起只是不懈的努力。他还得经尝身世的失望（他的结婚是不幸的，近三十年来他几于是完全隐士的生涯，他现在瑞士的鲁山，听说与他妹子同居），种种精神的苦痛，才能实受他的劳力的报酬——他的天才的认识与接受。他写了十二部长篇剧本，三部最著名的传记（密仡朗其罗、贝德花芬、托尔斯泰），十大篇 Jean Christophe，算是这时代里最重要的作品的一部，还有他与他的朋友办了十五年灰色的杂志，但他的名字还是在晦塞的灰堆里掩着——直到他将近五十岁那年，这世界方才开始惊讶他的异彩。贝德花芬有几句话，我想可以一样适用到一生劳悴不息的罗兰身上：

　　我没有朋友，我必得单独过活；但是我知道在我心灵的底里上帝是近着我，比别人更近。我走近他我心里不害怕，我一向认识他的。我从不着急我自己的音乐，那不是坏运所能颠扑的，谁要能懂得它，它就有力量使他解除磨折旁人的苦恼。

波特莱的散文诗

　　"我们谁不曾,在志愿奢大的期间,梦想过一种诗的散文的奇迹,音乐的却没有节奏与韵,敏锐而脆响,正足以迹象性灵的抒情的动荡,沉思的迂回的轮廓,以及天良的俄然的激发?"波特莱(Charles Baudelaire)一辈子话说得不多,至少我们所能听见的不多,但他说出口的没有一句是废话。他不说废话因为他不说出口除了在他的意识里长到成熟琢磨得剔透的一些。他的话可以说没有一句不是从心灵里新鲜剖摘出来的。像是仙国里的花,他那新鲜,那光泽与香味,是长留不散的。在十九世纪的文学史上,一个沸洛贝,一个华尔德裴特,一个波特莱,必得永远在后人的心里唤起一个沉郁,孤独,日夜在自剖的苦痛中求光亮者的意象——有如中古期的"圣士"们。但他们所追求的却不是虚玄的性理的真或超越的宗教的真。他们辛苦的对象是"性灵的抒情的动荡,沉思的迂回的轮廓,天良的俄然的激发"。本来人生深一义的意趣与价值还不是全得向我们深沉,幽玄的意识里去探捡出来?全在我们精微的完全的知觉到每一分时带给我们的特异的震动,在我们生命的纤维上留下的不可错误的微妙的印痕,追摹那一些瞬息转变如同雾里的山水的消息,是艺人们,不论用的是那一种工具,最愉快亦最艰苦的工作。想象一支伊和灵弦琴(The Aeolian Harp)在松风中感受万籁的呼吸,同时也从自身灵敏的紧张上散放着不容模拟的妙音!不易,真是不易,这想用一种在定义上不能完美的工具来传达那些微妙的,几于神秘的踪迹——这困难竟比是想捉捕水波上的零星或是收集兰蕙的香息。果然要能成功,那还不是波特莱说的奇迹?

但可奇的是奇迹亦竟有会发见的时候。你去波特莱的掌握间看，他还不是捕得了星磷的清辉，采得了兰蕙的异息？更可奇的是他给我们的是一种几于有实质的香与光。在他手掌间的事物，不论原来是如何的平凡，结果如同爱俪儿的歌里说的：——

> Suffen a sea—change
>
> Into something beautiful and strange.[①]

对穷苦表示同情不是平常的事，但有谁，除了波特莱，能造作这样神化的文句：——

Avez—vous quel quefois apercu des veuves sur ces bancs solitaires,des veuves pauvres?Qu'elles soient en deuil ou non,il est facile de les reconnaitre. D'ailleurs il y a toujours dans le deuil du pauvre quelque chose qui manque, une absence d'harmonie qui le rend plus navrent Il est contraint de Iêsiner sur sa douleur.Le riche porte Ia sienne au grand complet.

你有时不看到在冷静的街边坐着的寡妇们吗？她们或是穿着孝或是不，反正你一看就认识。况且就使她们是穿着孝，她们那穿法本身就有些不对劲，像少些什么似的。这神情使人看了更难受。她们在哀伤上也得省俭。有钱的孝也穿得是样。

"她们在哀伤上也得省俭"——我们能想象更莹澈的同情，能想象更莹澈的文字吗？这是《恶之华》的作者；也是他，手拿着小物玩具在巴黎市街上分给穷苦的孩子们，望着他们"偷偷的跑开去，像是猫，它咬着了你给他的一点儿非得跑远远再吃去，生怕你给了又要反悔"(*The Poor Boy's Toy*) 也是他——坐在舒适的咖啡店里见着的是站在街上望着店里的"穷人的眼"(*Les Yeux des pauvres*)——一个四十来岁的男子，脸上显着疲乏长着灰色须的，一手拉着一个孩子，另一手抱着一个没有力气再走的小的——虽则在他身

---

① 这两句诗的大意是：掉入大海——变成了美丽又奇异的东西。

旁陪着说笑的是一个脸上有粉口里有香的美妇人，她的意思是要他叫店伙赶开这些苦人儿，瞪着大白眼看人多讨厌！

Tant il est difficile de s'entendre,mon cher ange,et tant la pensée estin communicable même entre gens quis'aiment.[①]

他创造了一种新的战栗（A new thrill）。嚣俄说，在八十年前是新的，到今天还是新的。爱默深说："一个时代的经验需要一种新的忏悔，这世界仿佛常在等候着它的诗人。"波特莱是十九世纪的忏悔者，正如卢骚是十八世纪的，丹德是中古期的。他们是真的"灵魂的探险者"，起点是他们自身的意识，终点是一个时代全人类的性灵的总和。譬如飓风，发端许只是一片木叶的颤动，他们的也不过是一次偶然的心震，一些"bagatelles laborieuses"，但结果——谁能指点到最后一个迸裂的浪花？自波特莱以来，更新的新鲜，不论在思想或文字上，当然是有过：麦雷先生（J.M.Murry）说普鲁斯德（Marcel Proust）是二十世纪的一个新感性，比方说，但每一种新鲜的发见只使我们更讶异的辨认我们伟大的"前驱者"与"探险者"当时踪迹的辽远。他们的界碑竟许还远在我们到现在仍然望不见的天的那一方站着哪，谁知道！在每一颗新凝成的露珠里，星月存储着它们的光辉——我们怎么能不低头？

---

① 这句法语的大意是：相处是如此的困难啊，我亲爱的天使，思想又是这么难以交流，即使是在相爱的两人之间。

悼沈叔薇

〔沈叔薇是我的一个表兄,从小同学,高小中学(杭州一中)都是同班毕业的,他是今年九月死的〕

叔薇,你竟然死了,我常常的想着你,你是我一生最密切的一个人,你的死是我的一个不可补偿的损失。我每次想到生与死的究竟时,我不定觉得生是可欲,死是可悲,我自己的经验与默察只使我相信生的底质是苦不是乐,是悲哀不是幸福,是泪不是笑,是拘束不是自由:因此从生入死,在我有时看来,只是解化了实体的存在,脱离了现象的世界,你原来能辨别苦乐,忍受磨折的性灵,在这最后的呼吸离窍的俄顷,又投入了一种异样的冒险。我们不能轻易的断定那一边没有阳光与人情的温慰,亦不能设想苦痛的灭绝。但生死间终究有一个不可掩讳的分别,不论你怎样的看法。出世是一件大事,死亡亦是一件大事。一个婴儿出母胎时他便与这生的世界开始了关系,这关系却不能随着他去后的躯壳埋掩,这一生与一死,不论相间的距离怎样的短,不论他生时的世界怎样的仄——这一生死便是一个不可销毁的事实:比如海水每多一次潮涨海滩便多受一次泛滥,我们全体的生命的滩沙里,我想,也存记着最微小的波动与影响……

而况我们人又是有感情的动物。在你活着的时候,我可以携着你的手,谈我们的谈,笑我们的笑,一同在野外仰望天上的繁星,或是共感秋风与落叶的悲凉……叔薇,你这几年虽则与我不易相见,虽则彼此处世的态度更不如童年时的一致,但我知道,我相信在你的心里还留着一部分给我的情愿,因为你也在我的胸中永占着相当的关切。我忘不了你,你也忘不了我。每次

我回家乡时，我往往在不曾解卸行装前已经巫巫的寻求，欣欣的重温你的伴侣。但如今在你我间的距离，不再是可以度量的里程，却是一切距离中最辽远的一种距离——生与死的距离。我下次重归乡土，再没有机会与你携手谈笑，再不能与你相与恣纵早年的狂态，我再到你们家去，至多只能抚摩你的寂寞的灵帏，仰望你的惨淡的遗容，或是手拿一把鲜花到你的坟前凭吊！

叔薇，我今晚在北京的寓里，在一个冷静的秋夜，倾听着风催落叶的秋声，咀嚼着为你兴起的哀思，这几行文字，虽则是随意写下，不成章节，但在这舒写自来情感的俄顷，我仿佛又一度接近了你生前温驯的，谐趣的人格，仿佛又见着了你瘦脸上的枯涩的微笑——比在生前更谐合的更密切的接近。

我没有多少的话对你说，叔薇，你得宽恕我；当你在世时我们亦很少相互罄吐的机会。你去世的那一天我来看你，那时你的头上，你的眉目间，已经刻画着死的晦色，我叫了你一声叔薇，你也从枕上侧面来回叫我一声志摩，那便是我们在永别前最后的缘分！我永远忘不了那时病榻前的情景！

我前面说生命不定是可喜，死亦不定可畏：叔薇，你的一生尤其不曾尝味过生命里可能的乐趣，虽则你是天生的达观，从不曾慕羡虚荣的人间；你如其继续的活着，支撑着你的多病的筋骨，委蛇你无多沾恋的家庭，我敢说这样的生转不如撒手去了的干净！况且你生前至爱的骨肉，亦久已不在人间，你的生身的爹娘，你的过继的爹娘（你的姑母），你的姊姊——可怜娟姊，我始终不曾一度凭吊——还有你的爱妻，他们都在坟墓的那一边满开着他们天伦的怀抱，守候着他们最爱的"老五"，共享永久的安闲……

十一月一日早三时

你的表弟志摩

156

我的祖母之死

一

"一个单纯的孩子，
过他快活的时光，
兴匆匆的，活泼泼的，
何尝识别生存与死亡？"

这四行诗是英国诗人华茨华斯（William Wordsworth）一首有名的小诗
叫做"我们是七人"（We are Seven）的开端，也就是他的全诗的主意。这位爱
自然，爱儿童的诗人，有一次碰着一个八岁的小女孩，发鬈蓬松的可爱，他问
她兄弟姊妹共有几人，她说我们是七个，两个在城里，两个在外国，还有一个
姊妹一个哥哥，在她家里附近教堂的墓园里埋着。但她小孩的心理，却不分
清生与死的界限，她每晚携着她的干点心与小盘皿，到那墓园的草地里，独
自的吃，独自的唱，唱给她的在土堆里眠着的兄姊听，虽则他们静悄悄的莫
有回响，她烂漫的童心却不曾感到生死间有不可思议的阻隔；所以任凭华翁
多方的譬解，她只是睁着一双灵动的小眼，回答说：

"可是，先生，我们还是七人。"

二

其实华翁自己的童真，也不让那小女孩的完全：他曾经说"在孩童时期，我不能相信我自己有一天也会得悄悄的躺在坟里，我的骸骨会得变成尘土"。又一次他对人说"我做孩子时最想不通的，是死的这回事将来也会得轮到我自己身上。"

孩子们天生是好奇的，他们要知道猫儿为什么要吃耗子，小弟弟从那里变出来的，或是究竟先有鸡还是先有鸡蛋；但人生最重大的变端——死的现象与实在，他们也只能含糊的看过，我们不能期望一个个小孩子们都是搔头穷思的丹麦王子。他们临到丧故，往往跟着大人啼哭；但他只要眼泪一干，就会到院子里踢毽子，赶蝴蝶，就使在屋子里长眠不醒了的是他们的亲爹或亲娘，大哥或小妹，我们也不能盼望悼死的悲哀可以完全翳蚀了他们稚羊小狗似的欢欣。你如其对孩子说，你妈死了，你知道不知道——他十次里有九次只是对着你发呆；但他等到要妈叫妈，妈偏不应的时候，他的嫩颊上就会有热泪流下。但小孩天然的一种表情，往往可以给人们最深的感动。我生平最忘不了的一次电影，就是描写一个小孩爱恋已死母亲的种种天真的情景。她在园里看种花，园丁告诉她这花在泥里，浇下水去，就会长大起来。那天晚上天下大雨，她睡在床上，被雨声惊醒了，忽然想起园丁的话，她的小脑筋里就发生了绝妙的主意。她偷偷的爬出了床，走下楼梯，到书房里去拿下桌上供着的她死母的照片，一把揣在怀里，也不顾倾倒着的大雨，一直走到园里，在地上用园丁的小锄掘松了泥土，把她怀里的亲妈，谨慎的取了出来，栽在泥里，把松泥掩护着；她做完了工就蹲在那里守候——一个三四岁的女孩，穿着白色的睡衣，在深夜的暴雨里，蹲在露天的地上，专心笃意的盼望已经死去的亲娘，像花草一般，从泥土里发长出来！

三

我初次遭逢亲属的大故，是二十年前我祖父的死，那时我还不满六岁。那是我生平第一次可怕的经验，但我追想当时的心理，我对于死的见解也不见得比华翁的那位小姑娘高明。我记得那天夜里，家里人吩咐祖父病重，他们今夜不睡了，但叫我和我的姊妹先上楼睡去，回头要我们时他们会来叫的。我们就上楼去睡了，底下就是祖父的卧房，我那时也不十分明白，只知道今夜一定有很怕的事，有火烧，强盗抢，做怕梦，一样的可怕。我也不十分睡着，只听得楼下的急步声，碗碟声，唤婢仆声，隐隐的哭泣声，不息的响音。过了半夜，他们上来把我从睡梦里抱了下去，我醒过来只听得一片的哭声，他们已经把长条香点起来，一屋子烟，一屋子的人，围拢在床前，哭的哭，喊的喊，我也挨了过去，在人丛里偷看大床里的好祖父。忽然听说醒了，醒了，哭喊声也歇了，我看见父亲爬在床里，把病父抱持在怀里，祖父倚在他的身上，只眼紧闭着，口里衔着一块黑色的药物，他说话了，很轻的声音，虽则我不曾听明他说的什么话，后来知道他经过了一阵昏晕，他又醒了过来对家人说："你们吃吓了，这算是小死。"他接着又说了好几句话。随讲音随低，呼气随微，去了，再不醒了，但我却不曾亲见最后的弥留，也许是我记不起，总之我那时早已跪在地板上，手里擎着香，跟着大众高声的哭喊了。

四

此后我在亲戚家收殓虽则看得不少，但死的实在的状况却不曾见过。我们念书人的幻想力是比较的丰富，但往往因为有了幻想力就不管生命现象的实在，结果是书呆子，陆放翁说"百无一用是书生"。人生的范围是无穷的：我们少年时精力充足什么都不怕尝试，只愁没有出奇的事情做，往往抱怨这宇宙太窄，青天太低，大鹏似的翅膀飞不痛快，但是……但是平心的说，且不论奇的，怪的，特别的，离奇的，我们姑且试问人生里最基本的事实，最单纯的，最普遍的，最平庸的，最近人情的经验，我们究竟能有多少的把握，我们能有多少深彻的了解，我们是否都亲身经历过？譬如说：生产，恋爱，痛苦，悲，死，妒，恨，快乐，真疲倦，真饥饿，渴，毒焰似的渴，真的幸福，冻的刑罚，忏悔，种种的情热。我可以说，我们平常人生观，人类，人道，人情，真理，哲理，本能等等名词不离口吻的念书人们，什么文学家，什么哲学家——关于真正人生基本的事实的实在，知道的——恐怕是极微至少，即使不等于圆圈。我有一个朋友，他和他夫人的感情极厚，一次他夫人临到难产，因为在外国，所以进医院什么都得他自己照料，最后医生宣言只有用手术一法，但性命不能担保，他没有法子，只好和他半死的夫人诀别（解剖时亲属不准在旁

的）。满心毒魔似的难受，他出了医院，走在道上，走上桥去，像得了离魂病似的，心脉春臼似的跳着，最后他听着了教堂和缓的钟声，他就不自主的跟着钟声，进了教堂，跟着在做礼拜的跪着，祷告，忏悔，祈求，唱诗，流泪（他并不是信教的人），他这样的捱过时刻，后来回转医院时，一步步都是惨酷的磨难，比上行刑场的犯人，加倍的难受，他怕见医生与看护妇，仿佛他的运命是在他们的手掌里握着。事后他对人说"我这才知道了人生一点子的意味！"

五

所以不曾经历过精神或心灵的大变的人们，只是在生命的户外徘徊，也许偶尔猜想到几分墙内的动静，但总是浮的浅的，不切实的，甚至完全是隔膜的。人生也许是个空虚的幻梦，但在这幻象中，生与死，恋爱与痛苦，毕竟是陡起的奇峰，应得激动我们彷徨者的注意，在此中也许有可以感悟到些幻里的真，虚中的实，这浮动的水泡不曾破裂以前，也应得饱吸自由的日光，反射几丝颜色！

我是一只不羁的野驹，我往往纵容想象的猖狂，诡辩人生的现实；比如凭借凹折的玻璃，觉察当前景色。但时而复再，我也能从烦嚣的杂响中听出清新的乐调，在眩耀的杂彩里，看出有条理的意匠。这次祖母的大故，老家庭的生活，给我不少静定的时刻，不少深刻的反省。我不敢说我因此感悟了部分的真理，或是取得了若干的智慧；我只能说我因此与实际生活更深了一层的接触，益发激动我对于人生种种好奇的探讨，益发使我惊讶这迷谜的玄妙，不但死是神奇的现象，不但生命与呼吸是神奇的现象，就连日常的生活与习惯与迷信，也好像放射着异样的光闪，不容我们擅用一两个形容词来概状，更不容我们昌言什么主义来抹煞——一个革新者的热心，碰着了实在的寒冰！

六

我在我的日记里翻出一封不曾写完不曾付寄的信，是我祖母死后第二天的早上写的。我时在极强烈的极鲜明的时刻内，很想把那几日经过感想与疑问，痛快的写给一个同情的好友，使他在数千里外也能分尝我强烈的鲜明的感情。那位同情的好友我选中了通伯。但那封信却只起了一个呆重的头，一为丧中忙，二为我那时眼热不耐用心，始终不曾写就，一直捱到现在再想补写，恐怕强烈已经变弱，鲜明已经透暗，逃亡的囚逋，不易追获的了。我现在把那封残信录在这里，再来追摹当时的情景。

通伯：

我的祖母死了！从昨夜十时半起，直到现在，满屋子只是号啕呼抢的悲音，与和尚、道士、女僧的礼忏鼓磬声。二十年前祖父丧时的情景，如今又在眼前了。忘不了的情景！你愿否听我讲些？

我一路回家，怕的是也许已经见不到老人，但老人却在生死的交关仿佛存心的弥留着，等待她最钟爱的孙儿——即不能与他开言诀别，也使他尚能把握她依然温暖的手掌，抚摩她依然跳动着的胸怀，凝视她依然能自开自阖虽则不再能表情的目睛。她的病是脑充血的一种，中医称为"卒中"（最难救的中风）。她十日前在暗房里踬仆倒地，从此不再开口出言，登仙似的结束了她八十四岁的长寿，六十年良妻与贤母的辛勤，她现在已经永远的脱辞了烦恼的人间，还归她清净自在的来处。我们承受她一生的厚爱与荫泽的儿孙，此时亲见，将来追念，她最后的神化，不能自禁中怀的摧痛，热泪暴雨似的盆涌，然痛心中却亦隐有无穷的赞美，热泪中依稀想见她功成德备的微笑，无形中似有不朽的灵光，永远的临照她绵衍的后裔……

七

旧历的乞巧那一天，我们一大群快活的游踪，驴子灰的黄的白的，轿子四个脚夫抬的，正在山海关外纡回的，曲折的绕登角山的栖贤寺，面对着残圮的长城，巨虫似的爬山越岭，隐入烟霭的迷茫。那晚回北戴河海滨住处，已经半夜，我们还打算天亮四点钟上莲峰山去看日出，我已经快上床，忽然想起了，出去问有信没有，听差递给我一封电报，家里来的四等电报。我就知道不妙，果然是"祖母病危速回"！我当晚就收拾行装，赶早上六时车到天津，晚上才上津浦快车。正嫌路远车慢，半路又为发水冲坏了轨道过不去，一停就

停了十二点钟有余，在车里多过了一夜，直到第三天的中午方才过江上沪宁车。这趟车如其准点到上海，刚好可以接上沪杭的夜车，谁知道又误了点，误了不多不少的一分钟，一面我们的车进站，他们的车头鸣的一声叫，别断别断的去了！我若然是空身子，还可以冒险跳车，偏偏我的一只手又被行李雇定了，所以只得定着眼睛送它走。

所以直到八月二十二日的中午我方才到家。我给通伯的信说"怕是已经见不着老人"，在路上那几天真是难受，缩不短的距离没有法子，但是那急人的水发，急人的火车，几面凑拢来，叫我整整的迟一昼夜到家！试想病危了的八十四岁的老人，这二十四点钟不是容易过的，说不定她刚巧在这个期间内有什么动静，那才叫人抱憾哩！但是结果还算没有多大的差池——她老人家还在生死的交关等着！

八

奶奶——奶奶——奶奶奶——奶！你的孙儿回来了，奶奶！没有回音。老太太阖着眼，仰面躺在床里，右手拿着一把半旧的雕翎扇很自在的扇动着。老太太原就怕热，每年暑天总是扇子不离手的，那几天又是特别的热。这还不是好好的老太太，呼吸顶匀净的，定是睡着了，谁说危险！奶奶，奶奶！她把扇子放下了，伸手去摸着头顶上挂着的冰袋，一把抓得紧紧的，呼了一口长气，像是暑天赶道儿的喝了一碗凉汤似的，这不是她明明的有感觉不是？我把她的手拿在我的手里，她似乎感觉我手心的热，可是她也让我握着，她开眼了！右眼张得比左眼开些，瞳子却是发呆，我拿手指在她的眼前一挑，她也没有瞬，那准是她瞧不见了——奶奶，奶奶，——她也真没有听见，难道她真是病了，真是危险，这样爱我疼我宠我的好祖母，难道真会得……我心里一阵的难受，鼻子里一阵的酸，滚热的眼泪就进了出来。这时候床前已经挤满了人，我的这位，我的那位，我一眼看过去，只见一片惨白忧愁的面色，一双双装满了泪珠的眼眶。我的妈更看的憔悴。她们已经伺候了六天六夜，妈对我讲祖母这回不幸的情形，怎样的她夜饭前还在大厅上吩咐事情，怎样的饭后进房去自己擦脸，不知怎样的闪了下去，外面人听着响声才进去，已经是不能开口了，怎样的请医生，一直到现在还没有转机……

一个人到了天伦骨肉的中间，整套的思想情绪，就变换了式样与颜色。

你的不自然的口音与语法没有用了；你的耀眼的袍服可以不必穿了；你的洁白的天使的翅膀，预备飞翔出人间到天堂的，不便在你的慈母跟前自由的开豁；你的理想的楼台亭阁，也不轻易的放进这二百年的老屋；你的佩剑，要塞，以及种种的防御，在争竞的外界即使是必要的，到此只是可笑的累赘。在这里，不比在其余的地方，他们所要求于你的，只是随熟的声音与笑貌，只是好的，纯粹的本性，只是一个没有斑点子的赤裸裸的好心。在这些纯爱的骨肉的经纬中心，不由的你不从你的天性里抽出最柔糯亦最有力的几缕丝线来加密或是缝补这幅天伦的结构。

　　所以我那时坐在祖母的床边，含着两朵热泪，听母亲叙述她的病况，我脑中发生了异常的感想，我像是至少逃回了二十年的光阴，正如我膝前子侄辈一般的高矮。回复了一片纯朴的童真，早上走来祖母的床前，揭开帐子叫一声软和的奶奶，她也回叫了我一声，伸手到里床去摸给我一个蜜枣或是三片状元糕，我又叫了一声奶奶，出去玩了，那是如何可爱的辰光，如何可爱的天真，但如今没有了，再也不回来了。现在床里躺着的，还不是我的亲爱的祖母，十个月前我伴着到普陀登山拜佛清健的祖母，但现在何以不再答应我的呼唤，何以不再能表情，不再能说话，她的灵性那里去了，她的灵性那里去了？

<h1 style="text-align:center">九</h1>

　　一天，一天，又是一天——在垂危的病榻前过的时刻，不比平常飞驶无碍的光阴，时钟上同样的一声嘀嗒，直接的打在你的焦急的心里，给你一种模糊的隐痛——祖母还是照样的眠着，右手的脉自从起病以来已是极微仅有的，但不能动弹的却反是有脉的左侧，右手还是不时在挥扇，但她的呼吸还是一例的平匀，面容虽不免瘦削，光泽依然不减，并没有显著的衰象，所以我们在旁边看她的，差不多每分钟都盼望她从这长期的睡眠中醒来，打一个呵欠，就开眼见人，开口说话——果然她醒了过来，我们也不会觉得离奇，像是原来应当似的。但这究竟是我们亲人绝望中的盼望，实际上所有的医生，中医，西医，针医，都已一致的回绝，说这是“不治之症”。中医说这脉象是凭证，西医说脑壳里血管破裂，虽则植物性机能——呼吸消化——不曾停止，但言语中枢已经断绝——此外更专门更玄学更科学的理论我也记不得了。

所以暂时不变的原因，就在老太太本来的体元太好了，拳术家说的"一时不能散工"，并不是病有转机的兆头。

我们自己人也何尝不明白这是个绝症；但我们却总不忍自认是绝望：这"不忍"便是人情。我有时在病榻前，在凄恻的静默中，发生了重大的疑问。科学家说人的意识与灵感，只是神经系最高的作用，这复杂，微妙的机械，只要部分有了损伤或是停顿，全体的动作便发生相当的影响；如其最重要的部分受了扰乱，他不是变成反常的疯癫，便是完全的失去意识。照这一说，体即是用，离了体即没有用；灵魂是宗教家的大谎，人的身体一死什么都完了。这是最干脆不过的说法，我们活着时有这样有那样已经够够麻烦，尽够受，谁还有兴致，谁还愿意到坟墓的那一边再去发生关系，地狱也许是黑暗的，天堂是光明的，但光明与黑暗的区别无非是人类专擅的假定，我们只要摆脱这皮囊，还归我清静，我就不愿意头戴一个黄色的空圈子，合着手掌跪在云端里受罪！

再回到事实上来，我的祖母——一位神智最清明的老太太——究竟在那里？我既然不能断定因为神经部分的震裂她的灵感性便永远的消灭，但同时她又分明的失却了表情的能力，我只能设想她人格的自觉性，也许比平时消淡了不少，却依旧是在着，像在梦魇里将醒未醒时似的，明知她的儿女孙曾不住的叫唤她醒来，明知她即使要永别也总还有多少的嘱咐，但是可怜她的眼球再不能反映外界的印象，她的声带与口舌再不能表达她内心的情意，隔着这脆弱的肉体的关系，她的性灵再不能与她最亲的骨肉自由的交通——也许她也在整天整夜的伴着我们焦急，伴着我们伤心，伴着我们出泪，这才是可怜，这才真叫人悲感哩！

十

到了八月二十七那天，离她起病的第十一天，医生吩咐脉象大大的变了，叫我们当心，这十一天内每天她只咽入很困难的几滴稀薄的米汤，现在她的面上的光泽也不如早几天了，她的目眶更陷落了，她的口部的筋肉也更宽弛了，她右手的动作也减少了，即使拿起了扇子也不再能很自然的扇动了——她的大限的确已经到了。但是到晚饭后，反是没有什么显象。同时一家人着了忙，准备寿衣的，准备冥银的，准备香灯等等的，我从里走出外，又从外走进里，只见匆忙的脚步与严肃的面容。这时病人的大动脉已经微细的不可辨，虽则呼吸还不至怎样的急促。这时一门的骨肉已经齐集在病房里，等候那不可避免的时刻。到了十时光景，我和我的父亲正坐在房的那一头一张床上，忽然听得一个哭叫的声音说——"大家快来看呀，老太太的眼睛张大了！"这尖锐的喊声仿佛是一大桶的冰水浇在我的身上，我所有的毛管一齐竖了起来，我们跟跄的奔到了床前，挤进了人丛。果然，老太太的眼睛张大了，张得很大了！这是我一生从不曾见过，也是我一辈子忘不了的眼见的神奇。（恕罪我的描写！）不但是两眼，面容也是绝对的神变了(transfigured)：她原来皱缩的面上，发出一种鲜润的彩泽，仿佛半淤的血脉，又一度充满了生命的精液，她的口，她的两颊，也都回复了异样的丰润；同时她的呼吸渐渐的上升，急进的短促，现在已经几乎脱离了气管，只在鼻孔里脆响的呼出了。但是最神奇不过的是一双眼睛！她的瞳孔早已失去了收敛性，呆顿的放大了。但是最后那几秒钟！不但眼眶是充分的张开了，不但黑白分明，瞳孔锐利的紧敛了，并且放射着一种不可形容，不可信的辉光，我只能称他为"生命最集中的灵光！"这时候床前只是一片的哭声，子媳唤着娘，孙子唤着祖母，婢仆争喊着老太太，几个稚龄的曾孙，也跟着狂叫太太……但老太太最后的开眼，仿佛是与她亲爱的骨肉，作无言的诀别，我们都在号泣的送终，她也安慰了，她放心的去了。在几秒时内，死的黑影已经移上了老人的面部，遏灭了生命的异彩，她最后的呼气，正似水泡破裂，电光杳灭，菩提的一响，生命呼出了窍，什么都止息了。

<h2 style="text-align:center">十一</h2>

我满心充塞了死象的神奇，同时又须顾管我有病的母亲，她那时出性的号啕，在地板上滚着，我自己反而哭不出来；我自己也觉得奇怪，眼看着一家长幼的涕泪滂沱，耳听着狂沸似的呼抢号叫，我不但不发生同情的反应，却反而达到了一个超感情的，静定的，幽妙的意境，我想象的看见祖母脱离了躯壳与人间，穿着雪白的长袍，冉冉的上升天去，我只想默默的跪在尘埃，赞美她一生的功德，赞美她一生的圆寂。这是我的设想！我们内地人却没有这样纯粹的宗教思想；他们的假定是不论死的是高年厚德的老人或是无知无愆的幼孩，或是罪大恶极的凶人，临到弥留的时刻总是一例的有无常鬼，摸

壁鬼，牛头马面，赤发獠牙的阴差等等到门，拿着镣链枷锁，来捉拿阴魂到案。所以烧纸帛是平他们的暴戾，最后的呼抢是没奈何的诀别。这也许是大部分临死时实在的情景，但我们却不能概定所有的灵魂都不免遭受这样的凌辱。譬如我们的祖老太太的死，我只能想她是登天，只能想象她慈祥的神化——像那样鼎沸的号咷，固然是至性不能自禁，但我总以为不如匐伏隐泣或默祷，较为近情，较为合理。

理智发达了，感情便失了自然的浓挚；厌世主义的看来，眼泪与笑声一样是空虚的，无意义的。但厌世主义姑且不论，我却不相信理智的发达，会得妨碍天然的情感；如其教育真有效力，我以为效力就在剥削了不合理性的"感情作用"，但决不会有损真纯的感情；他眼泪也许比一般人流得少些，但他等到流泪的时候他的泪才是应流的泪。我也是智识愈开流泪愈少的一个人，但这一次却也真的哭了好几次。一次是伴我的姑母哭的。她为产后不曾复元，所以祖母的病一直瞒着她，一直到了祖母故后的早上方才通知她。她扶病来了。她还不曾下轿，我已经听出她在嗫泣，我一时感觉一阵的悲伤，等到她出轿放声时，我也在房中歔欷不住。又一次是伴祖母当年的赠嫁婢哭的。她比祖母小十一岁，今年七十三岁，亦已是个白发的婆子，她也来哭她的"小姐"，她是见着我祖母的花烛的惟一个人，她的一哭我也哭了。

再有是伴我的父亲哭的。我总是觉得一个身体伟大的人，他动情感的时候，动人的力量也比平常人伟大些。我见了我父亲哭泣，我就忍不住要伴着淌泪。但是感动我最强烈的几次，是他一人倒在床里，反复的嗫泣着，叫着妈，像一个小孩似的，我就感到最热烈的伤感，在他伟大的心胸里浪涛似的起伏，我就感到母子的感情的确是一切感情的起源与总结，等到一失慈爱的荫庇，仿佛一生的事业顿时莫有了根柢，所有的快乐都不能填平这惟一的缺陷；所以他这一哭，我也真哭了。

但是我的祖母果真是死了吗？她的躯体是的，但她是不死的。诗人勃兰恩德（Bryant）说：

So live, that when thy summons comes to join the innumerable caravan which moves to that mysterious realm where each one takes his chamber in the silent halls of death, then go not, like the quarry slave at night scourged to his dungeon, but sustained and soothed.

By an unfaltering truth, approach thy grave like one that wraps the drapery of his couch, about him, and lies down to pleasant dreams.[①]

　　如果我们的生前是尽责任的，是无愧的，我们就会安坦的走近我们的坟墓，我们的灵魂里不会有惭愧或悔恨的刀痕。人生自生至死，如勃兰恩德的比喻，真是大队的旅客在不尽的沙漠中进行，只要良心有个安顿，到夜里你卧倒在帐幕里也就不怕噩梦来缠绕。

　　我的祖母，在那旧式的环境里，到我们家来五十九年，真像是做了长期的苦工，她何尝有一日的安闲，不必说子女的嫁娶，就是一家的柴米油盐，扫地抹桌，那一件事不在八十岁老人早晚的心上！我的伯父快近六十岁了，但他的起居饮食，还差不多完全是祖母经管的，初出世的曾孙如其有些身热咳嗽，老太太晚上就睡不安稳；她爱我宠我的深情，更不是文字所能描写；她那深厚的慈荫，真是无所不包，无所不蔽。但她的身心即使劳碌了一生，她的报酬却在灵魂无上的平安；她的安慰就在她的儿女孙曾，只要我们能够步她的前例，各尽天定的责任，她在冥冥中也就永远的微笑了。

---

　　① 这段英文的大义是："这样的生命力，一旦被召唤，就加入到了绵延不绝的大篷车队，向那神秘的王国驶去。在这所被死亡的寂静笼罩的房屋里，每个人羁守塔自己的房间，再也不可能脱身，只有平静和无奈，就像夜间开采石矿的奴隶们在地牢里被残酷地鞭笞。

　　"一个永恒不变的真理，向坟墓走近，就如同一个人把自己床边的帷幕掩上，然后躺下进入那快乐的梦乡。"

我
的
彼
得

　　新近有一天晚上，我在一个地方听音乐，一个不相识的小孩，约莫八九岁光景，过来坐在我的身边，他说的话我不懂，我也不易使他懂我的话，那可并不妨事，因为在几分钟内我们已经是很好的朋友，他拉着我的手，我拉着他的手，一同听台上的音乐。他年纪虽则小，他音乐的兴趣已经很深：他比着手势告我他也有一张提琴，他会拉，并且说那几个是他已经学会的调子，他那资质的敏慧，性情的柔和，体态的秀美，不能使人不爱；而况我本来是喜欢小孩们的。

　　但那晚虽则结识了一个可爱的小友，我心里却并不快爽；因为不仅见着他使我想起你，我的小彼得，并且在他活泼的神情里我想见了你，彼得，假如你长大的话，与他同年龄的影子。你在时，与他一样，也是爱音乐的；虽则你回去的时候刚满三岁，你爱好音乐的故事，从你襁褓时起，我屡次听你妈与你的"大大"讲，不但是十分的有趣可爱，竟可说是你有天赋的凭证，在你最初开口学话的日子，你妈已经写信给我，说你听着了音乐便异常的快活，说你在坐车里常常伸出你的小手在车栏上跟着音乐按拍；你稍大些会得淘气的时候，你妈说，只要把话匣开上，你便在旁边乖乖的坐着静听，再也不出声不闹；——并且你有的是可惊的口味，是贝德花芬是槐格纳你就爱，要是中国的戏片，你便盖没了你的小耳，决意不让无意味的锣鼓，打搅你的清听！你的大大（她多疼你！）讲给我听你得小提琴的故事：怎样那晚上买琴来的时候，你已经在你的小床上睡好，怎样她们为怕你起来闹赶快灭了灯亮把琴放在你的床边。怎样你这小机灵早已看见，却偏不作声，等你妈与大大都上了床,你才偷偷的爬起来,摸着了你的宝贝,再也忍不住的你技痒,站在漆黑的床边,就开始你"截桑柴"的本领,后来怎样她们干涉了你,你便乖乖的把琴抱进你的床去,一起安眠。她们又讲你怎样欢喜拿着一根短棍站在桌上摹仿音乐会的导师,你那认真的神情常常叫在座人大笑。此外还有不少趣话,大大记得最清楚,她都讲给我听过;但这几件故事已够见证你小小的灵性里早长着音乐的慧根。实际我与你妈早经同意想叫你长大时留在德国学习音乐;——谁知道在你的早殇里我们不失去了一个可能的毛赞德(Mozart):在中国音乐最饥荒的日子,难得见这一点希冀的青芽,又教命运无情的脚根踏倒,想起怎不可伤?

彼得,可爱的小彼得,我"算是"你的父亲,但想起我做父亲的往迹,我心头便涌起了不少的感想;我的话你是永远听不着了,但我想借这悼念你的机会,稍稍疏泄我的积愫,在这不自然的世界上,与我境遇相似或更不如的当不在少数,因此我想说的话或许还有人听,竟许有人同情。就是你妈,彼得,她也何尝有一天接近过快乐与幸福,但她在她同样不幸的境遇中证明她的智断,她的忍耐,尤其是她的勇敢与胆量;所以至少她,我敢相信,可以懂得我话里意味的深浅,也只有她,我敢说,最有资格指证或相诠释,在她有机会时,我的情感的真际。

但我的情愫!是怨,是恨,是忏悔,是怅惘?对着这不完全,不如意的人生,谁没有怨,谁没有恨,谁没有怅惘?除了天生颠预的,谁不曾在他生命的经途中——歌德说的——和着悲哀吞他的饭,谁不曾拥着半夜的孤衾饮泣?我们应得感谢上苍的是他不可度量的心裁,不但在生物的境界中他创造了不可计数的种类,就这悲哀的人生也是因人差异,各各不同,——同是一个碎心,却没有同样的碎痕,同是一滴眼泪,却难寻同样的泪晶。

彼得我爱你,我说过我是你的父亲,但我最后见你的时候你才不满四月,这次我再来欧洲你已经早一个星期回去,我见着的只你的遗像,那太可爱,与你一撮的遗灰,那太可惨。你生前日常把弄的玩具——小车,小马,小鹅,小琴,小书——你妈曾经件件的指给我看,你在时穿着的衣,褂,鞋,帽,你妈与你大大也曾含着眼泪从箱里理出来给我抚摩,同时她们讲你生前的故事,直到你的影像活现在我的眼前,你的脚踪仿佛在楼板上踹响。你是不认识你父亲的,彼得,虽则我听说他的名字常在你的口边,他的肖像也常受

你小口的亲吻,多谢你妈与你大大的慈爱与真挚,她们不仅永远把你放在她们心坎的底里,她们也使我——没福见着你的父亲,知道你,认识你,爱你,也把你的影像,活泼,美慧,可爱,永远镂上了我的心版。那天在柏林的会馆里,我手捧着那收存你遗灰的锡瓶,你妈与你七舅站在旁边止不住滴泪,你的大大哽咽着,把一个小花圈挂上你的门前——那时间我,你的父亲,觉着心里有一个尖锐的刺痛,这才初次明白曾经有一点血肉从我自己的生命里分出,这才觉着父性的爱像泉眼似的在性灵里汩汩的流出;只可惜是迟了,这慈爱的甘液不能救活已经萎折了的鲜花,只能在他纪念日的周遭永远无声的流转。

彼得,我说我要借这机会稍稍爬梳我年来的郁积;但那也不见得容易;要说的话仿佛就在口边,但你要它们的时候,它们又不在口边:像是长在大块岩石底下的嫩草,你得有力量翻起那岩石才能把它不伤损的连根起出——谁知道那根长的多深!是恨,是怨,是忏悔,是怅惘?许是恨,许是怨,许是忏悔,许是怅惘。荆棘刺入了行路人的胫踝,他才知道这路的难走;但为什么有荆棘?是它们自己长着,还是有人存心种着的?也许是你自己种下的?至少你不能完全抱怨荆棘:一则因为这道是你自愿才来走的;再则因为那刺伤是你自己的脚踏上了荆棘的结果,不是荆棘自动来刺你。——但又谁知道?因此我有时想,彼得像你倒真是聪明:你来时是一团活泼,光亮的天真,你去时也还是一个光亮,活泼的灵魂;你来人间真像是短期的作客,你知道的是慈母的爱,阳光的和暖与花草的美丽,你离开了妈的怀抱,你回到了天父的怀抱,我想他听你欣欣的回报这番作客——只尝甜浆,不吞苦水——的经验,他尚年轻的脸上一定满布着笑容——你的小脚踝上不曾碰着过无情的荆棘,你穿来的白衣不曾沾着一斑的泥污。

但我们,比你住久的,彼得,却不是来作客;我们是遭放逐,无形的解差永远在后背催逼着我们赶道:为什么受罪,前途是那里,我们始终不曾明白,我们明白的只是底下流血的胫踝,只是这无恩的长路,这时候想回头已经太迟,想中止也不可能,我们真的羡慕,彼得,像你那谛期的简净。

在这道上遭受的,彼得,还不止是难,不止是苦,最难堪的是逐步相追的嘲讽,身影似的不可解脱。我既是你的父亲,彼得,比方说,为什么我不能在你的生前,日子虽短,给你应得的慈爱,为什么要到这时候,你已经去了不再回来，我才觉着骨肉的关连？并且假如我这番不到欧洲，假如我在万里外接到你的死耗，我怕我只能看作水面上的云影，来时自来，去时自去：正如你生前我不知欣喜，你在时我不知爱惜，你去时也不能过分动我的情感。我自分不是无情，不是寡恩，为什么我对自身的血肉，反是这般不近情的冷漠？彼得，我问为什么，这问的后身便是无限的隐痛；我不能怨，我不能恨，更无从悔。我只是怅惘，我只能问！明知是自苦的揶揄，但我只能忍受。而况揶揄还不止此，我自身的父母，何尝不赤心的爱我；但他们的爱却正是造成我痛苦的原因：我自己也何尝不笃爱我的亲亲，但我不仅不能尽我的责任，不仅不曾给他们想望的快乐，我，他们的独子，也不免加添他们的烦愁，造作他们的痛苦，这又是为什么？在这里，我也是一般的不能恨，不能怨，更无从悔，我只是怅惘——我只能问。昨天我是个孩子，今天已是壮年：昨天腮边还带着圆润的笑涡，今天头上已见星星的白发；光阴带走的往迹，再也不容追赎，留下在我们心头的只是些揶揄的鬼影；我们在这道上偶尔停步回想的时候，只能投一个虚圈的"假使当初"，解嘲已往的一切，但已往的教训，即使有，也不能给我们利益，因为前途还是不减启程时的渺茫，我们还是不能选择自由的途径——到那天我们无形的解差喝住的时候，我们惟一的权利，我猜想，也只是再丢一个虚圈更大的"假使"，圆满这全程的寂寞，那就是止境了。

第二编

诗歌·生命的萍踪

雪花的快乐

假如我是一朵雪花，
翩翩的在半空里潇洒，
　我一定认清我的方向——
　　飞飏，飞飏，飞飏，——
这地面上有我的方向。

不去那冷寞的幽谷，
不去那凄清的山麓，
　也不上荒街去惆怅——
　　飞飏，飞飏，飞飏，——
你看！我有我的方向！

在半空里娟娟的飞舞，
认明了那清幽的住处，
　等着她来花园里探望——
　　飞飏，飞飏，飞飏，——
啊，她身上有朱砂梅的清香！

那时我凭借我的身轻，
盈盈的，沾住了她的衣襟，

贴近她柔波似的心胸——

消溶,消溶,消溶——

溶入了她柔波似的心胸!

再别康桥

轻轻的我走了，
　　正如我轻轻的来；
我轻轻的招手，
　　作别西天的云彩。

那河畔的金柳
　　是夕阳中的新娘；
波光里的艳影，
　　在我的心头荡漾。

软泥上的青荇，
　　油油的在水底招摇；
在康河的柔波里，
　　我甘心做一条水草！

那榆荫下的一潭，
　　不是清泉，是天上虹；
揉碎在浮藻间，
　　沉淀着彩虹似的梦。

寻梦？撑一支长篙，
　　向青草更青处漫溯，
满载一船星辉，
　　在星辉斑斓里放歌。

但我不能放歌，
　　悄悄是别离的笙箫；
夏虫也为我沉默，
　　沉默是今晚的康桥！

悄悄的我走了，
　　正如我悄悄的来；
我挥一挥衣袖，
　　不带走一片云彩。

『我不知道风是在那一个方向吹』

我不知道风
是在那一个方向吹——
我是在梦中,
在梦的轻波里依洄。

我不知道风
是在那一个方向吹——
我是在梦中,
她的温存,我的迷醉。

我不知道风
是在那一个方向吹——
我是在梦中,
甜美是梦里的光辉。

我不知道风
是在那一个方向吹——
我是在梦中,
她的负心,我的伤悲。

我不知道风，
是在那一个方向吹——
我是在梦中，
梦的悲哀里心碎！

我不知道风
是在那一个方向吹——
我是在梦中，
黯淡是梦里的光辉。

沙扬挪拉
（赠日本女郎）

最是那一低头的温柔，
　　像一朵水莲花不胜凉风的娇羞，
道一声珍重，道一声珍重，
　　那一声珍重里有蜜甜的忧愁——
　　　沙扬娜拉！

我来扬子江边
买一把莲蓬

我来扬子江边买一把莲蓬；

　手剥一层层莲衣，

看江鸥在眼前飞，

　忍含着一眼悲泪——

我想着你，我想着你，阿小龙！

我尝一尝莲瓤，回味曾经的温存：——

　那阶前不卷的重帘，

　掩护着同心的欢恋，

　我又听着你的盟言：

"永远是你的，我的身体，我的灵魂。"

我尝一尝莲心，我的心比莲心苦；

　我长夜里怔忡，

　挣不开的噩梦，

　谁知我的苦痛？

你害了我，爱，这日子叫我如何过？

但我不能责你负，我不忍猜你变。

　我心肠只是一片柔：

你是我的！我依旧

将你紧紧的抱搂——

除非是天翻——但谁能想象那一天？

客中

今晚天上有半轮的下弦月；
　　我想携着她的手，
　　往明月多处走——
一样是清光，我说，圆满或残缺。

园里有一树开剩的玉兰花；
　　她有的是爱花癖，
　　我爱看她的怜惜——
一样是芬芳，她说，满花与残花。

浓阴里有一只过时的夜莺；
　　她受了秋凉，
　　不如从前浏亮——
快死了，她说，但我不悔我的痴情！

但这莺，这一树花，这半轮月——
　　我独自沉吟。
　　对着我的身影——
她在那里，啊，为什么伤悲，凋谢，残缺？

偶然

我是天空里的一片云，
偶尔投影在你的波心——
　　你不必讶异，
　　更无须欢喜——
在转瞬间消灭了踪影。

你我相逢在黑夜的海上，
你有你的，我有我的，方向；
　　你记得也好，
　　最好你忘掉，
在这交会时互放的光亮！

草上的露珠儿

草上的露珠儿

　　颗颗是透明的水晶球，

新归来的燕儿

　　在旧巢里呢喃个不休；

诗人哟！可不是春至人间

　　　　还不开放你

　　　　创造的喷泉，

嗤嗤！吐不尽南山北山的璠瑜，

　　　　洒不完东海西海的琼珠，

　　　　融和琴瑟箫笙的音韵，

　　　　饮餐星辰日月的光明！

诗人哟！可不是春在人间

　　　　还不开放你

　　　　创造的喷泉！

这一声霹雳

　　震破了漫天的云雾，

显焕的旭日

又升临在黄金的宝座；
柔软的南风

  吹皱了大海慷慨的面容，
洁白的海鸥

  上穿云下没波自在优游；

诗人哟！可不是趁航时候，
还不准备你

    歌吟的渔舟！
看哟！那白浪里

    金翅的海鲤，

    白嫩的长鲵，

    虾须和蟛脐！
快哟！一头撒网一头放钩，

    收！ 收！
你父母妻儿亲戚朋友

  享定了稀世的珍馐。
诗人哟！可不是趁航时候，

    还不准备你
    歌吟的渔舟！

诗人哟！

  你是时代精神的先觉者哟！

  你是思想艺术的集成者哟！

  你是人天之际的创造者哟！

  你资材是河海风云，

  鸟兽花草神鬼蝇蚊，

  一言以蔽之：天文地文人文；

186

你的洪炉是"印曼桀乃欣"①
永生的火焰"烟士披里纯"
炼制着诗化美化灿烂的鸿钧；

你是高高在上的云雀天鹦，
纵横四海不问今古春秋，
散布着稀世的音乐锦绣；

你是精神困穷的慈善翁，
你展览真善美的万丈虹，
你居住在真生命的最高峰！

---

① 印曼桀乃欣，英语"想象"（imagination）的音译。

有如在火一般可爱的阳光里,偃卧在长梗的,杂乱的丛草里,听初夏第
　　一声的鹧鸪,从天边直响入云中,从云中又回响到天边;

有如在月夜的沙漠里,月光温柔的手指,轻轻的抚摩着一颗颗热伤了的
　　砂砾,在鹅绒般软滑的热带的空气里,听一个骆驼的铃声,轻灵的,轻
　　灵的,在远处响着,近了,近了,又远了……

有如在一个荒凉的山谷里,大胆的黄昏星,独自临照着阳光死去了的宇
　　宙,野草与野树默默的祈祷着。听一个瞎子,手扶着一个幼童,铛的一
　　响算命锣,在这黑沉沉的世界里回响着;

有如在大海里的一块礁石上,浪涛像猛虎般的狂扑着,天空紧紧的绷着
　　黑云的厚幕,听大海向那威吓着的风暴,低声的,柔声的,忏悔他一切
　　的罪恶;

有如在喜马拉雅的顶巅,听天外的风,追赶着天外的云的急步声,在无
　　数雪亮的山壑间回响着;

有如在生命的舞台的幕背,听空虚的笑声,失望与痛苦的呼吁声,残杀
　　与淫暴的狂欢声,厌世与自杀的高歌声,在生命的舞台上合奏着;

我听着了天宁寺的礼忏声!

这是那里来的神明? 人间再没有这样的境界!

这鼓一声,钟一声,磬一声,木鱼一声,佛号一声……乐音在大殿里,迁

缓的,曼长的回荡着,无数冲突的波流谐合了,无数相反的色彩净化了,无数现世的高低消灭了……

这一声佛号,一声钟,一声鼓,一声木鱼,一声磬,谐音盘礴在宇宙间——解开一小颗时间的埃尘,收束了无量数世纪的因果;

这是那里来的大和谐——星海里的光彩,大千世界的音籁,真生命的洪流:止息了一切的动,一切的扰攘;

在天地的尽头,在金漆的殿椽间,在佛像的眉宇间,在我的衣袖里,在耳鬓边,在官感里,在心灵里,在梦里……

在梦里,这一瞥间的显示,青天,白水,绿草,慈母温软的胸怀,是故乡吗? 是故乡吗?

光明的翅羽,在无极中飞舞!

大圆觉底里流出的欢喜,在伟大的,庄严的,寂灭的,无疆的,和谐的静定中实现了!

颂美呀,涅槃! 赞美呀,涅槃!

沪杭车中

　　匆匆匆！催催催！
　一卷烟,一片山,几点云影,
　一道水,一条桥,一支橹声,
　一林松,一丛竹,红叶纷纷:

　艳色的田野,艳色的秋景,
　梦境似的分明,模糊,消隐,——
　　催催催！是车轮还是光阴?
　催老了秋容,催老了人生!

两个月亮

我望见有两个月亮：
一般的样，不同的相。

一个这时正在天上，
披敞着雀毛的衣裳；
她不吝惜她的恩情，
满地全是她的金银。
她不忘故官的琉璃，
三海间有她的清丽。
她跳出云头，跳上树，
又躲进新绿的藤萝。
她那样玲珑，那样美，
水底的鱼儿也得醉！
但她有一点子不好，
她老爱向瘦小里耗；
有时满天只见星点，
没了那迷人的圆脸，
虽则到时候照样回来，
但这份相思有些难挨！
还有那个你看不见，

虽则不提有多么艳！
她也有她醉涡的笑，
还有转动时的灵妙；
说慷慨她也从不让人
可惜你望不到我的园林！
可贵是她无边的法力，
常把我灵波向高里提：
我最爱那银涛的汹涌，
浪花里有音乐的银钟；
就那些马尾似的白沫，
也比得珠宝经过雕琢。

　一轮完美的明月，
　又况是永不残缺！
只要我闭上这一双眼，
她就婷婷的升上了天！

黄鹂

一掠颜色飞上了树。
"看，一只黄鹂！"有人说。
翘着尾尖，它不作声，
艳异照亮了浓密——
像是春光，火焰，像是热情。

等候它唱，我们静着望，
怕惊了它。但它一展翅，
冲破浓密，化一朵彩云；
它飞了，不见了，没了——
像是春光，火焰，像是热情。

翡冷翠的一夜

你真的走了，明天？那我，那我，……
你也不用管，迟早有那一天；
你愿意记着我，就记着我，
要不然趁早忘了这世界上
有我，省得想起时空着恼，
只当是一个梦，一个幻想；
只当是前天我们见的残红，
怯怜怜的在风前抖擞，一瓣，
两瓣，落地，叫人踩，变泥……
唉，叫人踩，变泥——变了泥倒干净，
这半死不活的才叫是受罪，
看着寒伧，累赘，叫人白眼——
天呀！你何苦来，你何苦来……
我可忘不了你，那一天你来，
就比如黑暗的前途见了光彩，
你是我的先生，我爱，我的恩人，
你教给我什么是生命，什么是爱，
你惊醒我的昏迷，偿还我的天真。
没有你我那知道天是高，草是青？
你摸摸我的心，它这下跳得多快；

再摸我的脸，烧得多焦，亏这夜黑
看不见；爱，我气都喘不过来了，
别亲我了；我受不住这烈火似的活，
这阵子我的灵魂就像是火砖上的
熟铁，在爱的锤子下，砸，砸，火花
四散的飞洒……我晕了，抱着我，
爱，就让我在这儿清静的园内，
闭着眼，死在你的胸前，多美！
头顶白杨树上的风声，沙沙的，
算是我的丧歌，这一阵清风，
橄榄林里吹来的，带着石榴花香，
就带了我的灵魂走，还有那萤火，
多情的殷勤的萤火，有他们照路，
我到了那三环洞的桥上再停步，
听你在这儿抱着我半暖的身体，
悲声的叫我，亲我，摇我，咂我；……
我就微笑的再跟着清风走，
随他领着我，天堂，地狱，那儿都成，
反正丢了这可厌的人生，实现这死
在爱里，这爱中心的死，不强如
五百次的投生？……自私，我知道，
可我也管不着……你伴着我死？
什么，不成双就不是完全的"爱死"，
要飞升也得两对翅膀儿打伙，
进了天堂还不一样的要照顾，
我少不了你，你也不能没有我；
要是地狱，我单身去你更不放心，
你说地狱不定比这世界文明
（虽则我不信，）像我这娇嫩的花朵，
难保不再遭风暴，不叫雨打，

那时候我喊你,你也听不分明,——
那不是求解脱反投进了泥坑,
倒叫冷眼的鬼串通了冷心的人,
笑我的命运,笑你懦怯的粗心?
这话也有理,那叫我怎么办呢?
活着难,太难,就死也不得自由,
我又不愿你为我牺牲你的前程……
唉!你说还是活着等,等那一天!
有那一天吗?——你在,就是我的信心;
可是天亮你就得走,你真的忍心
丢了我走?我又不能留你,这是命;
但这花,没有阳光晒,没有甘露浸,
不死也不免瓣尖儿焦萎,多可怜!
你不能忘我,爱,除了在你的心里,
我再没有命;是,我听你的话,我等,
等铁树儿开花我也得耐心等;
爱,你永远是我头顶的一颗明星:
要是不幸死了,我就变一个萤火,
在这园里,挨着草根,暗沉沉的飞,
黄昏飞到半夜,半夜飞到天明,
只愿天空不生云,我望得见天,
天上那颗不变的大星,那是你,
但愿你为我多放光明,隔着夜,
隔着天,通着恋爱的灵犀一点……

夜半松风

这是冬夜的山坡，
坡下一座冷落的僧庐，
庐内一个孤独的梦魂：
　在忏悔中祈祷，在绝望中沉沦；——

为什么这怒叫，这狂啸，
鼍鼓与金钲与虎与豹？
为什么这幽诉，这私慕，
烈情的惨剧与人生的坎坷——
　又一度潮水似的淹没了
这彷徨的梦魂与冷落的僧庐？

留别日本

我惭愧我来自古文明的乡国，
　我惭愧我脉管中有古先民的遗血，
我惭愧扬子江的流波如今溷浊，
　我惭愧——我面对着富士山的清越！

古唐时的壮健常萦我的梦想：
　那时洛邑的月色，那时长安的阳光；
那时蜀道的啼猿，那时巫峡的涛响；
　更有那哀怨的琵琶，在深夜的浔阳！

但这千余年的痿痹，千余年的懵懂：
　更无从辨认——当初华族的优美，从容！
摧残这生命的艺术，是何处来的狂风？——
　缅念那遍中原的白骨，我不能无恸！

我是一枚飘泊的黄叶，在旋风里飘泊，
　回想所从来的巨干，如今枯秃；
我是一颗不幸的水滴，在泥潭里匍匐——
　但这干涸了的涧身，亦曾有水流活泼。

我欲化一阵春风，一阵吹嘘生命的春风，

　催促那寂寞的大木，惊破他深长的迷梦；

我要一把倔强的铁锹，铲除淤塞与壅肿，

　开放那伟大的潜流，又一度在宇宙间汹涌。

为此我羡慕这岛民依旧保持着往古的风尚，

　在朴素的乡间想见古社会的雅驯，清洁，壮旷；

我不敢不祈祷古家邦的重光，但同时我愿望——

　愿东方的朝霞永葆扶桑的优美，优美的扶桑！

青年曲

泣与笑,恋与愿与恩怨,
难得的青年,倏忽的青年,
前面有座铁打的城垣,青年,
你进了城垣,永别了春光,
永别了青年,恋与愿与恩怨!

妙乐与酒与玫瑰,不久住人间,
青年,彩虹不常在天边,
梦里的颜色,不能永葆鲜妍,
你须珍重,青年,你有限的脉搏,
休教幻景似的消散了你的青年!

她是睡着了

她是睡着了——
星光下一朵斜欹的白莲；
她入梦境了——
香炉里袅起一缕碧螺烟。

她是眠熟了——
涧泉幽抑了喧响的琴弦；
她在梦乡了——
粉蝶儿,翠蝶儿,翻飞的欢恋。

停匀的呼吸：
清芬渗透了她的周遭的清氛；
有福的清氛,
怀抱着,抚摩着,她纤纤的身形！

奢侈的光阴！
静,沙沙的尽是闪亮的黄金,
平铺着无垠,——
波鳞间轻漾着光艳的小艇。

醉心的光景：
给我披一件彩衣，啜一坛芳醴，
　折一枝藤花，
舞，在葡萄丛中，颠倒，昏迷。

　看呀，美丽！
三春的颜色移上了她的香肌，
　是玫瑰，是月季，
是朝阳里的水仙，鲜妍，芳菲！

　梦底的幽秘，
挑逗着她的心——她纯洁的灵魂
　像一只蜂儿，
在花心，恣意的唐突——温存。

　童真的梦境！
静默；休教惊断了梦神的殷勤；
　抽一丝金络，
抽一丝银络，抽一丝晚霞的紫曛；

　玉腕与金梭，
织缣似的精审，更番的穿度——
　化生了彩霞，
神阙，安琪儿的歌，安琪儿的舞。

　可爱的梨涡，
解释了处女的梦境的欢喜，
　像一颗露珠，
颤动的，在荷盘中闪耀着晨曦！

苏
苏

苏苏是一个痴心的女子：

　　像一朵野蔷薇,她的丰姿；

　　像一朵野蔷薇,她的丰姿——

来一阵暴风雨,摧残了她的身世。

这荒草地里有她的墓碑：

　　淹没在蔓草里,她的伤悲；

　　淹没在蔓草里,她的伤悲——

啊,这荒土里化生了血染的蔷薇!

那蔷薇是痴心女的灵魂,

　　在清早上受清露的滋润,

　　到黄昏里有晚风来温存,

更有那长夜的慰安,看星斗纵横。

你说这应分是她的平安?

　　但运命又叫无情的手来攀,

　　攀,攀尽了青条上的灿烂,——

可怜呵,苏苏她又遭一度的摧残!

庐山小诗两首

（一）朝雾里的小草花

这岂是偶然，小玲珑的野花！
　你轻含着鲜露颗颗，
　怦动的，像是慕光明的花蛾，
在黑暗里想念焰彩，晴霞；

我此时在这蔓草丛中过路，
　无端的内感，惆怅与惊讶，
　在这迷雾里，在这岩壁下，
思忖着，泪怦怦的，人生与鲜露？

（二）山中大雾看景

这一瞬息的展雾——
　是山雾，
　是台幕？

这一转瞬的沉闷，
　是云蒸，

是人生？

那分明是山，水，田，庐；
又分明是悲，欢，喜，怒；
啊，这眼前刹那间开朗——
我仿佛感悟了造化的无常！

我有一个恋爱

我有一个恋爱；——
我爱天上的明星；
我爱它们的晶莹：
人间没有这异样的神明。

在冷峭的暮冬的黄昏，
在寂寞的灰色的清晨。
在海上，在风雨后的山顶——
　永远有一颗，万颗的明星！

山涧边小草花的知心，
高楼上小孩童的欢欣，
旅行人的灯亮与南针；——
　万万里外闪烁的精灵！

我有一个破碎的魂灵，
像一堆破碎的水晶，
散布在荒野的枯草里——
　饱啜你一瞬瞬的殷勤。

人生的冰激与柔情，

我也曾尝味，我也曾容忍；

有时阶砌下蟋蟀的秋吟，

  引起我的心伤，逼迫我泪零。

我袒露我的坦白的胸襟，

  献爱与一天的明星；

任凭人生是幻是真，

地球存在或是消泯——

  大空中永远有不昧的明星！

月夜听琴

是谁家的歌声，
和悲缓的琴音，
星茫下，松影间，
有我独步静听。

音波，颤震的音波，
穿破昏夜的凄清，
幽冥，草尖的鲜露，
动荡了我的灵府。

我听，我听，我听出了
琴情，歌者的深心。
枝头的宿鸟休惊，
我们已心心相印。

休道她的芳心忍，
她为你也曾吞声，
休道她淡漠，冰心里
满蕴着热恋的火星。

记否她临别的神情，
满眼的温柔和酸辛，
你握着她颤动的手——
一把恋爱的神经？

记否你临别的心境，
冰流沦彻你全身，
满腔的抑郁，一海的泪，
可怜不自由的魂灵？

松林中的风声哟！
休扰我同情的倾听；
人海中能有几次
恋潮淹没我的心滨？

那边光明的秋月，
已经脱卸了云衣，
仿佛喜声地笑道：
"恋爱是人类的生机！"

我多情的伴侣哟！
我羡你蜜甜的爱焦，
却不道黄昏和琴音
联就了你我的神交？

杜鹃

杜鹃,多情的鸟,他终宵唱:
在夏荫深处,仰望着流云
飞蛾似围绕月亮的明灯,
星光疏散如海滨的渔火,
甜美的夜在露湛里休憩,
他唱,他唱一声"割麦插禾"——
农夫们在天放晓时惊起。

多情的鹃鸟,他终宵声诉,
是怨,是慕,他心头满是爱,
满是苦,化成缠绵的新歌,
柔情在静夜的怀中颤动;
他唱,口滴着鲜血,斑斑的,
染红露盈盈的草尖,晨光
轻摇着园林的迷梦;他叫,
他叫,他叫一声"我爱哥哥!"

地中海

海呀！你宏大幽秘的音息，不是无因而来的，
　这风稳日丽，也不是无因而然的，
这些进行不歇的波浪，唤起了思想同情的反应——
　涨，落——隐，现——去，来……
无量数的浪花，各各不同，各有奇趣的花样，——
　一树上没有两张相同的叶片，
　天上没有两朵相同的云彩。
地中海呀！你是欧洲文明最老的见证！
庞大的帝国，曾经一再笼卷你的两岸；
霸业的命运，曾经再三在你酥胸上定夺；
无数的帝王，英雄，诗人，僧侣，寇盗，商贾，曾
　经在你怀抱中得意，失志，灭亡；
无数的财货，牲畜，人命，舰队，商船，渔艇，曾
　经沉入你的无底的渊壑；
无数的朝彩晚霞，星光月色，血腥，血糜，曾经浸
　染涂惨你的面庞；
无数的风涛，雷电，炮声，潜艇，曾经扰乱你平安
　的居处；
屈洛安城焚的火光，阿脱洛庵家的惨剧，
沙伦女的歌声，迦太基织女被掳过海的哭声，

211

维雪维亚炸裂的彩色,

尼罗河口,铁拉法尔加唱凯的歌音……

都曾经供你耳目刹那的欢娱。

历史来,历史去;

　　埃及,波斯,希腊,马其顿,罗马,西班牙——

　　至多也不过抵你一缕浪花的涨歇,一茎春花的开落!

但是你呢——

　　依旧冲洗着欧非亚的海岸,

　　依旧保存着你青年的颜色,

　　(时间不曾在你面上留痕迹。)

　　依旧继续着你自在无罣的涨落,

　　依旧呼啸着你厌世的骚愁,

　　依旧翻新着你浪花的样式,——

这孤零零地神秘伟大的地中海呀!

石虎胡同七号

我们的小园庭,有时荡漾着无限温柔:
善笑的藤娘,袒酥怀任团团的柿掌绸缪,
百尺的槐翁,在微风中俯身将棠姑抱搂,
黄狗在篱边,守候睡熟的珀儿,他的小友,
小雀儿新制求婚的艳曲,在媚唱无休——
我们的小园庭,有时荡漾着无限温柔。

我们的小园庭,有时淡描着依稀的梦景;
雨过的苍茫与满庭荫绿,织成无声幽冥,
小蛙独坐在残兰的胸前,听隔院蚓鸣,
一片化不尽的雨云,倦展在老槐树顶,
掠檐前作圆形的舞旋,是蝙蝠,还是蜻蜓?——
我们的小园庭,有时淡描着依稀的梦景。

我们的小园庭,有时轻喟着一声奈何;
奈何在暴雨时,雨捶下捣烂鲜红无数,
奈何在新秋时,未凋的青叶惆怅地辞树,
奈何在深夜里,月儿乘云艇归去,西墙已度,
远巷薤露的乐音,一阵阵被冷风吹过——
我们的小园庭,有时轻喟着一声奈何。

我们的小园庭,有时沉浸在快乐之中;
雨后的黄昏,满院只美荫,清香与凉风,
大量的塞翁,巨樽在手,蹇足直指天空,
一斤,两斤,杯底喝尽,满怀酒欢,满面酒红,
连珠的笑响中,浮沉着神仙似的酒翁——
我们的小园庭,有时沉浸在快乐之中。

珊瑚

你再不用想我说话，
　我的心早沉在海水底下；
你再不用向我叫唤：
　因为我——我再不能回答！

除非你——除非你也来在
　这珊瑚骨环绕的又一世界；
等海风定时的一刻清静，
　你我来交互你我的幽叹。

半夜深巷琵琶

又被它从睡梦中惊醒，深夜里的琵琶！

是谁的悲思，

是谁的手指，

像一阵凄风，像一阵惨雨，像一阵落花，

在这夜深深时，

在这睡昏昏时，

挑动着紧促的弦索，乱弹着宫商角徵，

和着这深夜，荒街，

柳梢头有残月挂，

啊，半轮的残月，像是破碎的希望他，他

头戴一顶开花帽，

身上带着铁链条，

在光阴的道上疯了似的跳，疯了似的笑，

完了，他说，吹糊你的灯，

她在坟墓的那一边等，

等你去亲吻，等你去亲吻，等你去亲吻！

秋阳

这秋阳——他仿佛叫你想起什么。一个老友的笑容或是你故乡的山水。你看他多镇静,多自在,多可亲爱,在半枯的草地上躺着,在斑驳的树枝上挂着,在水面浮着。

你直想伸手去把他掏些在掌心里,朵着嘴去亲他一口。

要是你是一颗露水,低低的蹲在草瓣上,他就从东边的树荫里窜过来,一口噙住了你,叫你一肚子透明的思想显得分外透明。

要是你是一只长脊背的翠鸟翘着尾巴,从湖的这边飞掠到湖的那一边,(他)就从水面上跳起来在你的羽毛上飞快的印下几颗闪亮的金星。

不错,他是一个有心思有恩情的——好朋友。他不嫌农家的稻草,他一样摩挲长得不绽半熟的鲜果。他想法儿去拜会你阁楼上的破旧零星。

你一个人坐在屋子里沉思的时候,他隔着窗户在跨着墙的青藤上含着最甜蜜的微笑望着你,意思说:“别愁,朋友,有我在陪着你哪。”

月亮也是有恩情的,但他的更来得殷勤,又好在不露痕迹。他不是一个戴银帽的当差高高的擎着片子说某人送礼来了的那一套,他来就来了,不铺张的,也不让他觉得他轻盈的脚步,也不让你欠身起来让坐。

真的,他来就来了,拿着满满的一团温暖给搕在你的脸上,安在你的手上,窝在你的心里,“留着,别让,”他仿佛说:“这是你的,咱们家里有着哪!”

在花丛里寻香的蝴蝶,懂得他的无限的柔媚,你别淌眼泪,他要你窝在心里留着。

在那山道旁

在那山道旁，一天雾蒙蒙的朝上，
初生的小蓝花在草丛里窥觎，
我送别她归去，与她在此分离，
在青草里飘拂，她的洁白的裙衣。

我不曾开言，她亦不曾告辞，
驻足在山道旁，我暗暗的寻思；
"吐露你的秘密，这不是最好时机？"——
露沾的小草花，仿佛恼我的迟疑。

为什么迟疑，这是最后的时机，
在这山道旁，在这雾盲在朝上？
收集了勇气，向着她我旋转身去：——
但是啊！为什么她这满眼凄惶？

我咽住了我的话，低下了我的头：
火灼与冰激在我的心胸间回荡，
啊，我认识了我的命运，她的忧愁，——
在这浓雾里，在这凄清的道旁！

在那天朝上,在雾茫茫的山道旁,
新生的小蓝花在草丛里睥睨,
我目送她远去,与她从此分离——
在青草间飘拂,她那洁白的裙衣!

先生！先生！

钢丝的车轮
在偏僻的小巷内飞奔——
"先生我给先生请安您哪，先生。"

迎面一蹲身
一个单布褂的女孩颤动着呼声——
雪白的车轮在冰冷的北风里飞奔。

紧紧的跟，紧紧的跟，
破烂的孩子追赶着铄亮的车轮——
"先生，可怜我一大吧，善心的先生！"

"可怜我的妈，
她又饿又冻又病，躺在道儿边直呻——
您修好，赏给我们一顿窝窝头，您哪，先生！"

"没有带子儿，"
坐车的先生说，车里戴大皮帽的先生——
飞奔，急转的双轮，紧迫，小孩的呼声。

一路旋风似的土尘,
土尘里飞转着银晃晃的车轮——
"先生,可是您出门不能不带钱您哪,先生。"

"先生!……先生!"
紫涨的小孩,气喘者,断续的呼声——
飞奔,飞奔,橡皮的车轮不住的飞奔。

飞奔……先生……
飞奔……先生……
先生……先生……先生……

云
游

那天你翩翩的在空际云游，
自在，轻盈，你本不想停留
在天的那方或地的那角，
你的愉快是无拦阻的逍遥。
你更不经意在卑微的地面
有一流涧水，虽则你的明艳
在过路时点染了他的空灵，
使他惊醒，将你的倩影抱紧。

他抱紧的是绵密的忧愁，
因为美不能在风光中静止；
他要，你已飞渡万重的山头，
去更阔大的湖海投射影子！
他在为你消瘦，那一流涧水，
在无能的盼望，盼望你飞回！

阔的海

阔的海空的天我不需要，
我也不想放一只巨大的纸鹞
上天去捉弄四面八方的风；
　　我只要一分钟
　　我只要一点光
　　我只要一条缝，——
　　像一个小孩爬伏
　　在一间暗屋的窗前
　　望着西天边不死的一条
缝，一点
光，一分
钟。

落叶小唱

一阵声响转上了阶沿
（我正挨近着梦乡边；）
这回准是她的脚步了，我想——
　　在这深夜！

一声剥啄在我的窗上
（我正靠紧着睡乡旁；）
这准是她来闹着玩——你看，
　　我偏不张惶！

一个声息贴近我的床，
我说（一半是睡梦，一半是迷惘：）——
"你总不能明白我，你又何苦
　　多叫我心伤！"

一声喟息落在我的枕边
（我已在梦乡里留恋；）
"我负了你"你说——你的热泪
　　烫着我的脸！

这声响恼着我的梦魂

（落叶在庭前舞，一阵，又一阵；）

梦完了，呵，回复清醒；恼人的——

　　　却只是秋声！

不再是我的乖乖

一

前天我是一个小孩，
这海滩最是我的爱；
早起的太阳赛如火炉，
趁暖和我来做我的工夫：
捡满一衣兜的贝壳，
在这海砂上起造宫阙：
哦，这浪头来得凶恶，
冲了我得意的建筑——
我喊一声海，海！
你是我小孩儿的乖乖！

二

昨天我是一个"情种"，
到这海滩上来发疯，
西天的晚霞慢慢的死，
血红变成姜黄又变紫，
一颗星在半空里窥伺，

我匐伏在砂堆里画字，
一个字，一个字，又一个字，
谁说不是我心爱的游戏？
我喊一声海，海！
不许你有一点儿的更改！

三

今天！咳，为什么要有今天？
不比从前，没了我的疯癫，
再没有小孩时的新鲜，
这回再不来这大海的边沿！
头顶不见天光的方便，
海上只暗沉沉的一片，
暗潮侵蚀了砂字的痕迹，
却冲不淡我悲惨的颜色——
我喊一声海，海！
你从此不再是我的乖乖！

天国的消息

可爱的秋景！无声的落叶，
轻盈的轻盈的,掉落在这小径,
竹篱内,隐约的,有小儿女的笑声:

呖呖的清音,缭绕着村舍的静谧,
仿佛是幽谷里的小鸟,欢噪着清晨,
驱散了昏夜的暗塞,开始无限光明。

刹那的欢欣,昙花似的涌现,
开豁了我的情绪,忘却了春恋,
人生的惶惑与悲哀,惆怅与短促——
在这稚子的欢笑声里,想见了天国!

晚霞泛滥着金色的枫林,
凉风吹拂着我孤独的身形;
我灵海里啸响着伟大的波涛,
应和更伟大的脉搏,更伟大的灵潮!

海韵

一

"女郎,单身的女郎,
　你为什么留恋
　这黄昏的海边? ——
女郎,回家吧,女郎!"

"啊不;回家我不回,
　我爱这晚风吹;"——
　在沙滩上,在暮霭里,
有一个散发的女郎——
　　　　徘徊,徘徊。

二

"女郎,散发的女郎,
　你为什么彷徨
　在这冷清的海上?
女郎,回家吧,女郎!"

"啊不;你听我唱歌,
　大海,我唱,你来和;"——

在星光下，在凉风里，
轻荡着少女的清音——
　　　　　高吟，低哦。

三

"女郎，胆大的女郎！
那天边扯起了黑幕，
　这顷刻间有恶风波，——
女郎，回家吧，女郎！"
"啊不；你看我凌空舞；
　学一个海鸥没海波；"——
在夜色里，在沙滩上，
急旋着一个苗条的身影——
　　　　　婆娑，婆娑。

四

"听呀，那大海的震怒，
　女郎回家吧，女郎！
看呀，那猛兽似的海波，
　女郎，回家吧，女郎！"
"啊不；海波他不来吞我，
　我爱这大海的颠簸！"
在潮声里，在波光里，
啊，一个慌张的少女在海沫里。
　　　　　蹉跎，蹉跎。

五

"女郎，在那里，女郎？

在那里,你嘹亮的歌声?

在那里,你窈窕的身影?

在那里,啊,勇敢的女郎?"

黑夜吞没了星辉,

这海边再没有光芒;

海潮吞没了沙滩,

沙滩上再不见女郎,——

再不见女郎!

乡村里的音籁

小舟在垂柳荫间缓泛——
　　一阵阵初秋的凉风，
　　吹生了水面的漪绒，
吹来两岸乡村里的音籁。

我独自凭着船窗闲憩，
　　静看着一河的波幻，
　　静听着远近的音籁，——
又一度与童年的情景默契！

这是清脆的稚儿的呼唤，
　　田场上工作纷纭，
　　竹篱边犬吠鸡鸣：
但这无端的悲感与凄惋！

白云在蓝天里飞行：
　　我欲把恼人的年岁，
　　我欲把恼人的情爱，
托付与无涯的空灵——消泯；

回复我纯朴的,美丽的童心:

像山谷里的冷泉一泻,

像晓风里的白头乳鹊,

像池畔的草花,自然的鲜明。

残破

一

深深的在深夜里坐着：
当窗有一团不圆的光亮，
　风挟着灰土，在大街上
　　小巷里奔跑：
我要在枯秃的笔尖上袅出
一种残破的残破的音调，
为要抒写我的残破的思潮。

二

深深的深夜里坐着：
生尖角的夜凉在窗缝里
　妒忌屋内残余的暖气，
　　也不饶恕我的肢体：
但我要用我半干的墨水描成
一些残破的残破的花样，
因为残破，残破是我的思想。

三

深深的在深夜里坐着，
左右是一些丑怪的鬼影：
　焦枯的落魄的树木
　　在冰沉沉的河沿叫喊，
　　比着绝望的姿势，
正如我要在残破的意识里
重兴起一个残破的天地。

四

深深的在深夜里坐着，
闭上眼回望到过去的云烟；
啊，她还是一枝冷艳的白莲，
　斜靠着晓风，万种的玲珑；
但我不是阳光，也不是露水，
我有的只是些残破的呼吸，
　如同封锁在壁椽间的群鼠
追逐着，追求着黑暗与虚无！

月下雷峰影片

我送你一个雷峰塔影，
　　满天稠密的黑云与白云；
我送你一个雷峰塔顶，
　　明月泻影在眠熟的波心。

深深的黑夜,依依的塔影,
　　团团的月彩,纤纤的波鳞——
假如你我荡一支无遮的小艇,
　　假如你我创一个完全的梦境!

雷峰塔

那首是白娘娘的古墓，
（划船的手指着野草深处；）
客人，你知道西湖上的佳话，
白娘娘是个多情的妖魔。

她为了多情，反而受苦，
爱了个没出息的许仙，她的情夫；
他听信了一个和尚，一时的糊涂，
拿一个钵盂，把他的妻子原形罩住。

到今朝已有千百年的光景，
可怜她被镇压在雷峰塔底，——
一座惨败的古塔，凄凉地，
庄严地，独自在南屏的晚钟声里！

私语

秋雨在一流清冷的秋水池，
一棵憔悴的秋柳里，
一条怯懦的秋枝上，
一片将黄未黄的秋叶上，
听他亲亲切切喁喁唼唼，
私语三秋的情思情事，情语情节，
临了轻轻将他拂落在秋水秋波的秋晕里，一涡半转，
跟着秋流去。
这秋雨的私语，三秋的情思情事，
情诗情节，也掉落在秋水秋波的秋晕里，一涡半转，
跟着秋流去。

五老峰

不可摇撼的神奇，
　　　　不容注视的威严，
这耸峙，这横蟠，
　　　　这不可攀援的峻险！
看！那巉岩缺处
　　　　透露着天，窈远的苍天，
在无限广博的怀抱间，
　　　　这磅礴的伟象显现！

是谁的意境，是谁的想象？
　　　　是谁的工程与搏造的手痕？
在这亘古的空灵中
　　　　凌漫着天风，天体与天氛！
有时朵朵明媚的彩云，
　　　　轻颤的妆缀着老人们的苍鬓，
像一树虬干的古梅在月下
　　　　吐露了艳色鲜葩的清芬！

山麓前伐木的村童，
　　　　在山涧的清流中洗濯，呼啸，

认识老人们的嗔聱，

　　　　迷雾海沫似的喷涌，铺罩，

淹没了谷内的青林，

　　　　隔绝了鄱阳的水色袅淼，

陡壁前闪亮着火电，听呀！

　　　　五老们在渺茫的雾海外狂笑！

朝霞照他们的前胸，

　　　　晚霞戏逗著他们赤秃的头颅；

黄昏时，听异鸟的欢呼，

　　　　在他们鸠盘的肩旁怯怯的透露

不昧的星光与月彩：

　　　　柔波里，缓泛着的小艇与轻舸；

听呀！在海会静穆的钟声里，

　　　　有朝山人在落叶林中过路！

更无有人事的虚荣，

　　　　更无有尘世的仓促与噩梦，

灵魂！记取这从容与伟大，

　　　　在五老峰前饱啜自由的山风！

这不是山峰，这是古圣人的祈祷，

　　　　凝聚成这"冻乐"似的建筑神工，

给人间一个不朽的凭证——

　　　　一个"崛强的疑问"在无极的蓝空！

240

康桥再会吧

康桥，再会吧；
我心头盛满了别离的情绪，
你是我难得的知己，我当年
辞别家乡父母，登太平洋去，
（算来一秋二秋，已过了四度
春秋，浪迹在海外，美土欧洲）
扶桑风色，檀香山芭蕉况味，
平波大海，开拓我心胸神意，
如今都变了梦里的山河，
渺茫明灭，在我灵府的底里；
我母亲临别的泪痕，她弱手
向波轮远去送爱儿的巾色，
海风咸味，海鸟依恋的雅意，
尽是我记忆的珍藏，我每次
摩按，总不免心酸泪落，便想
理箧归家，重向母怀中匍伏，
回复我天伦挚爱的幸福；
我每想人生多少跋涉劳苦，
多少牺牲，都只是枉费无补，
我四载奔波，称名求学，毕竟

在知识道上,采得几茎花草,
在真理山中,爬上几个峰腰,
钧天妙乐,曾否闻得,彩红色,
可仍记得?——但我如何能回答?
我但自喜楼高车快的文明,
不曾将我的心灵污抹,今日
我对此古风古色,桥影藻密,
依然能袒胸相见,惺惺惜别。

康桥,再会吧!
你我相知虽迟,然这一年中
我心灵革命的怒潮,尽冲泻
在你妩媚河身的两岸,此后
清风明月夜,当照见我情热
狂溢的旧痕,尚留草底桥边,
明年燕子归来,当记我幽叹
音节,歌吟声息,缦烂的云纹
霞彩,应反映我的思想情感,
此日撒向天空的恋意诗心,
赞颂穆静腾辉的晚景,清晨
富丽的温柔;听! 那和缓的钟声
解释了新秋凉绪,旅人别意,
我精魂腾跃,满想化入音波,
震天彻地,弥盖我爱的康桥,
如慈母之于睡儿,缓抱软吻;
康桥! 汝永为我精神依恋之乡!
此去身虽万里,梦魂必常绕
汝左右,任地中海疾风东指,
我亦必纡道西回,瞻望颜色;
归家后我母若问海外交好,

我必首数康桥;在温情冬夜

腊梅前,再细辨此日相与况味;

设如我星明有福,素愿竟酬,

则来春花香时节,当复西航,

重来此地,再捡起诗针诗线,

绣我理想生命的鲜花,实现

年来梦境缠绵的销魂踪迹,

散香柔韵节,增媚河上风流;

故我别意虽深,我愿望亦密,

昨宵明月照林,我已向倾吐

心胸的蕴积,今晨雨色凄清,

小鸟无欢,难道也为是怅别

情深,累藤长草茂,涕泪交零!

康桥! 山中有黄金,天上有明星,

人生至宝是情爱交感,即使

山中金尽,天上星散,同情还

永远是宇宙间不尽的黄金,

不昧的明星;赖你和悦宁静

的环境,和圣洁欢乐的光阴,

我心我智,方始经爬梳洗涤,

灵苗随春草怒生,沐日月光辉,

听自然音乐,哺啜古今不朽

——强半汝亲栽育——的文艺精英:

恍登万丈高峰,猛回头惊见

真善美浩瀚的光华,覆翼在

人道蠕动的下界,朗然照出

生命的经纬脉络,血赤金黄,

尽是爱主恋神的辛勤手绩;

康桥! 你岂非是我生命的泉源?

康桥之恋

你惠我珍品，数不胜数；最难忘
赛士德顿桥下的星燐坝乐，
弹舞殷勤，我常夜半凭阑干，
倾听牧地黑影中倦牛夜嚼，
水草间鱼跃虫嗤，轻挑静寞；
难忘春阳晚照，泼翻一海纯金，
淹没了寺塔钟楼，长垣短堞，
千百家屋顶烟突，白水青田，
难忘茂林中老树纵横；巨干上
黛薄茶青，却教斜刺的朝霞，
抹上些微胭脂春意，怩怩神色；
难忘七月的黄昏，远树凝寂，
像墨泼的山形，衬出轻柔暝色，
密稠稠，七分鹅黄，三分橘绿，
那妙意只可去秋梦边缘捕捉；
难忘榆荫中深宵清唳的诗禽，
一腔情热，教玫瑰噙泪点首，
满天星环舞幽吟，款住远近
浪漫的梦魂，深深迷恋香境；
难忘村里姑娘的腮红颈白；
难忘屏绣康河的垂柳婆娑，
婀娜的克莱亚，硕美的校友居；
——但我如何能尽数，总之此地
人天妙合，虽微如寸芥残垣，
亦不乏纯美精神：流贯其间，
而此精神，正如宛次宛士①所谓
"通我血液，浃我心脏"，有"镇驯
矫饬之功"；我此去虽归乡土，

_____

① 宛次宛士，现在通译为华兹华斯。

244

而临行怫怫,转若离家赴远;
康桥! 我故里闻此,能弗怨汝
僭爱,然我自有谎言代汝答付;
我今去了,记好明春新杨梅
上市时节,盼我含笑归来,
再见吧,我爱的康桥!

小说·心灵的云游

第三编

轮
盘

好冷！倪三小姐从暖屋里出来站在廊前等车的时候觉得风来得尖厉。她一手搂着皮领护着脸，脚在地上微微的点着。"有几点了，阿姚？"三点都过了。

三点都过了，三点……这念头在她的心上盘着，有一粒白丸在那里运命似的跳。就不会跳进二十三的，偏来三十五，差那么一点，我还当是二十三哪。要有一只鬼手拿它一拨，叫那小丸子乖乖的坐上二十三，那分别多大！我本来是想要三十五的，也不知怎么的当时心里那么一迷糊——又给下错了。这车里怎么老是透风，阿姚？阿姚很愿意为主人替风或是替车道歉，他知道主人又是不顺手，但他正忙着大拐弯，马路太滑，红绿灯光又耀着眼，那不能不留意，这一岔就把答话的时机给岔过了。实在他的思想也不显简单，他正有不少的话想对小姐说，谁家的当差不为主人打算，况且听昨晚阿宝的话这事情正不是玩儿——好，房契都抵了，钻戒，钻镯，连那串精圆的珍珠项圈都给换了红片儿白片儿、整数零数的全望庄上送！打不倒吃不厌的庄！

三小姐觉得冷。是那儿透风，那天也没有今天冷。最觉得异样，最觉得空虚，最觉得冷是在颈根和前胸那一圈。精圆的珍珠——谁家都比不上的那一串，带了整整一年多，有时上床都不舍得摘了放回匣子去，叫那脸上刮着刀疤那丑洋鬼端在一双黑毛手里左轮右轮的看，生怕是吃了假的上当似的，还非得让我签字，才给换了那一摊圆片子，要不了一半点钟那些片子还不是白鸽似的又往回飞；我的脖子上，胸前，可是没了，跑了，化了，冷了，眼看那黑毛手抢了我的心爱的宝贝去，这冤……三小姐心窝里觉得一块冰凉，眼眶里热剌剌的,不由的拿手绢给掩住了。"三儿,东西总是你的,你看了也舍不得放手不是?可是娘给你放着不更好,这年头又不能常戴,一来太耀眼,二来你老是那拉拖的脾气改不过来,说不定你一不小心那怎么好?"老太太咳嗽了一声。"还是让娘给你放着吧,反正东西总是你的。"三小姐心都裂缝儿了。娘说话不到一年就死了,我还说我天天贴胸带着表示纪念她老人家的意思,谁知不到半年……

车到了家了。三小姐上了楼,进了房,开亮了大灯,拿皮大衣向沙发上一扔,也不答阿宝陪着笑问她输赢的话,站定在衣柜的玻璃镜前对着自己的映影呆住了。这算个什么相儿?这还能是我吗?两脸红的冒得出火,颧骨亮的像透明的琥珀,一鼻子的油,口唇叫烟卷烧得透紫,像煨白薯的焦皮,一对眼更看得怕人,像是有一个恶鬼躲在里面似的。三小姐一手掠着额前的散发,一手扶着柜子,觉得头脑里一阵的昏,眼前一黑,差一点不曾叫脑壳子正对着镜里的那个碰一个脆。你累了吧,小姐?阿宝站在窗口叠着大衣说的话,她听来像是隔两间屋子或是一层雾叫过来似的,但这却帮助她定了定神,重复睁大了眼对着镜子里痴痴的望。这还能是我——是倪秋雁吗?鬼附上了身也不能有这相儿!但这时候她眼内的凶光——那是整六个钟头轮盘和压码条格的煎迫的余威——已然渐渐移让给另一种意态:一种疲倦,一种呆顿,一种空虚。她忽然想起马路中的红灯照着道旁的树干使她记起不少早已遗忘了的片段的梦境——但她疲倦是真的。她觉得她早已睡着了。她是绝无知觉的一堆灰,一排木料,在清晨树梢上浮挂着的一团烟雾。她做过一个极幽深的梦,这梦使得她因为过分兴奋而陷入一种最沉酣的睡。她决不能是醒着。她的珍珠当然是好好的在首饰匣子里放着。"我替你放着不更好,三儿?"娘的话没有一句不充满着怜爱,个个字都听得甜。那小白丸子真可恶,他为什么不跳进二十三?三小姐扶着柜子那只手的手指摸着了玻璃,极纤微的一点凉感从指尖上直透到心口,这使她形影相对的那两双眼内顿时剥去了一翳梦意。小姐,喝口茶吧,你真是累了,该睡了,有多少天你没有睡好,睡不好最伤神,先喝口茶吧。她从阿宝的手里接过了一片殷勤,热茶沾上口唇才觉得口渴得津液都干了。但她还是梦梦的不能相信这不是梦。我何至于堕落到如此——我倪秋雁?你不是倪秋雁吗?她责问着镜里的秋雁。那一个的手里也擎着一个金边蓝花的茶杯,口边描着惨淡的苦笑。荒唐也不能到这个田地。

为着赌几乎拿身子给鬼似的男子——"你抽一口的好，赌钱就赌一个精神，你看你眼里的红丝，闹病了那犯得着？"小俞最会说那一套体己话，细着一双有黑圈的眼瞅着你，不提有多么关切，他就会那一套！那天他对老五也是说一样的话！他还得用手来搀着你非得你养息他才安心似的。呸，男人，那有什么好心眼？老五早就上了他的当。哼，也不是上当，还不是老五自己说的，"进了三十六，谁还管得了美，管得了丑？""过一天是一天，"她又说，"堵死你的心，别让它有机会想，要想就活该你受！"那天我摘下我胸前那串珠子递给那脸上刻着刀疤的黑毛鬼，老五还带着笑——她那笑！——赶过来拍着我的肩膀说"好，这才够一个豪字！要赌就得拼一个精光。有什么可恋的？上不了梁山，咱们就落太湖！你就输在你的良心上，老三。"老五说话一上劲，眼里就放出一股邪光，我看了真害怕。"你非得拿你小姐的身份，一点也不肯凑和。说实话，你来得三十六门，就由不得你拿什么身份。"人真会变，五年前，就是三年前的老五那有一点子俗气，说话举止，满是够斯文的。谁想她在上海混不到几年，就会变成这鬼相，这妖气。她也满不在意，成天发疯似的混着，倒像真是一个快活人！我初跟着她跑，心上总有些低哆，话听不惯，样儿看不惯，可是现在……老三与老五能有多大分别？我的行为还不是她的行为？我有时还觉得她爽荡得有趣，倒恨我自己老是免不了腼腼腆腆的，早晚躲不了一个"良心，"老五说的。可还是的，你自己还不够变的，你看看你自己的眼看，说人家鬼相，妖气，你自己呢？原先的我，在母亲身边的孩子，在学校时代的倪秋雁，多美多响亮的一个名字，现在那还有一点点的影子？这变，喔，鬼——三小姐打了一个寒噤。地狱怕是没有底的，我这一往下沉，沉，沉，我那天再能向上爬？她觉得身子飘飘的，心也飘飘的，直往下坠——一个无底的深潭，一个魔鬼的大口。"三儿，你什么都好，"老太太又说话了。"你什么都好，就差拿不稳主意。你非得有人管，领着你向上。可是你总得自己留意，娘又不能老看着你，你又是那傲气，谁你都不服，真叫我不放心。"娘在病中喘着气还说这话。现在娘能放心不？想起真可恨！小俞、小张、老五、老八，全不是东西！可是我自己又何尝有主意。有了主意，有一点子主意，就不会有今天的狼狈。真气人！……镜里的秋雁现出无限的愤慨，恨不得把手里的茶杯掷一个粉碎，表示和丑恶的引诱绝交。但她又呷了一口。这是虹口买来的真铁观音不？明儿再买一点去，味儿真浓真香。说起，小姐，厨子说了好几次要领钱哪,他说他自己的钱都垫完了。镜里的眉梢又深深的皱上了。唔——她忽然记起了——那小黄呢,阿宝?小黄在笼子里睡着了。毛抖得松松的,小脑袋挨着小翅膀底下窝着。它今天叫了没有?我真是昏,准有十几天不自己喂它了,可怜的小黄!小黄也真知趣,仿佛装着睡存心逗它主人似的,她们正说着话它醒了,刷着它的翅膀,吱的一声跳上了笼丝,又纵过去低头到小瓷罐里捡了一口凉水,歪着一只小眼呆呆的直瞅着它的主人。也不知是为主人记起了它乐了,还是不知是见了大灯亮当是天光,它简直的放开嗓子整套的唱上了。

它这一唱就没有个完。它卖弄着它所有擅长的好腔。唱完了一支,忙着抢一口面包屑,啄一口水,再来一支,又来一支,直唱得一屋子满是它的音乐,又亮,又艳,一团快乐的迸裂,一腔情热的横流,一个诗魂的奔放。倪秋雁听呆了,镜里的秋雁也听呆了;阿宝听呆了;一屋子的家具,壁上的画,全听呆了。

三小姐对着小黄的小嗓子呆呆的看着。多精致的一张嘴,多灵巧的一个小脖子,多淘气的一双小脚,拳拳的抓住笼里那根横条,多美的一身羽毛,黄得放光,像是金丝给编的。稀小的一个鸟会有这么多的灵性?三小姐直怕它那小嗓子受不住狂唱的汹涌,你看它那小喉管的急迫的颤动,简直是一颗颗的珍珠往外接连着吐,哽住了怎么好?它不会炸吧!阿宝的口张得宽宽的,手扶着窗阑,眼里亮着水。什么都消灭了除了这头小鸟的歌唱。但在它的歌唱中却展开了一个新的世界。在这世界里一切都沾上了异样的音乐的光。

三小姐的心头展开了一个新的光亮的世界。仿佛是在一座凌空的虹桥下站着,光彩花雨似的错落在她的衣袖间,鬓发上。她一展手,光在她的胸怀里;她一张口,一球晶亮的光滑下了她的咽喉。火热的,在她的心窝里烧着。热匀匀的散布给她的肢体;美极了的一种快感。她觉得身子轻盈得像一只蝴蝶,一阵不可制止的欣快蓦地推逗着她腾空去飞舞。

虹桥上洒下了一个声音,艳阳似的正款着她的黄金的粉翅。多熟多甜的一个声音!唔是娘呀,你在那儿了?娘在廊前坐在她那湘妃竹的椅子上做着针线,带着一个玳瑁眼镜。我快活极了,娘,我要飞,飞到云端里去。从云端里望下来,娘,咱们这院子怕还没有爹爹书台上那方砚台那么大?还有娘呢,你坐在这儿做针线,那就够一个猫那么大——哈哈,娘就像是偎太阳的小阿

米!那小阿米还看得见吗?她顶多也不过一颗芝麻大,哈哈,小阿米,小芝麻。疯孩子!老太太笑着对不知门口站着的一个谁说话。这孩子疯得像什么了,成天跳跳唱唱的?你今天起来做了事没有?我有什么事做,娘?她呆呆的侧着一只小圆脸。唉,怎么好,又忘了,就知道玩!你不是自己讨差使每天院子里浇花,爹给你那个青玉花浇做什么的?要什么不给你就呆着一张脸扁着一张嘴要哭,给了你又不肯做事,你看那盆西方莲干得都快对你哭了。娘别骂,我就去!四个粉嫩的小手指鹰爪似的抓住了花浇的镂空的把手,一个小拇指翘着,她兴匆匆的从后院舀了水跑下院子去。"小心点儿,花没有浇,先浇了自己的衣服。"樱红色大朵的西方莲已经沾到了小姑娘的恩情,精圆的水珠极轻快的从这花瓣跳荡那花瓣,全沉入了盆里的泥。娘!她高声叫。娘,我要喝凉茶娘老不让,说喝了凉的要肚子疼,这花就能喝凉水吗?花要是肚子疼了怎么好?她鼓着她的小嘴唇问。花又不会嚷嚷。"傻孩子算你能干会说话,"娘乐了。

　　每回她一使她的小机灵娘就乐。"傻孩子,算你会说话,"娘总说。这孩子实在是透老实的,在座有姑妈或是姨妈或是别的客人娘就说,你别看她说话机灵,我总愁她没有主意,小时候有我看着,将来大了怎么好?可是谁也没有娘那样疼她。过来,三,你不冷吧?她最爱靠在娘的身上,有时娘还握着她的小手,替她拉齐她的衣襟,或是拿手帕替她擦去脸上的土。一个女孩子总得干干净净的,娘常说。谁的声音也没有娘的好听。谁的手也没有娘的软。

　　这不是娘的手吗?她已经坐在一张软凳上,一手托着脸,一手捻着身上的海青丝绒的衣角。阿宝记起了楼下的事已经轻轻的出了房去。小黄唱完了它的大套,还在那里发疑问似的零星的吱喳。"咦。""咦。""接理。"她听来是娘在叫她:"三,""小三,""秋雁。"她同时也望见了壁上挂着的那只芙蓉,只是她见着的另是一只芙蓉,在她回忆的繁花树上翘尾豁翅的跳跟着。"三,"又是娘的声音,她自己在病床上躺着。"三,"娘在门口说,"你猜爹给你买回什么来了?""你看!"娘已经走到床前。手提着一个精致的鸟笼,里面呆着一只黄毛的小鸟。"小三简直是迷了,"隔一天她听娘对爹说,"病都忘了有了这头鸟。这鸟是她的性命。非得自己喂。鸟一开口唱她就发愣,你没有见她那样儿,成仙也没有她那样快活,鸟一唱谁都不许说话,都得陪着她静心听。""这孩子是有点儿慧根,"爹就说。爹常说三儿有慧根。"什么叫慧根,我不懂。"她不止一回问。爹就拉着她的小手说，"爹在恭维你哪，说你比别的孩子聪明。"真的她自己也说不上，为什么鸟一唱她就觉得快活，心头热火火的不知怎么才好；可又像是难受，心头有时酸酸的眼里直流泪。她恨不得把小鸟窝在她的胸前，用口去亲它。她爱极了它。"再唱一支吧，小鸟，我再给你吃。"她常常央着它。

可是阿宝又进房来了，"小姐，想什么了，"她笑着说，"天不早，上床睡不好吗？"

秋雁站了起来，她从她的微妙的深沉的梦境里站了起来，手按上眼觉得潮潮的沾手。她深深的呼了一口气。"二十三，二十三，为什么偏不二十三？"一个愤怒的声音在她一边耳朵里响着。小俞那有黑圈的一双眼，老五的笑，那黑毛鬼脸上的刀疤，那小白丸子，运命似跳着的，又一瞥瞥的在她眼前扯过。"怎么了？"她摇了摇头，还是没有完全清醒。但她已经让阿宝扶着她，帮着她脱了衣服上床睡下。"小姐，你明天怎么也不能出门了。你累极了，非得好好的养几天。"阿宝看了小姐恍惚的样子心里也明白，着实替她难受。"唷阿宝，"她又从被里坐起身说，"你把我首饰匣子里老太太给我那串珠项圈拿给我看看。"

船上

"这草多青呀！"腴玉简直的一个大筋斗滚进了河边一株老榆树下的草里去了。她反扑在地上，直挺着身子，双手纠着一把青草，尖着她的小鼻子尽磨尽闻尽亲。"你疯了，腴腴！不怕人家笑话，多大的孩子，到了乡下来学叭儿狗打滚！"她妈嗔了。她要是真有一根矮矮的尾巴，她准会使劲的摇；这来其实是乐极了，她从没有这样乐过。现在她没有尾巴，她就摇着她的一双瘦小的脚踝，一面手支着地，扭过头来直嚷："娘！你不知道我多乐，我活了二十来岁，就不知道地上的青草可以叫我乐得发疯；娘！你也不好，尽逼着我念书，要不然就骂我，也不叫我闻闻青草是什么味儿！"她声音都哑了，两只眼睛里绽出两朵大眼泪，在日光里亮着，像是一对水晶灯。

真的她自己想着也觉得可笑；怎么的二十来岁的一位大姑娘，连草味儿都没闻着过？还有这草的颜色青的多嫩呀，像是快往下掉的水滴似的。真可爱！她又亲了一口。比什么珠子宝贝都可爱，这青草准是活的，有灵性的；就不惜你不知道她的名字，要不然你叫她一声她准会甜甜的答应你，比阿秀那丫头的声音蜜甜的多。她简直的爱上了她手里捧着的草瓣儿。她心里一阵子的发酸，一颗粗粗的眼泪直掉了下来，真巧，恰好吊在那草瓣儿上，沾着一点儿，草儿微微的动着，对！她真懂得我，她也一定替我难受。这一想开，她也不哭了。她爬了起来，她的淡灰色的哔叽裙上沾着好几块的泥印，像是绣上了绣球花似的，顶好玩，她空举着一双手也不去拂拭，心里觉得顶痛快，那半涩半香的青草味儿还是在她的鼻孔里轻轻的逗着，仿佛说别忘了我，别忘了我。她妈看着她那傻劲儿，实在舍不得再随口骂，伸手拉一拉自己的衣襟走上一步，软着声音说，"腴腴，不要疯了，快走吧。"

腴玉那晚睡在船上，这小航船已经够好玩，一个大箱子似的船舱，上面盖着芦席，两边两块顶中间嵌小方玻璃的小木窗，左边一块破了一角，右边一块长着几块疙疸儿像是水泡疮；那船艄更好玩，翘得高高的像是乡下老太太梳的元宝髻。开船的时候，那赤腿赤脚的船家就把那支又笨又重的橹安上了船尾尖上的小铁槌儿，那磨得铄亮的小铁拳儿，船家的大脚拇指往前一扁一使劲，那橹儿就推着一股水叫一声"姓纪"，船家的脚跟向后一顿，身子一仰，那橹儿就扳着一股水叫一声"姓贾"，这一纪一贾，这只怪可怜的小航船儿就在水面上晃着她的黄鱼口似的船头直向前溜，底下托托的一阵水响怪招痒的。腴玉初下船时受不惯，真的打上了好几个寒噤，但要不了半个钟头就惯了。她倒不怕晕，她在垫褥上盘腿坐着，臂膀靠着窗，看一路的景致，什么都是从不曾见过似的，什么都好玩——那横肚里长出来的树根像老头儿脱尽了牙的下巴，在风里摇摆着的芦梗，在水边洗澡的老鸦，露出半个头，一条脊背的水牛，蹲在石渡上洗衣服的乡下女孩子，仰着她那一块黄糙布似的脸子呆呆的看船，旁边站着男小孩子，不满四岁光景，头顶笔竖着一根小尾巴，脸上画着泥花，手里拿着树条，他也呆呆的看船。这一路来腴玉不住的叫着妈：这多好玩，那多好玩；她恨不得自己也是个乡下孩子，整天去弄水弄泥没有人管，但是顶有趣的是那水车，活像是一条龙，一斑斑的龙鳞从水里往上爬；乡下人真聪明，她心里想，这一来河里的水就到了田里去，谁说乡下人不机灵？喔，你看女人也来踏水的，你看他们多乐呀，两个女的，一个男的，六条腿忙得什么似的尽踩，有一个长得顶秀气，头上还戴花哪，她看着我们船直笑。妈你听呀，这不是真正的山歌！什么李花儿、桃花儿的我听不清，好听，妈，谁说做乡下人苦，你看他们做工都是顶乐的，赶明儿我外国去了回来一定到乡下来做乡下人，踏水车儿唱山歌，我真干，妈，你信不信？

她妈领着她替她的祖母看坟地来的。看地不是她的事，她这来一半天的工夫见识可长了不少。真的，你平常不出门你永远不得知道你自个儿的见识多么浅陋得可怕，连一个七八岁的乡下姑娘都赶不上，你信不信？可不是我方才拿着麦子叫稻，点着珍珠米梗子叫芋头招人家笑话。难为情，芋头都认不清，那光头儿的大荷叶多美；榆钱儿也好玩，真像小钱，我书上念过，可从没有见过，我捡了十几个整圆的拿回去给妹妹看。还有那瓜蔓也有趣，像是葡萄藤，沿着棚匀匀的爬着，方才那红眼的小养媳妇告诉我那是南瓜，到了

夏天长得顶大顶大的,有的二十斤重,挂在这细条子上,风吹雨打都不易掉,你说这天下的东西造的多灵巧多奇怪呀。这晚上她睡在船舱里怎么也睡不着。腿有点儿酸,白天路跑多了。眼也酸,可又阖不紧,还是开着吧。舱间里黑沉沉的,妈已经睡着了,外舱老妈子丫头在那儿怪寒伧的打呼。她偏睡不着,脑筋里新来的影子真不少,像是家里有事情屋子里满了的全是外来的客,有的脸熟,有的不熟;又像是迎会,一道道的迎过去;又像是走马灯,转了去又回来了。一纪一贾的橹声,轧轧的水车,那水面露着的水牛鼻子,那一田的芋头叶,那小孩儿的赤腿,吃晚饭时乡下人拿进来那碗螺蛳肉,桃花李花的山歌,那座小木桥,那家带卖茶的财神庙,那河边青草的味儿……全在这儿,全在她的脑壳里挤着,也许他们从此不出去了。这新来客一多,原来的家里人倒像是躲起来了,腴玉,这天以前的腴玉,她的思想,她的生活,她的烦恼,她的忧愁,全躲起来了,全让这头水牛鼻子螺蛳肉挤跑了;她仿佛是另投了胎,换了一个人似的,就连睡在她身边的妈都像是离得很远,简直不像是她亲娘, 她仿佛变了那赤着腿脸上涂着泥手里拿着树条站在河边瞪着眼的小孩儿,不再是她原来的自己。哦,她的梦思风车似的转着,往外跳的谷皮全是这一天的新经验,与那二十年间在城市生长养大的她绝对的联不起来,这是怎么回事……

她翻过身去,那块长疙疤的小玻璃窗外天光望见了她。咦,她果然是在一只小航船里躺着,并不是做梦。窗外白白的是什么光呀,她一仰头正对着岸上那株老榆树顶上爬着的几条月亮,本来是个满月,现在让榆树叶子揉碎了。那边还有一颗顶亮的星,离着月亮不远,腴玉益发的清醒。这时船身也微微的侧动,船尾那里隐隐的听出水声,像是虫咬什么似的响着,远远的风声、狗叫声也分明的听着,她们果然是在一个荒僻的乡下过夜,也不觉得害怕,多好玩呀!再看那榆树顶上的月亮,这月色多清,一条条的光亮直打到你眼里呀, 叫你心窝里一阵阵的发冷,叫你什么不愿意想着的事情全想了起来,呀,这月光……

这一转身,一见月光,二十年的她就像孔雀开屏似的花斑斑的又支上了心来。满屋子的客人影子都不见了。她心里一阵子发冷,她还是她,她的忧愁,她的烦恼,压根儿就没有离着她——她妈也转了一个身,她的迟重的呼吸就在她的身旁。

春
痕

一 瑞香花——春

逸清早起来，已经洗过澡，站在白漆的镜台前，整理他的领结。窗纱里漏进来的晨曦，正落在他梳栉齐整漆黑的发上，像一流灵活的乌金。他清癯的颊上，轻沾着春晓初起的嫩红，他一双睫绒密绣的细长妙目，依然含漾着朝来梦里的无限春意，益发激动了他 Narcissus 自怜的惯习，痴痴地尽向着镜里端详。他圆小锐敏的睛珠，也同他头发一般的漆黑光亮，在一泻清利之中，泄漏着几分忧郁凝滞，泄漏着精神的饥渴，像清翠的秋山轻罩着几痕雾紫。

他今年二十三岁，他来日本方满三月，他迁入这省花家，方只三日。

他凭着他天赋的才调生活风姿，从幼年便想肩上长出一对洁白蛴嫩的羽翮，望着精焰斑斓的晚霞里，望着出岫倦展的春云里，望着层晶叠翠的秋天里，插翅飞去，飞上云端，飞出天外，去听云雀的欢歌，听天河的水乐，看群星的联舞，看宇宙的奇光，从此加入神仙班籍，凭着九天的白的玉阑干，于天朗气清的晨夕，俯看下界的烦恼尘俗，微笑地生怜，怜悯地微笑。那是他的幻想，也是多数未经生命严酷教训的少年们的幻想。但现实粗狠的大槌，早已把他理想的晶球击破，现实卑琐的尘埃，早已将他洁白的希望掩染。他的头还不曾从云外收回，他的脚早已在污泥里泞住。

他走到窗前，把窗子打开，只觉得一层浓而且劲的香气，直刺及灵府深处，原来楼下院子里满地都是盛开的瑞香花，那些紫衣白发的小姑子们，受

了清露的涵濡，春阳的温慰，便不能放声曼歌，也把她们襟底怀中脑边蕴积着的清香，迎着缓拂的和风，欣欣摇舞，深深吐泄，只是满院的芬芳，只勾引无数的小蜂，迷醉地环舞。

三里外的桑抱群峰也只在和暖的朝阳里欣然沉浸。

逸独立在窗前，估量这些春情春意，双手插在裤袋里，微曲着左膝，紧啮住浅绛的下唇，呼出一声幽唱，旋转身掩面低吟道：可怜这万种风情无地着！

紧跟着他的吟声，只听得竹篱上的门铃，喧然大震，接着邮差迟重的嗓音唤道："邮便！"

一时篱上各色的藤花藤叶，轻波似颤动，白果树上的新燕呢喃也被这铃声喝住。

省花夫人手拿着一张美丽的邮片笑吟吟走上楼来对逸说道："好福气的先生，你天天有这样美丽的礼物到手。"说着把信递入他手。

果然是件美丽的礼物：这张比昨天的更觉精雅，上面写的字句也更妩媚，逸看到她别致的签名，像燕尾的瘦，梅花的疏，立刻想起她亭亭的影像，悦耳的清音，接着一阵复凑的感想，不禁四肢的神经里，迸出一味酸情，迸出一些凉意。他想出了神，无意地把手里的香迹，送向唇边，只觉得兰馨满口，也不知香在片上，也不知香在字里，——他神魂迷荡了。

一条不甚宽广但很整洁的乡村道上，两旁种着各式的树木，地上青草里，夹缀着点点金色、银色的钱花。这道上在这初夏的清晨除了牛奶车、菜担以外，行人极少。但此时铃声响处，从桑抱山那方向转出一辆新式的自行车，上面坐着一个西装的少女，二十岁光景。她黯黄的发，临风蓬松着，用一条浅蓝色丝带络住，她穿着一身白纱花边的夏服，鞋袜也一体白色；她丰满的肌肉，健康的颜色，捷灵的肢体，愉快的表情，恰好与初夏自然的蓬勃气象和合一致。

她在这清静平坦的道上，在榆柳浓馥的阴下，像飞燕穿帘似的，疾扫而过；有时俯偻在前枢上，有时撒开手试她新发明的姿态，时不时用手去理整她的外裳，因为孟浪的风尖常常挑翻她的裙序，像荷叶反卷似的，泄露内衬的秘密。一路的草香花味，树色水声，云光鸟语，都在她原来欣快的心境里，更增加了不少欢畅的景色——她如山中的梅花小鹿，一般的美，一般的活泼。

　　自行车到藤花杂生的篱门前停了，她把车倚在篱旁，扑去了身上的尘埃，掠齐了鬈发，将门铃轻轻一按，把门推开，站在门口低声唤道："省花夫人，逸先生在家吗？"

　　说着心头跳个不住，颊上也是点点桃花，染入冰肌深浅。

　　那时房东太太不在家，但逸在楼上闲着临帖，早听见了，就探首窗外，一见是她，也似感了电流一般，立刻想飞奔下去。但她接着喊道，她也看见了："逸先生，早安，请恕我打扰，你不必下楼，我也不打算进来，今天因为天时好，我一早就出来骑车，便道到了你们这里，你不是看我说话还喘不过气来，你今天好吗？啊，乘便，今天可以提早一些，你饭后就能来吗？"

　　她话不曾说完，忽然觉得她鞋带散了，就俯身下去收拾，阳光正从她背后照过来，将她描成一个长圆的黑影，两支腰带，被风动着，也只在影里摇颤，恰像一个大蜗牛，放出他的触须侦探意外的消息。

　　"好极了，春痕姑娘！……我一定早来……但你何不进来坐一歇呢？……你不是骑车很累了吗？……"

　　春痕已经缚紧了鞋带，倚着竹篱，仰着头，笑答道："很多谢你，逸先生，我就回去了。你温你的书吧，小心答不出书，先生打你的手心。"格支地一阵憨笑，她的眼本来秀小，此时连缝儿都莫有了。

　　她一欠身，把篱门带上，重复推开，将头探入；一支高出的藤花，正贴住她白净的腮边，将眼瞟着窗口看呆了的逸笑道："再会罢，逸！"

　　车铃一响，她果然去了。

　　逸飞也似驰下楼去出门望时，只见榆荫错落的黄土道上，明明镂着她香轮的踪迹，远远一簇白衫，断片铃声，她，她去了。

　　逸在门外留恋了一会，转身进屋，顺手把方才在她腮边撩拂那支乔出的藤花，折了下来恭敬地吻上几吻；他耳边还只荡漾着她那"再会罢，逸！"的那个单独"逸"字的蜜甜音调：他又神魂迷荡了。

二　红玫瑰——夏

　　"是逸先生吗？"春痕在楼上喊道："这里没有旁人，请上楼来。"

　　春痕的母亲是旧金山人，所以她家的布置也参酌西式。楼上正中一间就是春痕的书室，地板上铺着匀净的台湾细席，疏疏的摆着些几案榻椅，窗口一大盆的南洋大榈,正对着她凹字式的书案。

逸以前上课,只在楼下的客堂里,此时进了她素雅的书屋,说不出有一种甜美愉快的感觉。春痕穿一件浅蓝色纱衫,发上的缎带也换了亮蓝色,更显得妩媚绝俗。她拿着一管斑竹毛笔,正在绘画,案上放着各品的色碟和水盂。逸进了房门,她才缓缓地起身,笑道:"你果然能早来,我很欢喜。"

逸一面打量屋内的设备,一面打量他青年美丽的教师,连着午后步行二里许的微喘,颇露出些踟蹰的神情,一时连话也说不连贯。春痕让他一张椅上坐了,替他倒了一杯茶,口里还不住地说她精巧的寒暄。逸喝了口茶,心头的跳动才缓缓的平了下来,他瞥眼见了春痕桌上那张鲜艳的画,就站起来笑道:"原来你又是美术家,真失敬,春痕姑娘,可以准我赏鉴吗?"

她画的是一大朵红的玫瑰,真是一枝浓艳露凝香,一瓣有一瓣的精神,充满了画者的情感,仿佛是多情的杜鹃,在月下将心窝抵入荆刺沥出的鲜红心血,点染而成,几百阕的情词哀曲,凝化此中。

"那是我的鸦涂,那里配称美术,"说着她脸上也泛起几丝红晕,把那张水彩趖趄地递入逸手。

逸又称赞了几句,忽然想起西方人用花来作恋爱情感的象征,记得红玫瑰是"我爱你"的符记,不禁脱口问道:"但不知那一位有福的,能够享受这幅精品,你不是预备送人的吗?"

春痕不答。逸举头看时,只见她倚在凹字案左角,双手支着案,眼望着手,满面绯红,肩胸微微有些震动。

逸呆望着这幅活现的忸怩妙画,一时也分不清心里的反感,只觉得自己的颧骨耳根,也平增了不少的温度;此时春痕若然回头,定疑心是红玫瑰的朱颜,移上了少年的肤色。

临了这一阵缄默,这一阵色彩鲜明的缄默,这一阵意义深长的缄默,让窗外桂树上的小雀,吱的一声啄破。春痕转身说道:"我们上课罢。"她就坐下打开一本英文选,替他讲解。

功课完毕,逸起身告辞,春痕送他下楼,同出大门,此时斜照的阳光正落在桑抱的峰巅岩石上,像一片斑驳的琥珀,他们看着称美一番,逸正要上路。春痕忽然说:

"你候一候,有件东西忘了带走。"她就转身进屋去,过了一分钟,只见她红涨着脸,拿着一纸卷递给逸说:"这是你的,但不许此刻打开看!"接着匆匆说了声再会,就进门去了。逸左臂夹着书包,右手握着春痕给他的纸卷,想不清她为何如此慌促,禁不住把纸卷展开,这一展开,但觉遍体的纤微,顿时为感激欣喜悲切情绪的弹力撼动,原来纸卷的内容,就是方才那张水彩,春痕亲笔的画,她亲笔画的红玫瑰——他神魂又迷荡了。

三　茉莉花——秋

逸独坐在他房内,双手展着春痕从医院里来的信,两眼平望,面容淡白,眉峰间紧锁住三四缕愁纹;她病了。窗外的秋雨,不住地沥渐,他怜爱的思潮,也不住地起落。逸的联想力甚大,譬如他看花开花放就想起残红满地;身历繁华声色,便想起骷髅灰烬;临到欢会,便想惋别;听人病苦,便想暮祭。如今春痕病了,在院中割肠膜,她写的字也失了寻常的劲致,她明天得医生特许可以准客入见,要他一早就去。逸为了她病,已经几晚不安眠,但远近的思想不时涌入他的脑府。他此时所想的是人生老病死的苦痛,青春之短促。他悬想着春痕那样可爱的心影,疑问像这样一朵艳丽的鲜花,是否只要有恋爱的温润便可常葆美质;还是也同山谷里的茶花,篱上的藤花,也免不了受风摧雨虐,等到活力一衰,也免不了落地成泥。但他无论如何拉长缩短他的想象,总不能想出一个老而且丑的春痕来!他想圣母玛丽不会老,观世音大士不会老,理想的林黛玉不会老,青年理想中的爱人又如何会老呢?他不觉微笑了。转想他又沉入了他整天整晚迷恋的梦境;他最恨想过去,最爱想将来,最恨回想,最爱前想,过去是死的丑的痛苦的枉费的;将来是活的美的幸福的创造的;过去像块不成形的顽石,满长着可厌的狷草和刺物;将来像初出山的小涧,只是在青林间舞蹈,只是在星光下歌唱,只是在精美的石梁上行进。他廿余年麻木的生活,只是个不可信,可厌的梦;他只求抛弃这个记忆;但记忆是富有黏性的,你愈想和他脱离,结果胶附得愈紧愈密切。他此时觉得记忆的压制愈重,理想的将来不过只是烟淡云稀,渺茫明灭,他就狠劲把头摇了几下,把春痕的信折了起来,披了雨衣,换上雨靴,夹了一把伞独自下楼出门。

他在雨中信步前行,心中杂念起灭,竟走了三里多路,到了一条河边。沿河有一列柳树,已感受秋运,枝条的翠色,渐转苍黄,此时仿佛不胜秋雨的重

量,凝定地俯看流水,粒粒的泪珠,连着先凋的叶片,不时掉入波心悠然浮去。时已薄暮,河畔的颜色声音,只是凄凉的秋意,只是增添惆怅人的惆怅。天上绵般的云似乎提议来裹埋他心底的愁思,草里断续的虫吟,也似轻嘲他无聊的意绪。

逸踯躅了半晌,不觉秋雨满襟,但他的思想依旧缠绵在恋爱老死的意义,他忽然自言道:"人是会变老变丑,会死会腐朽,但恋爱是长生的;因为精神的现象决不受物质法律的支配;是的,精神的事实,是永久不可毁灭的。"

他好像得了难题的答案,胸中解释了不少的积重,抖下了雨衣上的雨珠,就转身上归家的路。

他路上无意中走入一家花铺,看看初菊,看看迟桂,最后买了一束茉莉,因为他香幽色淡,春痕一定喜欢。

他那天夜间又不曾安眠,次日一早起来,修饰了一晌,用一张蓝纸把茉莉裹了,出门往医院去。

"你是探望第十七号的春痕姑娘吗?"

"是。"

"请这边走。"

逸跟着白衣灰色裙的下女,沿着明敞的走廊,一号二号,数到了第十七号。浅蓝色的门上,钉着一张长方形的白片,写着很触目的英字:

"No. 17 Admitting no visitors except the patient's mother and Mr.Yi"

"第十七号。除病人母亲及逸君外,他客不准入内。"

一阵感激的狂潮,将他的心府淹没;逸回复清醒时,只见房门已打开,透出一股酸辛的药味,里面恰丝毫不闻音息。逸脱了便帽,企着足尖,进了房门——依旧不闻音息。他先把房门掩上,回身看时,只见这间长形的室内,一体白色,白墙白床,一张白毛毡盖住的沙发,一张白漆的摇椅,一张小几,一个唾盂。床安在靠窗左侧,一头用矮屏围着。逸走近床前时,只觉灵魂底里发出一股寒流,冷激了四肢全体。春痕卧在白布被中,头戴白色纱巾,垫着两个白枕,眼半阖着,面色惨淡得一点颜色的痕迹都没有,几乎和白枕白被不可辨认,床边站着一位白巾白衣态度严肃的看护妇,见了逸也只微颔示意,逸此时全身的冰流重复回入灵府,凝成一对重热的泪珠,突出眶帘。他定了定神俯身下去,小语道:"我的春痕,你……吃苦了!……"那两颗热泪早已跟着颤动的音波在他面上筑成了两条泪沟,后起的还频频涌出。

春痕听了他的声音,微微睁开她倦绝的双睫,一对铅似重钝的睛球正对着他热泪溶溶的湿眼;唇腮间的筋肉稍稍缓弛,露出一些勉强的笑意,但一转瞬她的腮边也湿了。

"我正想你来,逸,"她声音虽则细弱,但很清爽,"多谢天父,我的危险已经过了!你手里拿的不是给我的花吗?"说着笑了,她真笑了。

逸忙把纸包打开,将茉莉递入她已从被封里伸出的手,也笑说道:"真是,我倒忘了,你爱不爱这茉莉?"

春痕已将花按在口鼻间,阖拢了眼,似乎经不住这强烈香味;点了点头,说:"好,正是我心爱的;多谢你。"

逸就在床前摇椅上坐下,问她这几日受苦的经过。

过了半点钟,逸已经出院,上路回家。那时的心影,只是病房的惨白颜,耳畔也只是春痕零落屡弱的音声。——但他从进房时起,便引起了一个奇异的幻想。他想见一个奇大的坟窟,沿边齐齐列着黑衣送葬的宾客,这窟内黑沉沉地不知有多少深浅,里面却埋着世上种种的幸福,种种青年的梦境,种种悲哀,种种美丽的希望,种种污染了残缺了的宝物,种种恩爱和怨艾,在这些形形色色的中间,又埋着春痕,和在病房一样的神情,和他自己——春痕和他自己!

逸——他的神魂又是一度迷荡。

四　桃花李花处处开——十年后春

此时正是清明时节,箱根一带满山满谷,尽是桃李花竞艳的盛会。这边是红锦,那边是白雪,这边是火焰山,那边是银涛海;春阳也大放骄矜艳丽的光辉来笼盖这骄矜艳丽的花园,万象都穿上最精美的袍服,一体的欢欣鼓舞,庆祝春明。整个世界只是一个妩媚的微笑;无数的生命,只是报告他们的幸福:到处是欢乐,到处是希望,到处是春风,到处是妙乐。

今天各报的正张上,都用大号字登着欢迎支那伟人的字样。那伟人在国内立了大功,做了大官,得了大名,如今到日本,他从前的留学国,来游历考察,一时哄动了全国注意,朝野一体欢迎,到处宴会演说,演说宴会,大家争求一睹丰采,尤其因为那伟人是个风流美丈夫。

那伟人就是十年前寄寓在省花家瑞香花院子里的少年；他就是每天上春痕姑娘家习英文的逸。

他那天记起了他学生时代的踪迹，忽发雅兴，坐了汽车，绕着桑抱山一带行驶游览，看了灿烂缤纷的自然，吸着香甜温柔的空气，甚觉舒畅愉快。

车经过一处乡村，前面被一辆载木料的大车拦住了进路，只得暂时停着等候。车中客正瞭望桑抱一带秀特的群峰，忽然春痕的爱影，十年来被事业尘埃所掩翳的爱影，忽然重复历历心中，自从那年匆匆被召回国，便不闻春痕消息，如今春色无恙，却不知春痕何往，一时动了人面桃花之感，连久干的睫睫也重复潮润起来。

但他的注意，却半在观察村街的陋况，不整齐的店铺，这里一块铁匠的招牌，那首一张头痛膏的广告，别饶风趣。

一家杂货铺里，走来一位主客，一个西装的胖妇人，她穿着蓝呢的冬服，肘下肩边都已霉烂，头戴褐色的绒帽，同样的破旧，左手抱着一个将近三岁的小孩，右臂套着一篮的杂物——两棵青菜，几枚蛤蜊，一枝蜡烛，几匣火柴——方才从店里买的。手里还挽着一个四岁模样的女孩，穿得也和她母亲一样不整洁。那妇人蹒跚着从汽车背后的方向走来，见了这样一辆美丽的车和车里坐着的华服客，不觉停步注目。远远的看了一晌，她索性走近了，紧靠着车门，向逸上下打量。看得逸到烦腻起来，心想世上那有这样臃肿拳曲不识趣的妇人……

那妇人突然操英语道："请饶恕我，先生，但你不是中国人逸君吗？"

他想又逢到了一个看了报上照相崇拜英雄的下级妇女，但他还保留他绅士的态度，微微欠身答道："正是，夫人。"淡淡说着，漫不经意的模样。

但那妇人急接说道："果然是逸君！但是难道你真不认识我了？"

逸免不得凝眸向她辨认：只见丰眉高颧，鼻梁有些陷落，两腮肥突，像一对熟桃；就只那细小的眼眶，和她方才"逸君"那声称呼，给他一些似曾相识的模糊印象。

"我十分的抱歉，夫人！我近来的记忆力实在太差，但是我现在敢说我们确是曾经会过的。"

"逸君你的记忆真好！你难道真忘了十年前伴你读英文的人吗？"

逸跳了起来，说道："难道你是春……"但他又顿住了，因为他万不能相信他脑海中一刻前活泼可爱的心影，会得幻术似的变形为眼前粗头乱服左

男右女又肥又蠢的中年妇人。

但那妇人却丝毫不顾恋幻象的消散,丝毫不感觉哲理的怜悯;十年来做妻做母负担的专制,已经将她原有的浪漫根性,杀灭尽净;所以她宽弛的喉音替他补道:"春……痕,正是春痕,就是我,现在三……夫人。"

逸只觉得眼前一阵昏沉,也不曾听清她是三什么的夫人,只瞪着眼呆顿。

"三井夫人,我们家离此不远,你难得来此,何不乘便过去一坐呢?"

逸只微微的颔首,她已经将地址吩咐车夫,拉开车门,把那小女孩先送了上去,然后自己抱着孩子挽着筐子也挤了进来。那时拦路的大车也已经过去,他们的车,不上三分钟就到了三井夫人家。

一路逸神意迷惘之中,听她诉说当年如何嫁人,何时结婚,丈夫是何职业,今日如何凑巧相逢;请他不要介意她寒素嘈杂的家庭,以及种种等等,等等种种。

她家果然并不轩敞,并不恬静。车止门前时便有一个七八岁赤脚乱发的小孩,高喊着:"娘坐了汽车来了……"跳了出来。

那漆髹驳落的门前,站着一位满面皱纹,弯背驼腰的老妇人,她介绍给逸,说是她的姑;老太太只咳嗽了一声,向来客和她媳妇,似乎很好奇似地溜了一眼。

逸一进门,便听得后房哇的一声婴儿哭:三井夫人抱怨她的大儿,说定是他顽皮又把小妹惊醒了。

逸随口酬答了几句话,也没有喝她紫色壶倒出来的茶,就伸出手来向三井夫人道别,勉强笑着说道:"三井夫人,我很羡慕你丰满的家庭生活,再见罢!"

等到汽轮已经转动,三井夫人还手抱着褓褓的儿,身旁立着三个孩子,一齐殷勤地招手,送他的行。

那时桑抱山峰,依旧沉浸在艳日的光流中,满谷的樱花桃李,依旧竞赛妖艳的颜色,逸的心中,依旧涵葆着春痕当年可爱的影像。但这心影,只似梦里的紫丝灰线所织成,只似远山的轻霭薄雾所形成,淡极了,微妙极了,只要蝇蚊的微嗡,便能刺碎,只要春风的指尖,便能挑破。……

『浓得化不开』
（星加坡）

大雨点打上芭蕉有铜盘的声音，怪。"红心蕉"，多美的字面，红得浓得好。要红，要热，要烈，就得浓，浓得化不开，树胶似的才有意思，"我的心像芭蕉的心，红……"不成！"紧紧的卷着，我的红浓的芭蕉的心……"更不成。趁早别再诌什么诗了。自然的变化，只要你有眼，随时随地都是绝妙的诗，完全天生的，白做就不成。看这骤雨，这万千雨点奔腾的气势，这迷蒙，这渲染，看这一小方草地生受这暴雨的侵凌，鞭打，针刺，脚踹，可怜的小草，无辜的……可是慢着，你说小草要是会说话，它们会嚷痛，会叫冤不？难说他们就爱这门儿——出其不意的，使蛮劲的，太急一些，当然，可这正见情热，谁说这外表的凶狠不是变相的爱。有人就爱这急劲儿！

再说小草儿吃亏了没有，让急雨狼虎似的胡亲了这一阵子？别说了，它们这才真漏着喜色哪，绿得发亮，绿得发油，绿得放光。它们这才乐哪！

呒，一首淫诗，蕉心红得浓，绿草绿成油。本来末，自然就是淫，它那从来不知厌满的创化欲的表现还不是淫：淫，甚也。不说别的，这雨后的泥草间就是万千小生物的胎宫，蚊虫，甲虫，长脚虫，青跳虫，慕光明的小生灵，人类的大敌。热带的自然更显得浓厚，更显得猖狂，更显得淫，夜晚的星都显得玲珑些，像要向你说话半开的妙口似的。

可是这一个人躺在旅舍里看雨，够多凄凉。上街不知向那儿转，一张熟脸都看不见，话都说不通，天又快黑，胡湿的地，你上那儿去？得。"有孤王……"一个小声音从廉枫的嗓子里自己唱了出来。"坐至在梅……"怎么了！哼起京调来了？一想着单身就转着梅龙镇，再转就该是李凤姐了吧，哼！好，从高超的诗思堕落到腐败的戏腔！可是京戏也不一定是腐败，何必一定得跟着现代人学势利？正德皇帝在梅龙镇上，林廉枫在星加坡。他有凤姐，我——惭愧没有。廉枫的眼前晃着舞台上凤姐的倩影，曳着围巾，托着盘，踏着跷。"自幼儿"……去你的！可是这闷是真的。雨后的天黑得更快，黑影一幕幕的直盖下来，麻雀儿都回家了。干什么好呢？有什么可干的？这叫做孤单的况味。这叫做闷。怪不得唐明皇在斜谷口听着栈道中的雨声难过，良心发见，想着玉环……我负了卿，负了卿……转自忆荒茔，——呒，又是戏！又不是戏迷，左哼右哼哼什么的！出门吧。

廉枫跳上了一架厂车，也不向那带回子帽的马来人开口，就用手比了一个丢圈子的手势。那马来人完全了解，脑袋微微的一侧，车就开了。焦桃片似的店房，黑芝麻长条饼似的街，野兽似的汽车，磕头虫似的人力车，长人似的树，矮树似的人。廉枫在急掣的车上快镜似的收着模糊的影片，同时顶头风刮得他本来梳整齐的分边的头发直向后冲，有几根沾着他的眼皮痒痒的舐，掠上了又下来，怪难受的。这风可真凉爽，皮肤上，毛孔里，那儿都受用，像是在最温柔的水波里游泳。做鱼的快乐。气流似乎是密一点，显得沉。一只疏荡的胳膊压在你的心窝上……确是有肉糜的气息，浓得化不开。快，快，芭蕉的巨灵掌，椰子树的旗头，橡皮树的白鼓眼，棕榈树的毛大腿，合欢树的红花痢，无花果树的要饭腔，蹲着脖子，弯着臂膊……快，快：马来人的花棚，中国人家的毡灯，西洋人家的牛奶瓶，回子的回子帽，一脸的黑花，活像一只煨灶的猫……

车忽然停住在那有名的潴水潭的时候，廉枫快活的心轮转得比车轮更显得快，这一顿才把他从幻想里锤了回来。这时候旅困是完全叫风给刮散了。风也刮散了天空的云，大狗星张着大眼霸占着东半天，猎夫只看见两只腿，天马也只漏半身，吐鲁士牛大哥只翘着一支小尾。咦，居然有湖心亭。这是谁的主意？红毛人都雅化了，唉，不坏，黄昏未死的紫曛，湖边丛林的倒影，林树间艳艳的红灯，瘦玲玲的窄堤桥连通着湖亭。水面上若无若有的涟漪，天顶几颗疏散的星，真不坏。但他走上堤桥不到半路就发现那亭子里一齿齿的把柄，原来这是为安量水表的，可这也将就，反正轮廓是一座湖亭，平湖秋月……呒，有人在哪！这回他发见的是靠亭阑的一双人影，本来是糊成一饼的，他一走近打搅了他们。"道歉，有扰清兴，但我还不只是一朵游云，虑俺作甚。"廉枫默诵着他戏白的念头，粗粗望了望湖，转身走了回去。"苟……"他坐上车起首想，但他记起了烟卷，忙着在风尖上划火，下文如其有，也在他第一喷龙卷烟里没了。

廉枫回进旅店门仿佛又投进了昏沉的圈套，一阵热，一阵烦，又压上了他在晚凉中疏爽了来的心胸。他正想叹一口安命的气走上楼去，他忽然感到一股彩流的袭击从右首窗边的桌座上飞骤了过来。一种巧妙的敏锐的刺激，一种浓艳的警告，一种不是没有美感的迷惑。只有在巴黎晦盲的市街上走进新派的画店时，仿佛感到过相类的惊惧。一张佛拉明果的野景，一幅玛提斯的窗景，或是佛朗次马克的一方人头马面。或是马克夏高尔的一个卖菜老头。可这是怎么了，那窗边又没有挂什么未来派的画，廉枫最初感觉到的是一球大红，像是火焰；其次是一片乌黑，墨晶似的浓，可又花须似的轻柔；其次是一流蜜，金漾漾的一泻，再次是朱古律（Chocolate），饱和着奶油最可口的朱古律。这些色感因为浓，初来显得凌乱，但瞬息间线条和轮廓的辨认笼住了色彩的蓬勃的波流。廉枫幽幽的喘了一口气。"一个黑女人，什么了！"可是多妖艳的一个黑女，这打扮真是绝了，艺术的手腕神化了天生的材料，好！乌黑的惺忪的是她的发，红的是一边鬓角上的插花，蜜色是她的玲巧的挂肩，朱古律是姑娘的肌肤的鲜艳，得儿朗打打，得儿铃丁丁……廉枫停步在楼梯边的欣赏不期然的流成了新韵。

"还漏了一点小小的却也不可少的点缀，她一只手腕上还带着一小只金环哪。"廉枫上楼进了房还是尽转着这绝妙的诗题——色香味俱全的奶油朱古律，耐宿儿老牌，两个便士一厚块，拿铜子往轧缝里放，一，二，再拉那铁环，喂，一块印金字红纸包的耐宿儿奶油朱古律。可口！最早黑人上画的怕是孟内那张《奥林比亚》吧，有心机的画家，廉枫躺在床上在脑筋里翻着近代的画史。有心机有胆识的画家，他不但敢用黑，而且敢用黑来衬托黑，唉，那斜躺着的奥林比亚不是鬓上也插着一朵花吗？底下的那位很有点像奥林比亚的抄本，就是白的变黑了。但最早对朱古律的肉色表示敬意的可还得让还高根，对了，就是那味儿，浓得化不开，他为人间，发见了朱古律皮肉的色香味，他那本 Noa, Noa 是二十世纪的"新生命"——到半开化，全野蛮的风土间去发见文化的本真，开辟文艺的新感觉……

但底下那位朱古律姑娘倒是作什么的？作什么的，傻子！她是一个人道主义者，一筏普济的慈航，她是赈灾的特派员，她是来慰藉旅人的幽独的。可惜不曾看清她的眉目，望去只觉得浓，浓得化不开，谁知道她眉清还是目秀。

眉清目秀!思想落后!唯美派的新字典上没有这类腐败的字眼。且不管她眉目,她那姿态确是动人,怯怜怜的,简直是秀丽,衣服也剪裁得好,一头蓬松的乌霞就耐人寻味。"好花儿出至在僻岛上!"廉枫闭着眼又哼上了。……

"谁",窸窣的门响将他从床上惊跳了起来,门慢慢的自己开着,廉枫的眼前一亮,红的!一朵花;是她!进来了,这怎么好!镇定,傻子,这怕什么。

她果然进来了,红的、蜜的、乌的、金的、朱古律、耐宿儿、奶油,全进来了。你不许我进来吗?朱古律笑口的低声的唱着,反手关上了门。这回眉目认得清楚了清秀,秀丽,韶丽;不成,实在得另翻一本字典,可是"妖艳",总合得上。廉枫迷糊的脑筋里挂上了"妖""艳"两个大字。朱古律姑娘也不等请,已经自己坐上了廉枫的床沿。你倒像是怕我似的,我又不是马来半岛上的老虎!朱古律的浓重的色浓重的香团团围裹住了半心跳的旅客。浓得化不开!李凤姐,李凤姐,这不是你要的好花儿自己来了!笼着金环的一只手腕放上了他的身,紫姜的一只小手把住了他的手。廉枫从没有知道他自己的手有那样的白。"等你家哥哥回来"……廉枫觉得他自己变了骤雨下的小草,不知道是好过,也不知道是难受。湖心亭上那一饼子黑影。大自然的创化欲。你不爱我吗?朱古律的声音也动人——脆,幽,媚。一只青蛙跳进了池潭,扑崔!猎户该从林子里跑出来了吧?你不爱我吗?我知道你爱,方才你在楼梯边看我我就知道,对不对亲孩子?紫姜辣上了他的面庞,救驾!快辣上他的口唇了。可怜的孩子,一个人住着也不嫌冷清,你瞧,这胖胖的荷兰老婆都让你抱瘪了,你不害臊吗?廉枫一看果然那荷兰老婆让他给挤扁了,他不由的觉得脸有些发烧。我来做你的老婆好不好?朱古律的乌云都盖下来了。"有孤王……"使不得。朱古律,盖苏文,青面獠牙的……"干米一家的姑母,"血盆的大口,高耸的颧骨,狼嗥的笑响……鞭打,针刺,脚踢——喜色,呸,见鬼!唷,闷死了,不好,茶房!

廉枫想叫可是嚷不出,身上油油的觉得全是汗。醒了醒了,可了不得,这心跳得多厉害。荷兰老婆活该遭劫,夹成了一个破烂的葫芦。廉枫觉得口里直发腻,紫姜,朱古律,也不知是什么,浓得化不开。

　　廉枫到了香港，他见的九龙是几条盘错的运货车的浅轨，似乎有头，有尾，有中段，也似乎有隐现的爪牙，甚至在火车头穿度那栅门时似乎有迷漫的云气。中原的念头，虽则有广九车站上高标的大钟的暗示，当然是不能在九龙的云气中幸存。这在事实上也省了许多无谓的感慨。因此眼看着对岸，屋宇像樱花似盛开着的一座山头，如同对着希望的化身，竟然欣欣的上了渡船。从妖龙的脊背上过渡到希望的化身去。

　　富庶，真富庶，从街角上的水果摊看到中环乃至上环大街的珠宝店；从悬挂得如同 Banyan 树一般繁衍的腊食及海味铺看到穿着定阔花边艳色新装走街的粤女；从石子街的花市看到饭店门口陈列着"时鲜"的花狸金钱豹以及在浑水盂内倦卧着的海狗鱼，惟一的印象是一个不容分析的印象：浓密，琳琅，琳琅，琳琅，廉枫似乎听得到钟磬相击的声响。富庶，真富庶。

　　但看香港，至少玩香港少不了坐吊盘车上山去一趟。这吊着上去是有些好玩。海面、海港、海边，都在轴辘声中继续的往下沉。对岸的山，龙蛇似盘旋着的山脉，也往下沉。但单是直落的往下沉还不奇，妙的是一边你自身凭空的往上提，一边绿的一角海，灰的一垅山，白的方的房屋，高直的树，都怪相的一头吊了起来，结果是像一幅画斜提着看似的。同时这边的山头从平放的馒头变成侧竖的，山腰里的屋子从横刺里倾斜了去，相近的树木也跟着平行的来。怪极了。原来一个人从来不想到他自己的地位也有不端正的时候；你坐在吊盘车里只觉得眼前的事物都发了疯，倒竖了起来。

　　但吊盘车的车里也有可注意的。一个女性在廉枫的前几行椅座上坐着。

她满不管车外拿大鼎的世界，她有她的世界。她坐着，屈着一只腿，脑袋有时枕着椅背，眼向着车顶望，一个手指含在唇齿间。这不由人不注意。她是一个少妇与少女间的年轻女子。这不由人不注意，虽则车外的世界都在那里倒竖着玩。

她在前面走。上山，左转弯，右转弯，宕一个山腰的弧线，她在前面走。沿着山堤，靠着岩壁，转入 Aloe 丛中，绕着一所房舍，抄一摺小径，拾几级石磴，她在前面走。如其山路的姿态是婀娜，她的也是的。灵活的山的腰身，灵活的女人的腰身。浓浓的折叠着，融融的松散着。肌肉的神奇！动的神奇！

廉枫心目中的山景，一幅幅的舒展着，有的山背海，有的山套山，有的浓荫，有的巉岩，但不论精粗，每幅的中点总是她，她的动，她的中段的摆动。但当她转入一个比较深奥的山坳时廉枫猛然记起了 Tanhauser 的幸运与命运——吃灵魂的薇纳丝。一样的肥满。前面别是她的洞府，呒，危险，小心了！

她果然进了她的洞府，她居然也回头看来。她竟然似乎在回头时露着微晒的瓠犀。孩子，你敢吗？那洞府径直的石级，竟像直通上天。她进了洞了，但这时候路旁又发生一个新现象，惊醒了廉枫"邓浩然"的遐想。一个老婆子操着最破烂的粤音问他要钱。她不是化子，至少不是职业的，因为她现成有她体面的职业。她是一个劳工，她是一个挑砖瓦的。挑砖瓦上山因红毛人要造房子。新鲜的是她同时挑着不止一副重担，她的是局段的回复的运输。挑上一担，走上一节路，空身下来再挑一担上去，如此再下再上，再下再上。她不但有了年纪，她并且是个病人。她的喘是哮喘，不仅是登高的喘，她也咳嗽，她有时全身都咳嗽。但她可解释错了，她以为廉枫停步在路中是对她发生了哀怜的趣味；以为看上了她！她实在没有注意到这位年轻人的眼光曾经飞注到云端里的天梯上。她实想不到在这寂寞的山道上会有与她利益相冲突的现象。她当然不能使她失望，当得成全他的慈悲心。她向他伸直了她的一只焦枯得像贝壳似的手，口里呢喃着在她是最软柔的语调。但"她"已经进洞府了。

往更高处去。往顶峰的顶上去。头顶着天，脚踏着地尖，放眼到寥廓的天边，这次的凭眺不是寻常的凭眺。这不是香港，这简直是蓬莱仙岛。廉枫的全身，他的全人，他的全心神，都感到了酣醉，觉得震荡。宇宙的肉身的神奇。动

在静中，静在动中的神奇。在一刹那间，在他的眼内，在他的全生命的眼内，这当前的景象幻化成一个神灵的微笑，一折完美的歌调，一朵宇宙的琼花。一朵宇宙的琼花在时空不容分化的仙掌上俄然的擎出了它全盘的灵异。山的起伏，海的起伏，光的起伏；山的颜色，水的颜色，光的颜色——形成了一种不可比况的空灵，一种不可比况的节奏，一种不可比况的谐和。一方宝石，一球纯晶，一颗珠，一个水泡。

但这只是一刹那，也许只许一刹那。在这刹那间廉枫觉得他的脉搏都止息了跳动。他化入了宇宙的脉搏。在这刹那间一切都融合了，一切都消纳了，一切都停止了它本体的现象的动作来参加这"刹那的神奇"的伟大的化生。在这刹那间他上山来，心头累聚着的杂格的印象与思绪梦似的消失了踪影。倒挂的一角海，龙的爪牙，少妇的腰身，老妇人的手与乞讨的碎琐，薇纳丝的洞府，全没了。但转瞬间现象的世界重复回返。一层纱幕，适才睁眼纵览时顿然揭去的那一层纱幕，重复不容商榷的盖上了大地。在你也回复了各自的辨认的感觉。这景色，是美，美极了的，但不再是方才那整个的灵异。另一种文法，另一种关键，另一种意义，也许，但不再是那个。它的来与它的去，正如恋爱，正如信仰，不是意力可以支配，可以做主的。他这时候可以分别的赏识这一峰是一个秀挺的莲苞，那一屿像一只雄蹲的海豹，或是那湾海像一钩的眉月；他也能欣赏这幅天然画图的色彩与线条的配置，透视的匀整或是别的什么，但他见的只是一座山峰，一湾海，或是一幅画图。他尤其惊讶那波光的灵秀，有的是绿玉，有的是紫晶，有的是琥珀，有的是翡翠，这波光接连着山岚的晴霭，化成一种异样的珠光，扫荡着无际的青空，但就这也是可以指点，可以比况给你身旁的友伴的一类诗意，也不再是初起那回事。这层遮隔的纱幕是盖定的了。

因此廉枫拾步下山时心胸的舒爽与恬适不是不和杂着，虽则是隐隐的，一些无名的惆怅。过山腰时他又飞眼望了望那"洞府"，也向路侧寻觅那挑砖瓦的老妇，她还是忙着搬运着她那搬运不完的重担，但他对她，犹是对"她"，兴趣远不如上山时的那样馥郁了。他到半山的凉座地方坐下来休息时，他的思想几乎完全中止了活动。

『死城』的一晚（北京

廉枫站在前门大街上发怔。正当上灯的时候，西河沿的那一头还漏着一片焦黄。风算是刮过了，但一路来往的车辆总不能让道上的灰土安息。他们忙的是什么？翻着皮耳朵的巡警不仅得用手指，还得用口嚷，还得旋着身体向左右转。翻了车，碰了人，还不是他的事？声响是杂极了的，但你果然当心听的话，这匀匀的一片也未始没有它的节奏；有起伏，有波折，也有间歇。人海里的潮声。廉枫觉得他自己坐着一叶小艇从一个涛峰上颠渡到又一个涛峰上。他的脚尖在站着的地方不由的往下一按，仿佛信不过他站着的是坚实的地上。

在灰土狂舞的青空兀突着前门的城楼，像一个脑袋，像一个骷髅。青底白字的方块像是骷髅脸上的窟窿，显得无限的忧郁，廉枫从不曾想到前门会有这样的面目。它有什么忧郁？它能有什么忧郁。也可难说，明陵的石人石马，公园的公理战胜碑，有时不也看得发愁？总像是有满肚的话无从说起似的，这类东西果然有灵性，能说话，能冲着来往人们打哈哈，那多有意思！但前门现在只能沉默，只能忍受——忍受黑暗，忍受漫漫的长夜。它即使有话也得过些时候再说，况且它自己的脑壳都已让给蝙蝠们，耗子们做了家，这时候它们正在活动，——它即使能说话也不能说。这年头一座城门都有难言的隐衷，真是的！在黑夜的逼近中，它那壮伟，它那博大，看得多么远，多么孤寂，多么冷。

大街上的神情可是一点也不见孤寂，不见冷。这才是红尘，颜色与光亮的一个斗胜场，够好看的。你要是拿一块绸绢盖在你的脸上再望这一街的

红艳，那完全另是一番景象。你没有见过威尼市大运河上的晚照不是？你没有见过纳尔逊大将在地中海口轰打拿破仑舰队不是？你也没有见过四川青城山的朝霞，英伦泰晤士河上雾景不是？好了，这来用手绢一护眼看前门大街——你全见着了。一转手解开了无穷的想象的境界，多巧！廉枫搓弄着他那方绸绢，不是不得意他的不期的发见，但他一转身又瞥见了前门城楼的一角，在灰苍中隐现着。

进城吧。大街有什么可看的，那外表的热闹正使人想起丧事人家的鼓吹，越喧阗越显得凄凉。况且他自己的心上又横着一大饼的凉，凉得发痛。仿佛他内心的世界也下了雪，路旁的树枝都蘸着银霜似的。道旁树上的冰花可真是美；直条的，横条的，肥的瘦的，梅花也欠他几分晶莹，又是那恬静的神情，受苦还是含着笑。可不是受苦，小小的生命躲在枝干最中心的纤微里耐着风雪的侵凌——它们那心窝里也有一大饼的凉。但它们可不怨；它们明白，它们等着。春风一到它们就可以抬头。它们知道，荣华是不断的，生命是悠久的。

生命是悠久的。这大冷天，雪风在你的颈根上直刺，虫子潜伏在泥土里等打雷，心窝里带着一饼子的凉，你往那儿去？上城墙去望望不好吗？屋顶上满铺着银，僵白的树木上也不见恼人的春色，况且那东南角上亮亮的不是上弦的月正在升起吗？月与雪是有默契的。残破的城砖上停留着残雪的斑点，像是无名的伤痕，月光淡淡的斜着来，如同有手指似的抚摩着它的荒凉的伙伴。猎户星正从天边翻身起来，腰间翘着箭囊，卖弄着他的英勇。西山的屏峦竟许也望得到，青青的几条发丝勾勒着浓郁的暝色，这上悬照着太白星耀眼的宝光。灵光寺的木叶，秘魔岩的沉寂，香山的冻泉，碧云山的云气，山坳里间或有一星二星的火光，在雪意的惨淡里点缀着惨淡的人迹……这算计不错，上城墙去，犯着寒，冒着夜。黑黑的，孤零零的，看月光怎样把我的身影安置到雪地里去。廉枫正走近交民巷一边的城根，听着美国兵营的溜冰场里的一阵笑响，忽然记起这边是帝国主义的禁地，中国人怕不让上去。果然，那一个长六尺高一脸糟瘢守门兵只对他摇了摇脑袋，磨着他满口的橡皮，挺着胸脯来回走他的路。

不让进去，辜负了，这荒城，这凉月，这一地的银霜。心头那一饼还是不得疏散，郁得更凉了。不到一个适当的境地你就不敢拿你自己尽量的往外放，你不敢面对你自己；不敢自剖。仿佛也有个糟瘢脸的把着门哪，他不让进去。有人得喝够了酒才敢打倒那糟瘢脸的。有人得仰仗迷醉的月色。人是这软弱。什么都怕,什么都不敢当面认一个清切;最怕看见自己。得!还有什么地方可去的?敢去吗?

廉枫抬头望了望星,疏疏的没有几颗,也不显亮。七姊妹倒看得见,挨得紧紧的,像一球珠花。顺着往东去不好吗?往东是顺的,地球也是这么走。但这陌生的胡同在夜晚觉得多深沉,多窈远。单这静就怕人。半天也不见一副卖萝卜或是卖杂吃的小担。他们那一个小火,照出红是红青是青的,在深巷里显得多可亲,多玲珑,还有他们那叫卖声,虽则有时曳长得叫人听了悲酸,也是深巷里不可少的点缀。就像是空白的墙壁上挂上了字画,不论精粗,多少添上一点人间的趣味。你看他们把担子歇在一家门口,站直了身子,昂着脑袋,咧着大口唱——唱得脖子里筋都暴起了。这来邻近那家都不能不听见。那调儿且在那空气里转着哪——他们自个儿的口鼻间蓬蓬的晃着一团的白云。

今晚什么都没有。狗都不见一只。家门全是关得紧紧的。墙壁上的油灯——一小米的火——活像是鬼给点上的,方便鬼的。骡马车碾烂的雪地,在这鬼火的影映下,都满是鬼意。鬼来跳舞过的。化子们叫雪给埋了。口袋里有的是铜子,要见着化子,在这年头,还有不布施的?静:空虚的静,墓底的静。这胡同简直没有个底。方才拐了没有?廉枫望了望星知道方向没有变。总得有个尽头,赶着走吧。

走完了胡同看了一个旷场,白茫茫的,头顶星显得更多更亮了。猎户早就全身披挂的支起来了,狗在那一头领着路。大熊也见了。廉枫打了一个寒噤。他走到了一座坟山。外国人的,在这城根。也不知怎么的,门没有关上。他进了门。这儿地上的雪比道上的白得多,松松的满没有斑点。月光正照着,墓碑有不少,疏朗朗的排列着,一直到黑巍巍的城根。有高的,有矮的,也有雕镂着形象的。悄悄的全戴着雪帽,盖着雪被,悄悄的全躺着。这倒有意思,月下来拜会洋鬼子,廉枫叹了一口气。他走近一个墓墩,拂去了石上的雪,坐了下去。石上刻着字,许是金的,可不易辨认。廉枫拿手指去摸那字迹,冷极了!那雪腌过的石板吸墨纸似的猛收着他手指上的体温。冷得发僵,感觉都失了。他哈了口气再摸,仿佛人家不愿意你非得请教姓名似的。摸着了,原来是一位姑娘,FRAULEIN ELIZA BERKSON。还得问几岁!这字小更费事,可总得知道。早三年死的。二十八减六是二十二。呀,一位妙年姑娘,才二十二岁的!廉枫感到一种奇异的战栗,从他的指尖上直通到发尖;仿佛身背有一

个黑影子在晃动。但雪地上只有淡白的月光。黑影子是他自己的。

做梦也不易梦到这般境界。我陪着你哪，外国来的姑娘。廉枫的肢体在夜凉里冻得发了麻，就是胸潭里一颗心热热的跳着，应和着头顶明星的闪动。人是这么软弱，他非得要同情。盘踞在肝肠深处的那些非得要一个尽情倾吐的机会。活的时候得不着，临死，只要一口气不曾断，还非得招承。眼珠已经褪了光，发音都不得清楚，他一样非得忏悔。非得到永别生的时候人才有胆量，才没有顾忌。每一个灵魂里都安着一点谎。谎能进天堂吗？你不是也对那穿黑长袍胸前挂金十字的老先生说了你要说的话才安心到这石块底下躺着不是，贝克生姑娘？我还不死哪。但这静定的夜景是多大一个引诱！我觉得我的身子已经死了，就只一点子灵性在一个梦世界的浪花里浮萍似的飘着。空灵，安逸。梦世界是没有墙围的。没有涯涘的。你得宽恕我的无状，在昏夜里踞坐在你的寝次，姑娘。但我已然感到一种超凡的宁静，一种解放，一种莹澈的自由。这也许是你的灵感——你与雪地上的月影。

我不能承受你的智慧，但你却不能吝惜你的容忍。我不是你的谁，不是你的朋友，不是你的相知，但你不能不认识我现在向你诉说的忧愁，你——廉枫的手在石板的一头触到了冻僵的一束什么。一把萎谢了的花——玫瑰。有三朵，叫雪给掩僵了。他亲了亲花瓣上的冻雪。我羡慕你在人间还有未断的恩情，姑娘，但这也是个累赘，说到彻底的话。这三朵香艳的花放上你的头边——他或是你的亲属或是你的知己——你不能不生感动不是？我也曾经亲自到山谷里去采野香去安放在我的她的头边。我的热泪滴上冰冷的石块时，我不能怀疑她在泥土里或在星天外也含着悲酸在体念我的情意。但她是远在天的又一方，我今晚只能借景来抒解我的苦辛——

人生是辛苦的。最辛苦是那些在黑茫茫的天地间寻求光热的生灵。可怜的秋蛾，他永远不能忘情于火焰。在泥草间化生，在黑暗里飞行，抖搂着翅羽上的金粉——它的愿望是在万万里外的一颗星。那是我。见着光就感到激奋，见着光就顾不得粉脆的躯体，见着光就满身充满悲惨的神异，殉献的奇丽——到火焰的底里去实现生命的意义。那是我。天让我望见那一炷光！那一个灵异的时间！"也就一半句话，甘露活了枯芽。"我的生命顿时豁裂成一朵奇异的愿望的花。"生命是悠久的，"但花开只是朝露与晚霞间的一段插话。殷勤是夕阳的顾盼，为花事的荣悴关心。可怜这心头的一撮土，更有谁来凭吊？"你的烦恼我全知道，虽则你从不曾向我说破；你的忧愁我全明白，为你我也时常难受。"清丽的晨风,吹醒了大地的荣华!"你耐着吧,美不过这半绽的蓓蕾。""我去了,你不必悲伤,珍重这一卷诗心,光彩常留在星月间。"她去了!光彩常在星月间。

陌生的朋友,你不嫌我话说得晦塞吧,我想你懂得。你一定懂。月光染白了我的发丝,这枯槁的形容正配与墓墟中人作伴;它也仿佛为我照出你长眠的宁静……那不是我那她的眉目?迷离的月影,你无妨为我认真来刻划个灵通?她的眉目;我如何能遗忘你那永诀时的神情!竟许就那一度,在生死的边沿,你容许我怀抱你那生命的本真;在生死的边沿,你容许我亲吻你那性灵的奥隐,在生死的边沿,你容许我醊啜你那妙眼的神辉。那眼,那眼!爱的纯粹的精灵迸裂在神异的刹那间!你去了,但你是永远留着。从你的死,我才初次会悟到生,会悟到生死间一种幽玄的丝缕。世界是黑暗的,但我却永久储着你的不死的灵光。

廉枫抬头望着月,月也望着他,青空添深了沉默。城墙外仿佛有一声鸦啼,像是裂帛,像是鬼啸。墙边一枝树上抛下了一棒雪,亮得耀眼。这还是人间吗?她为什么不来,像那年在山中的一夜?

"我送别她归去,与她在此分离,

在青草里飘拂,她的洁白的裙衣。"

诡异的人生!什么古怪的梦!希望,在你擎上手掌估计分量时,已经从你的手指间消失,像是发珠光的青汞。什么都得变成灰,飞散,飞散,飞散……我不能不羡慕你的安逸,缄默的墓中人!我心头还有火在烧,我怀着我的宝;永没有人能探得我的痛苦的根源,永没有人知晓,到那天我也得瞑目时,我把我的宝交还给上帝:除了他更有谁能赐与,能承受这生命的生命?我是幸福的!你不羡慕我吗,朋友?

我是幸福的,因为我爱,因为我有爱。多伟大,多充实的一个字!提着它胸胁间就透着热,放着光,滋生着力量。多谢你的同情的倾听,长眠的朋友,这光阴在我是稀有的奢华。这又是北京的清静的一隅。在凉月下,在荒城边,在银霜满树时。但北京——廉枫眼前又扎亮着那狞恶的前门。像一个脑袋,像一个骷髅,丧事人家的鼓乐。北海的芦苇,荣叶能不死吗?在晚照的金黄中,有孤鹜在冰面上飞。销沉,销沉。更有谁眷念西山的紫气?她是死了——一堆灰。北京也快死了——准备一个钵盂,到枯木林中去安排它的葬事。有什么可说的?再会吧,朋友,还有什么可说的?

他正想站起身走，一回头见进门那路上仿佛又来了一个人影。肥黑的一团在雪地上移着，迟迟的移着，向着他的一边来。有树拦着，认不真是什么。是人吗？怪了，这是谁？在这大凉夜还有与我同志的吗？为什么不，就许你吗？可真是有些怪，它又不动了，那黑影子绞和着一棵树影，像一团大包袱。不能是鬼吧。为什么发噤，怕什么的？是人，许是又一个伤心人，是鬼，也说不定它也别有怀抱。竟许是个女子，谁知道！在凉月下，在荒冢间，在银霜满地时。它伛偻着身子哪，像是捡什么东西。不能是个化子——化子化不到墓园里来。唷，它转过来了！

它过来了，那一团的黑影。走近了，站定了，他也望着坐在坟墩上的那个发愣哪。是人，还是鬼，这月光下的一堆？他也在想。"谁？"粗糙的，沉浊的口音。廉枫站起了身，哈着一双冻手。"是我，你是谁？"他是一个矮老头儿，屈着肩背，手插在他的一件破旧制服的破袋里。"我是这儿看门的。"他也走到了月光下。活像《哈姆雷德》里一个掘坟的，廉枫觉得有趣，比一个妙年女子，不论是鬼是人，都更有趣。"先生，你什么时候进来的？我哼是睡着了，那门没有关严吗？""我进来半天了。""不凉吗，您坐在这石头上？""就你一个人看着门的？""除了我这样的苦小老儿，谁肯来当这苦差？""你来有几年了？""我怎么知道有几年了！反正老佛爷没有死，我早就来了。这该有不少年份了吧，先生？我是一个在旗吃粮的，您不看我的衣服？""这儿常有人来不？""倒是有。除了洋人拿花来上坟的，还有学生也有来的，多半是一男一女的。天凉了就少有来的了。你不也是学生吗？"他斜着一双老眼打量廉枫的衣服。"你一个人看着这么多的洋鬼不害怕吗？"老头他乐了。这话问得多幼稚，准是个学生，年纪不大。"害怕？人老了，人穷了，还怕什么的！再说我这还不是靠鬼吃一口饭吗？靠鬼，先生！""你有家不，老头儿！""早就死完了。死干净了。""你自己怕死不，老头儿？"老头儿又乐了。"先生，您又来了！人穷了，人老了，还怕死吗？你们年轻人爱玩儿，爱乐，活着有意思，咱们那说得上？"他在口袋里掏出一块黑绢子搌了他的冻鼻子。这声音听大了。城圈里又有回音，这来坟场上倒添了不少生气。那边树上有几只老鸦也给惊醒了，亮着他们半冻的翅膀。"老头，你想是生长在北京的罢？""一辈子就没有离开过。""那你爱不爱北京？"老头简直想咧个大嘴笑。这学生问的话多可乐！爱不爱北京？人穷了，人老了，有什么爱不爱的？"我说给您听听罢，"他有话说。

"就在这儿东城根，多的是穷人、苦人，推土车的，推水车的，住闲的，残废的。全跟我一模一样的，生长在这城圈子里，一辈子没有离开过。一年就比一年苦，大米一年比一年贵。土堆里煤渣多捡不着多少。谁生得起火？有几顿吃得饱？夏天还可对付，冬天可不能含糊。冻了更饿，饿了更冻，又不能吃土。就这几天天下大雪，好，狗都瘦了不少！"老头又擤了擤鼻子。"听说有钱的人都搬走了，往南，往东南，发财的，升官的，全去了。穷人苦人那走得了？有钱人走了他们更苦了，一口冷饭都讨不着。北京就像个死城，没有气了，您知道！那年也没有本年的冷清。您听听，什么声音都没有，狗都不叫了！前儿个我还见着一家子夫妻俩带着三个孩子饿急了，又不能做贼，就商量商量借把刀子破肚子见阎王爷去。可怜着哪！那男的一刀子捅了他媳妇的肚子，肠子漏了，血直冒，算完了一个，等他抹回头拿刀子对自个儿的肚子撩，您说怎么了，那女的眼还睁着没有死透，眼看着她丈夫拿刀扎自己，一急就拼命着她那血身体向刀口直推，您说怎么了，她那手正冲着刀锋，快着哪，一只手，四根手指，就让白萝卜似的给劈了下来，脆着哪！那男的一看这神儿，一心痛就痛偏了心，掷了刀回身就往外跑，满口疯嚷嚷的喊救命，这一跑谁知道他往那儿去了，昨儿个盔甲厂派出所的巡警说起这件事都撑不住淌眼泪哪。同是人不是，人总是一条心，这苦年头谁受得了？苦人倒是爱面子，又不能偷人家的。真急了就吊，不吊就往水里淹。大雪天河沟冻了淹不了，就借把刀子抹脖子拉肚肠根，是穷末，有什么说的？好，话说回来了，您问我爱不爱北京。人穷了，人苦了，还有什么路走？爱什么！活不了，就得爱死！我不说北京就像个死城吗？我说它简直死定了！我还掏了二十个大子给那一家三小子买窝窝头吃。才可怜哪！好，爱不爱北京？北京就是这死定了，先生！还有什么说的？"

廉枫出了坟园低着头走，在月光下走了三四条老长的胡同才雇到一辆车。车往西北正顶着月尖似的凉风。他裹紧了大衣，烤着自己的呼吸，心里什么念头都给冻僵了。有时他睁眼望望一街阴惨的街灯，又看着那上年纪的车夫在滑溜的雪道上顶着风一步一步的挨，他几回都想叫他停下来自己下去让他坐上车拉他，但总是说不出口。半圆的月在雪道上亮着它的银光。夜深了。

家
德

家德住我们家已有十多年了。他初来的时候嘴上光光的还算是个壮夫，头上不见一茎白毛，挑着重担到车站去不觉得乏。逢着什么吃重的工作他总是说"我来！"他实在是来得的。现在可不同了。谁问他"家德，你怎么了，头发都白了？"他就回答"人总要老的，我今年五十八，头发不白几时白？"他不但发白，他上唇疏朗朗的两披八字胡也见花了。

他算是我们家的"做生活"，但他，据我娘说，除了吃饭住，却不拿工钱。不是我们家不给他，是他自己不要。打头儿就不要。"我就要吃饭住，"他说。我记得有一两回我因为他替我挑行李上车站给他钱，他就瞪大了眼说，"给我钱做什么？"我以为他嫌少，拿几毛换一块圆钱再给他。可是他还是"给我钱做什么？"更高声的抗议。你再说也是白费，因为他有他的理性，吃谁家的饭就该为谁家做事，给我钱做什么？

但他并不是主义的不收钱。镇上别人家有丧事、喜事来叫他去帮忙的，做完了有赏封什么给他，他受。"我今天又'摸了'钱了，"他一回家就欣欣的报告他的伙伴。他另有一种能耐，几乎是专门的，那叫做"赞神歌"。谁家许了愿请神，就非得他去使开了他那不是不圆润的粗嗓子唱一种有节奏有顿挫的诗句赞美各种神道。奎星、纯阳祖师、关帝、梨山老母，都得他来赞美。小孩儿时候我们最爱看请神：一来热闹，厅上摆得花绿绿点得亮亮的，二来可以藉口到深夜不回房去睡；三来可以听家德的神歌。乐器停了他唱，唱完乐又作。他唱什么听不清，分得清的只"浪溜圆"三个字，因为他几乎每开口必有浪溜圆。他那唱的音调就像是在厅的顶梁上绕着，又像是暖天细雨似的在你身上匀匀的洒，反正听着心里就觉得舒服，心一舒服小眼就闭上。这样极容易在妈或是阿妈的身上靠着甜甜的睡了。到明天在床里醒过来时耳边还绕着家德那圆圆的甜甜的浪溜圆。家德唱了神歌想来一定到手钱，这他也不辞，但他更看重的是他应分到手的一块祭肉。肉太肥或太瘦都不能使他满意："肉总得像一块肉"，他说。

"家德，唱一点神歌听听。"我们在家时常常央着他唱，但他总是板着脸回说"神歌是唱给神听的，"虽则他有时心里一高兴或是低着头做什么手工，他口里往往低声在那里浪溜他的圆。听说他近几年来不唱了。他推说忘了，但他实在以为自己嗓子干了，唱起来不能原先那样圆转如意，所以决意不再去神前献丑了。

他在我家实在也做不少的事。每天天一亮他就从他的破烂被窝里爬起身。一重重的门是归他开的，晚上也是他关的时候多。有时老妈子不凑手他就帮着煮粥烧饭。挑行李是他的事，送礼是他的事，劈柴是他事。最近因为父亲常自己烧檀香，他就少劈柴，多劈檀香。我时常见跨坐在一条长凳上戴着一副白铜边老花眼镜伛着背细细的劈。"你的镜子多少钱买的，家德？""两只角子。"他头也不抬的说。

我们家后面那个"花园"，也是他管的。蔬菜，各样的，是他种的。每天浇，摘去焦枯叶子，厨房要用时采，都是他的事。花也是他种的，有月季，有山茶，有玫瑰，有红梅与腊梅，有美人蕉，有桃，有李，有不开花的兰，有葵花，有蟹爪菊，有可以染指甲的凤仙，有比鸡冠大到好几倍的鸡冠。关于每一种花他都有不少话讲：花的脾，花的胃，花的颜色，花的这样那样。梅花有单瓣、双瓣，兰有荤心、素心，山茶有家有野，这些简单，但在小孩儿时听来有趣的知识，都是他教给我们的。他是博学得可佩服。他不仅能看书能写，还能讲书，讲得比学堂里先生上课时讲的有趣味得多。我们最喜欢他讲《岳传》里的岳老爷。岳老爷出世，岳老爷归天，东窗事发，"莫须有"三字构成冤狱，岳雷上坟，朱仙镇八大锤——唷，那热闹就不用提了。他讲得我们笑，他讲得我们哭，他讲得我们着急，但他再不能讲得使我们瞌睡，那是学堂里所有的先生们比他强的地方。

也不知是谁给他传的，我们都相信家德曾经在乡村里教过书。也许是实有的事，像他那样的学问在乡里还不是数一数二的。可是他自己不认。我新

近又问他，他还是不认。我问他当初念些什么书。他回一句话使我吃惊。他说我念的书是你们念不到的。那更得请教，长长见识也好。他不说念书，他说读书。他当初读的是百家姓、千字文、神童诗，——还有呢？还有酒书。什么？"酒书"，他说。什么叫酒书？酒书你不知道，他仰头笑着说，酒书是叫人吃酒的书。真的有这样一部书吗？他不骗人。但教师他可从不曾做过。他现在口授人念经。他会念不少的经，从《心经》到《金刚经》全部，背得溜熟的。

他学念佛念经是新近的事。早三年他病了，发寒热。他一天对人说怕好不了，身子像是在大海里浮着，脑袋也发散得没有个边，他说。他死一点也不愁，不说怕。家里就有一个老娘，他不放心，此外妻子他都不在意。一个人总要死的，他说。他果然昏晕了一阵子，他床前站着三四个他的伙伴。他苏醒时自己说，"就可惜一生没有念过佛，吃过斋，想来只可等待来世的了。"说完这话他又闭上了眼，仿佛是隐隐念着佛。事后他自以为一句话救了他的命，因为他竟然又好起了。从此起他就吃上了净素。开始念经，现在他早晚都得做他的功课。

我不说他到我们家有十几年了吗？原先他在一个小学校里做当差，我做学生的时候他已经在。他的一个同事我也记得，叫矮子小二，矮得出奇，而且天生是一个小二的嘴脸。家德是校长先生用他进去的。他初起工钱每月八百文，后来每年按加二百文，一直加到二千文的正薪，那不算小。矮子小二想来没有读过什么酒书，但他可爱喝一杯两杯的，不比家德读了酒书倒反而不喝。小二喝醉了回校不发脾气就倒上床，他的一份事就得家德兼做。后来矮子小二因为偷了学校的用品到外边去换钱使发觉了被斥退。家德不久也离开学校，但他是为另一种理由。他的是自动辞职，因为用他进去的校长不做校长了，所以他也不愿再做下去。有一天他托一个乡绅到我们家来说要到我们家住，也不说别的话。从那时起家德就长住我们家了。

他自己乡里有家。有一个娘，有一个妻，有三个儿子，好的两个死了，剩下一个是不好的。他对妻的感情，按我妈对我说，是极坏。但早先他过一时还得回家去，不是为妻，是为娘。也为娘他不能不对他妻多少耐着性子。但是谢谢天，现在他不用再耐，因为他娘已经死了。他再也不回家去，积了一些钱也不再往家寄。妻不成材，儿子也没有淘成，他养家已有三十多年，儿子也近三十，该得担当家，他现在不管也没有什么亏心的了。他恨他妻多半是为她不孝顺他的娘，这最使他痛心。他妻有时到镇上来看他，问他要钱，他一见她的影子都觉得头痛，她一到他就跑，她说话他做哑巴，她闹他到庭心里去伏在地上劈柴。有一回他接他娘出来看迎灯，让她睡他自己的床，盖他自己的棉被，他自己在灶边铺些稻柴不脱衣服睡。下一天他妻也赶来了，从厨房的门缝里张见他开着笑口用筷捡一块肥肉给他脱尽了牙翘着个下巴的老娘吃，她就在门外大声哭闹，他过去拿门给堵上了，捡更肥的肉给娘，更高声的说他的笑话，逗他娘和厨下别人的乐。晚上他妻上楼见她娘睡家德自己的床，盖他自己的被，回下来又和他哭闹——他从后门往外跑了。

他一见他娘就开口笑，说话没有一句不逗人乐。他娘见他乐也乐，翘着一个干瘪下巴，眯着一双皱皮眼不住的笑，厨房里顿时添了无穷的生趣。晚上在门口看灯，家德忙着招呼他娘，端着一条长凳或是一只方板凳，半抱着她站上去，连声的问看得见了不，自己躲在后背，双手扶着她防她闪。看完了灯，他拿一只碗到巷口去买一碗大肉面，烫一两烧酒给他娘吃，吃完了送她上楼睡去。"又要你用钱，家德"，他娘说。"喔，这算什么，我有的是钱！"家德就对他妈背他最近的进益，黄家的丧事到手三百六，李家的喜事到手五角小洋，还有这样那样的，尽他娘用都用不完，这一点点算什么的！

家德的娘来了，是一件大新闻。家德自己起劲不必说，我们上下一家子都觉得高兴。谁都爱看家德跟他娘在一起的神情，谁都爱听他母子俩甜甜的谈话。又有趣，又使人感动。那位乡下老太太，穿紫棉绸衫梳元宝髻的，看着他那头发已经斑白的儿子，心里不知有多么得意。就算家德做了皇帝，她也不能更开心。"家德！"她时常尖声的叫，但等得家德赶忙回过头问"娘，要啥"，她又就只眯着一双皱皮眼甜甜的笑，再没有话说。她也许是忘了她想着要说的话，也许她就爱那么叫她儿子一声。这来屋子里人就笑，家德也笑，她也笑。家德在她娘的跟前，拖着早过半百的年岁，身体活灵得像一只小松鼠，忙着为她张罗这样那样的，口齿伶俐得像一只小八哥，娘长娘短的叫个不住。如果家德是个皇帝，世界上决没有第二个皇太后有他娘那样的好福气。这是家德的伙伴们的思想。看看家德跟他娘，我妈比方一句有诗意的话，就比是到山楼上去看太阳——满眼都是亮。看看家德跟他娘，一个老妈子说，我总是出眼泪，我从来不知道做人会得这样的有意思。家德的娘一定是几世前修得来的。有一回家德脚上发流火，走路一颠一颠的不方便，但一走到他

娘的跟前,他立即忍了痛僵直了身子放着腿走路,就像没有病一样。家德你今年胡须也白了,他娘说。"人老的好,须白的好:娘你是越老越清,我是胡须越白越健。"他这一插科他娘就忘了年岁忘了愁。

他娘已在两年前死了。寿衣,有绸有缎的,都是家德早在镇上替她预备好了的。老太太进棺材还带了一支重足八钱的金押发去,这当然也是家德孝敬的。他自从娘死过,再也不回家,他妻出来,他也永不理睬她。他现在吃素,念经,每天每晚都念——也是念给他娘的。他一辈子难得花一个闲钱,就有一次因为妻儿的不贤良叫他太伤心了,他一气就"看开"了。他竟然连着有三五天上茶店,另买烧饼当点心吃,一共化了足足有五百钱光景,此外再没有荒唐过。前几天他上楼去见我妈,手筒着手,兴匆匆的说,"太太,我要到乡下去一趟。""好的,"我妈说,"你有两年多不回去了。""我积下了一百多块钱,我要去看一块地葬我娘去。"他说。

两姊妹

三月。夜九时光景。客厅里只开着中间圆桌上一座大伞形红绸罩的台灯。柔茜的红辉散射在附近的陈设上,异样的恬静。靠窗一架黑檀几上那座二尺多高的薇纳司的雕像,仿佛支不住她那矜持的姿态,想顺着软美的光流,在这温和的春夜,望左侧的沙发上倦倚下去;她倦了。

安粟小姐自从二十一年前母亲死后承管这所住屋以来,不曾有一晚曾向这华丽、舒服的客厅告过假,缺过席。除了绒织、看小说、和玛各,她的妹妹,闲谈,她再没有别的事了。她连星期晚上的祈祷会,都很少去,虽则她们的教堂近在前街,每晚的钟声叮当个不绝,似乎专在提醒,央促她们的赴会。

今夜她依旧坐在她常坐的狼皮椅上,双眼半阖着,似乎与她最珍爱的雕像,同被那私语似的灯光熏醉了。书本和线织物,都放在桌上;她想继续看她的小说,又想结束她的手工,但她的手像痉挛了似的,再也伸不出去。她忽然想起玛各还不回进房来,方才听得杯碟声响,也许她乘便在准备她们临睡前的可可茶。

玛各像半山里云影似的移了进来,一些不着声息,在她姊姊对面的椅上坐了。

她十三年前犯了一次痹症,此后左一半的躯体,总不十分自然。并且稍一劳动,便有些气喘,手足也常发震。

"啊,我差一些睡着了,你去了那么久……"说着将手承着口,打了小半个呵欠;玛各微喘的声息,已经将她惊觉。此时安粟的面容,在灯光下隔着桌

285

子望过去,只像一团干瘪了的海绵,那些复叠的横皱纹,使人疑心她在苦笑,又像忧愁。她常常自怜她的血弱,她面色确是半青不白的。她的声带,像是新鲜的芦管做成的,不自然的尖锐。她的笑响,像几枚新栗子同时在猛火里爆烈;但她妹子最怕最厌烦的,尤其是她发怒时带着鼻音的那声"扼衡"。

"扼衡!玛丽近来老是躲懒,昨天不到四点钟就走了,那两条饭巾,一床被单,今天还放着没有烫好,真不知道她在外面忙的是什么!"

"哼,她那儿还有工夫愿管饭巾……我全知道!每天她出了我们的门,走不到转角上——我常在窗口望她——就躲在那棵树下拿出她那粉拍来,对着小手镜,装扮她那贵重的鼻子——有天我还见她在厨房里擦胭脂哪!前天不是那克莱妈妈说她一礼拜要看两次电影,说常碰到她和男子一起散步……"

"可不是,我早就说年轻的谁都靠不住,要不是找人不容易,我早就把她回了,我看了她那细小的腰身,就有气!扼衡!"

玛各幽幽的喟息了一声,站了起来,重复半山里云影似的移到窗前,伸出微颤的手指,揭开墨绿色绒的窗幔,仰起头望着天上,"天倒好了,"她自语着,"方才怪怕人的乌云现在倒变了可爱的月彩,外面空气一定很新鲜的,这个时候……哦,对门那家瑞士人又在那里跳舞了,前天他们才有过跳舞不是,安粟?他们真乐呀,真会享福,他们上面的窗帘没有放下,我这儿望得见他们跳舞呀,果然那位高高的美男子又在那儿了……啊唷,那位小姐今晚多乐呀,她又穿着她那件枣红的,安粟你也见过的不是,那件银丝镶边的礼服?我可不爱现在的式样,我看是太不成样儿了,我们从前出手稍为短一点子,昂姑母就不愿意,现在她们简直是裸体了——可是那位小姐长得真不错,肉彩多么匀净,身段又灵巧,她贴住在那美男子的胸前,就像一只花蝶儿歇在玉兰花瓣上的一样得意……她一对水一般的妙眼尽对着了看,他着了迷了……他着了迷了,这音乐也多趣呀,这是新出的,就是太艳一点,简直有点猥亵,可是多好听,真教人爱呀……"

安粟侧着一只眼望过来,只见她妹妹的身子有点儿摇动,一双手紧紧的拧住窗幔,口里在吁吁的回应对面跳舞家的音乐……

"扼衡!"

玛各吓的几乎发噤,也自觉有些忘情,赶快低着头回转身。在原先的椅上坐下,一双手还是震震的,震震的……

安粟在做她的针线，低着头，满面的皱纹叠得紧紧的，像秋收时的稻屯。玛各偷偷的瞟了她几眼，顺手把桌上的报纸拿在手里……隔街的乐音，还不时零续地在静定的夜气中震荡。

"铛！"门铃。格托的一声，邮件从门上的信格里落在进门的鬃毡上。玛各说了声"让我去看去"，出去把信捡了进来。"昂姑母来的信。"

安粟已经把眼镜夹在鼻梁上，接过信来拆了。

野鸭叫一阵的笑，安粟稻屯似的面孔上，仿佛被阳光照着了，闪闪的在发亮。"真是！玛各，你听着。"

"汤麦的蜜月已经完了。他们夫妻俩现在住在我家里。新娘也很和气的，她的相片你们已经见过了不是？他们俩真是相爱，什么时候都挨得紧紧的，他们也不嫌我，我想他们火热的年轻人看了我们上年纪的，板板的像块木头，说的笑话也是几十年的老笑话，每星期总要背一次的老话，他们看了我一定很觉得可怜——其实我们老人的快活，才是真快活。我眼也花了，前面本来望不见什么，乐得安心静意等候着上帝的旨意，我收拾收拾厨房，看看年轻人的快乐，说说干瘪的笑话，也就过了一天，还不是一样？"

"间壁史太太家新收了一个寄宿的中国学生。前天我去吃晚饭看见了。一个矮矮的小小的顶好玩的小人，圆圆的头，一头蓬蓬的头发，像是好几个月没有剪过，一双小小的黑眼，一个短短的鼻子，一张小方的嘴，真怪，黄人真是黄人，他的面色就像他房东太太最爱的，蒸得稀烂的南瓜饼，真是蜡黄的。也亏他会说我们的话，一半懂得，一半懂不得。他也很自傲的，一开口就是我们的孔夫子怎么说，我们的孔夫子怎么说——总是我们的孔夫子。前天我们问起中国的妇女和婚姻，引起了他一大篇的议论。他说中国人最有理性，男的女的，到了年纪——我们孔夫子吩咐的——一定得成家成室，没有一个男子，不论多么穷，没有妻子。没有一个女人，不论多么丑，没有丈夫。他说所以中国有这样的太平，人人都很满意的。真是，怪不得从前的'赖耶鸿章'见了格兰士顿的妹妹，介绍时听见是小姐，开头就问为什么还没有成亲！我顶喜欢那小黄人。我几时想请他吃饭，你们也来会会他好不好——他是个大学的学生哩！你的钟爱的姑母。"

"附：安粟不是想养一条狗吗？昨天晚报上有一条卖狗的广告，说是顶好的一条西伯利亚种，尖耳朵，灰色的，价钱也不贵，你们如其想看，可以查一

查地址。我是不爱狗的,但也不厌恶。有的真懂事,你们养一条,解解闷儿也好。姑母。"

玛各坐着听他姐姐念信,出神似的,两眼汪汪的像要滴泪。安粟念完了打了一个呵欠,把信叠好了放在桌上对玛各说,"今晚太迟了,明天一早你写回信吧,好不好?伴'锱那门'China man吃饭我是不来的,你要去你可以答应姑母。我倒想请汤麦夫妻来吃饭——不过……也许你不愿意,随你吧。谢谢姑母替我们留心狗的广告,说我这一时买不买没有决定。我就是这几句话。……时候已不早,我去拿可可茶来吃了去睡吧。"

两姊妹吃完了她们的可可茶,一前一后的上楼,玛各更不如她姊姊的轻捷,只是扶着楼梯半山里云影似的移,移,一直移进了卧室。她站在镜台前,怔怔的,自己也不知道在想的是什么,在愁的是什么,她总像落了什么重要的物品似的, 像忘了一桩重要的事不曾做似的——她永远是这怔怔的,怔怔的。她想起了一件事,她要寻一点旧料子,打开了一只箱子,偻下身去捡。她手在衣堆里碰着了一块硬硬的,她就顺手掏了出来,一包长方形的硬纸包,细绳拴得好好的。她手微震着,解了绳子,打开纸包看时,她手不由的震得更烈了。她对着包裹的内容发了一阵呆,像是小孩子在海砂里掏贝壳,掏出了一个蚂蟥似的。她此时已在地毯上坐着,呆呆的过了一晌,方才调和了喘息,把那纸包放在身上,一张一张的拿在手里,仔细的把玩。原来她的发见只是几张相片,自己和旁人早年的痕迹,也不知多少年前塞在旧衣箱的底里,早已忘却了。她此时手里擎着的一张是她自己七岁时的小影。一头绝美的黄发散披在肩旁,一双活泼的秀眼,一张似笑不笑的小口,两点口唇切得像荷叶边似的妖媚,……她拿到口边吻了一下,笑着说:"多可爱的孩子啊!"第二张相片是又隔了十年的她,正当她的妙年,一个绝美的影子。她的眉,她的眼,她的不丰不瘦的嫩颊,颊上的微笑,她的发,她的项颈,她的前胸,她的姿态——那时的她,她此时看着,觉得有说不出的可爱,但……这样的美貌,那一个不倾倒,那一个舍得不爱……罗勃脱,杰儿,汤麦……哦,汤麦。他如今……蜜月,请他们来吃饭……难道是梦吗,这二十岁年怎样的过的……哦,她的痹症,恶毒的病症……从此,从此……安粟,亲爱的母亲,昂姑母,自己的病,谁的不是,谁的不是……是梦吗?……真是一张雪白的纸,二十九年……玛丽和男子散步……对门的女子跳舞的快乐……哦,安粟说甚么,中国,黄人的乐土……太平洋的海水……照片里的少女,被他发痴似的看活了,真的活了!这不是她的鬓发在惺忪的颤动,这不是她象牙似的项颈在轻轻的扭动,她的口在说话了。……

这二十九年真是过的不可信!她现在已经老了,已经是废人了,是真的吗?生命,快乐,一切,没有她的份了,是真的吗?每天伴着她神经错乱的姐姐,厨房里煮菜,客厅里念日报,听秋天的雨声,叶声,听春天的鸟声,每晚喝一杯浓煎的可可茶,白天,黑夜,上楼,下楼,……是真的吗?

是真的吗?二十九年的我,你说话呀!她的心脏在舂米似的跳响,自己的耳都震聋了。她发了一个寒噤,像得了热病似的。她无意的伸上手去,在身旁的镜台上,拖下了一把手镜来。她放下那只手里的照片,一双手恶狠狠的擒住那面手镜,像擒住了一个敌人,向着她自己的脸上照去。

安粟的房正在她妹子房的间壁,此时隐隐的听得她在床上翻身,口鼻间哼出一声"扼衡!"。

童话一则

　　四爷刚吃完了饭,擦擦嘴,自个儿站在阶沿边儿看花,让风沙刮得怪寒伧的玫瑰花。拍,拍,拍的一阵脚声,背后来了宝宝喘着气嚷道:

　　"四爷,来来,我有好东西让你瞧,真好东西!"

　　四爷侧着一双小眼,望着他满面通红的姊姊呆呆的不说话。

　　"来呀,四爷,我不冤你,在前厅哪,快来吧!"四爷还是不动,宝宝急了!

　　"好,你不来就不来,四爷不来,我就不会找三爷?"说着转身就想跑。

　　四爷把脸放一放宽,小眼睛亮一亮,脸上转起一对小圆涡儿——他笑了——。就跟着他姊姊走,宝宝看了他那样儿,也忍不住笑了,说,"来吧,真讨气!"

　　宝宝轻轻的把前厅的玻璃门拉开一道缝儿,做个手势,让四爷先扁着身子掹了进去,自己也偷偷的进来了,顺手又把门带上。

　　四爷有些儿不耐烦,开口了。

　　"叫我来看什么呀,一间空屋子,几张空桌子,几张空椅子,你老冤我!"宝宝也不理会他,只是仰着头东张西望的,口里说,"那儿去了呢,怕是跑了不成?"

　　四爷心里想没出息的宝宝,准是在找耗子洞哩!

　　忽然吱的一声叫,东屋角子里插豁的一响,一头小雀儿冲了出来,直当着宝宝四爷的头上斜掠过去,四爷的右腿一阵子发硬,他让吓了一跳,宝宝可乐了,她就讲她的故事。"我呀吃了饭没有事做,想一个人到前厅来玩玩,我刚一开门儿,他(手点雀儿),像是在外面候久了似的,比我还着急,盆的一声就穿进了门儿。我倒不信,也进来试试,门儿自己关上了。"

　　他呀,不进门儿着急,一进门儿更着急,只听得他豁拉豁拉的飞个不停,一会儿往东,一会儿往西,一会儿往南,我忙的尽转着身,瞧着他飞,转得我头都晕了,他可不怕头晕,飞,飞,飞,飞个不停,口里还呦的呦的唱着,真是怪,让人家关在屋子里,他还乐哪——不乐怎么会唱,对不对四爷?回头他真急了:原先他是平飞的像穿梭似的——织布的梭子,我们教科书上有的不是?他爱贴着天花板飞,直飞,斜飞,画圆圈儿飞,着边儿一顿一顿的飞,回头飞累了,翅膀也没有劲儿,他就不一定搭架子高飞了,低飞他也干,窗沿上爬爬,桌子上也爬爬,他还想跳哪,像草虫子有时他拐着头不动,像想什么心事似的,对了,他准是听了窗外树上他的也不知是表姊妹,也不知是好朋友,在那儿"奇怪——奇怪"的找他,可怜他也说不出话,要是我,我就大声的哭叫说,"快来救我呀,我让人家关在屋子里出不来哩!快来救我呀!"

　　他还是着急,想飞出去,我说他既然要出去,当初又何必进来,他自个儿进来,才让人关住,他又不愿意,可不是活该,可又是,他那儿拿得了主意,人都拿不了主意,可怜哪,他见光亮就想盲冲,暴蓬暴蓬的,只听得他在玻璃上碰头,准碰得脑袋疼,有几次他险点儿碰昏了,差一点闪了下来,我看得可怜,想开了门放他走,可是我又觉得好玩,他一飞出门就不理我,他也不会道谢,他倦了,蹲在梁上发呆,像你那样发呆,四爷,我心又软了,我随口编了一个歌儿,对他唱了好几遍,他像懂得,又像不懂得,真呕气,那歌儿我唱你听听,四爷,好不好?四爷听了她一长篇演说,瞪着眼老不开口,他可爱宝宝唱歌儿,宝宝唱的比谁的都好听,四爷顶爱,所以他把头点了两下,宝宝就唱:

> 雀儿雀儿,
> 你进我的门儿,
> 你又想出我的门儿。
> 砰呀砰呀,玻璃老碰你的头儿!

　　四爷笑了,宝宝接着唱:

> 屋子里阴凉,

院子里有太阳。

屋子里就有我——你不爱：

院子里有的是，

你的姊姊妹妹好朋友！

我张开一双手儿，

叫一声雀儿雀儿：

我愿意做你的妈，

你做我乖乖的儿。

每天吃茶的时候，

我喂你碎饼干儿。

回头我们俩睡一床，

一同到甜甜的梦里去，

唱一个新鲜的歌儿。

　　宝宝歌还没有唱完，那小雀儿又在乱冲乱飞，四爷张开两只小臂，口里吁吁的，想去捉他，雀儿愈着急，四爷愈乐。宝宝说四爷你别追，他怪可怜的，我替他难受……宝宝声音都哑了，她真快哭了，四爷一面追，一面说，"我不疼他，雀儿我不爱，他们也没有好心眼儿，他们把我心爱的鲜红玫瑰花儿，全吃烂了，我要抓住他来问问……"宝宝说，"你们男孩子究竟心硬，你也不成，前天不是你睡了觉，妈领了我们出去了，回头你一醒不见了我们，你就哭，哭得奶妈打电话！你说你小，雀儿不比你更小吗？你让人放在家里就不愿意，小雀儿让我们关在屋子里就愿意吗？"

　　四爷站定了，发了一阵呆，小黑眼珠儿又亮了几亮，对宝宝瞪了一眼，一张小嘴抿得紧紧的，走过去把门打个大开，恭恭敬敬的说一声"请！"

　　"嗖"的一声，小雀儿飞了！

吹胰子泡

　　小粲粉嫩的脸上，流着两道泪沟，走来对他娘说："所有的好东西全没有了，全破了，我方才同大哥一起吹胰子泡，他吹一个小的我也吹一个小的，他吹一个大的，我也吹一个大的，有的飞了上去，有的闪下地去，有的吹得太大了，涨破了，大哥说他们是白天的萤火虫，一会儿见，一会儿不见，我说他们是仙人球，上面有仙女在那里画花，你看红的，绿的，青的，白的，多么好看，但是仙女的命多是很短，所以一会儿就不见了，后来我们想吹一个顶大的，顶大顶圆顶好看的球，上面要有许多画花的仙女，十个、二十个还不够，吹成功了，慢慢的放上天去，（那时候天上刚有一大块好看的红云，那便是仙女的家），岂不是好？我们，我同大哥，就慢慢的吹，慢慢的换气，手也顶小心的，拿着麦管子，一动也不敢动，我几乎笑了，大哥也快笑了，球也慢慢的大了，像圆的鸽蛋，像圆的鸡蛋，像圆的鸭蛋，像圆的鹅蛋，（妈，鹅蛋不是比鸭蛋大吗？）像妹妹的那个大皮球！球大了，花也慢慢多了，仙女到得也多了，那球老是轻轻的动着，像发抖，我想一定是那些仙女看了我们迸着气，板着脸，鼓着帮腮子，太可笑的样子，在那里笑话我们，像妹妹一样的傻笑，可没有声音，后来奶妈在旁边说：好了，再吹就破了，我们就轻轻的把嘴唇移开了麦管中，手发抖，脚也不敢动，好容易把那麦管口挂着的好宝贝举起来，真是宝贝，我们乐极了，我们就轻轻的把那满是仙女的球往空中一掷，赶快仰起一双嘴，尽吹，可是妈呀，你不能张着口吹，直吹球就破，你得把你那口圆成一个小圆洞儿再吹，那就不破了，大哥比我吹得更好，他吹，我也吹，我又吹，吹得那盏五彩的灯儿摇摇摆摆的，上上下下的，尽在空中飞着，像个大花蝶。我呀，又

着急，又乐，又要笑，又不敢笑开口，开口一吹，球儿就破，奶妈看得也笑了，妹子奶妈抱着，也乐疯了，尽伸着一双小手想去抓那球——她老爱抓花蝶儿，可没有抓到，竹子也笑了，笑得摇头弯腰的。

　　球飞到了竹子旁边险得很，差一点让扎破了，那球在太阳光里溜着，真美，真好看，那些仙女画好了，都在那里拉着手儿跳舞，跳的仙女舞，真好看，我们正吹得浑身都痛，想把他吹上天去，那儿知道出乱子了，我们在花厅前面不是有个燕子窠，他们不是早晚尽闹，那只尾巴又细又白的，真不知趣，早不飞，晚不飞，谁都不愿意他飞，他到飞了出来，一飞呀就捣乱，他开着口，一面叫，一面飞，他那张贪嘴，刚巧撞着快飞上天的球儿，一撞呀，什么球呀，蛋呀，蝴蝶呀，画呀，仙女呀，笑呀，全没有了，全不见了，全让那白燕的贪嘴吞了下去，连仙女都吞了！妈呀，你看可气不可气，我就哭了。"

老李

一

他有文才吗？不，他作文课学那平淮西碑的怪调子，又写的怪字，看了都叫人头痛。可是他的见解的确是不寻常？也就只一个怪字。他七十二天不剃发，不刮胡子；大冷天人家穿皮褂穿棉袄，他秃着头，单布裤子，顶多穿一件夹袍。他倒宝贝他那又黄又焦的牙齿，他可以不擦脸，可是擦牙漱口仿佛是他的情人，半天也舍不了，每天清早，扰我们好梦的是他那大排场的漱口，半夜里搅我们不睡的又是他那大排场的刷牙；你见过他的算草本子没有，那才好玩，代数、几何，全是一行行直写的，倒亏他自己看得清楚！总而言之，一个字，老李就是怪，怪就是老李。

这是老李同班的在背后讨论他的话，但是老李在班里虽则没有多大的磁力，虽则很少人真的爱他，他可不是让人招厌的人，他有他的品格，在班里很高的品格，他虽然是怪，他可没有斑点，每天他在自修室的廊下独自低着头伸着一个手指走来走去的时候，在他心版上隐隐现现的不是巷口锡箔店里穿蓝竹布衫的，不是什么黄金台或是吊金龟，也不是湖上的风光，男女、名利、游戏、风雅，全不是他的份，这些花样在他的灵魂里没有根，没有种子。他整天整夜在想的就是两件事：算学是一件，还有一件是道德问题——怎样叫人不卑鄙有廉耻。他看来从校长起一直到听差，同学不必说，全是不够上流，全是少有廉耻。有时他要是下输了棋，他爱下的围棋，他就可以不吃饭不睡觉的想，倘然他在那角上早应了一子，他的对手就没有办法，再不然他只要顾自己的活，也就不至于整条的大鱼让人家囫囵的吞去……他爱下围棋，也爱想围棋，他说想围棋是值得的，因为围棋有与数学互相发明的妙处，所以有时他怨自己下不好棋，他就打开了一章温德华斯的小代数，两个手指顶住了太阳穴，细细的研究了。

老李一翻开算学书，就是个活现的疯子，不信你去看他那书桌子，原来学堂里的用具全是一等的劣货，总是庶务攒钱，那里还经得起他那狠劲的拍，应天响的拍，拍得满屋子自修的都转过身子来对着他笑。他可不在乎，他不是骂算数教员胡乱教错了，就说温德华斯的方程式根本有疑问，他自己发明的强的多简便的多，并且中国人做算学直写也成了，他看过李壬叔的算学书全是直写的，他看得顶合式，为什么做学问这样高尚的事情都要学外洋，总是奴从的根性改不了！拍的又是一下桌子！

有一次他在演说会里报名演说，他登台的时候（那天他碰巧把胡子刮净了，倒反而看不惯），大家使劲的拍巴掌欢迎他，他把右手的点人指放在桌子边，他那一双离魂病似的眼睛，钉着他自己的指头看，尽看，像是大考时看夹带似的，他说话了。我最不愿意的，我最不赞成的，我最反对的，是——是拍巴掌。一阵更响亮的拍巴掌！他又说话了。兄弟今天要讲的是算学与品行的关系。又是打雷似的巴掌，坐在后背的叫好儿都有。他的眼睛还是钉住在他自己的一个指头上。我以为品行……一顿。我以为算学——又一顿。他的新修的鬓边，青皮里泛出红花来了。他又勉强讲了几句，但是除了算学与品行两个字，谁都听不清他说的是什么，他自己都不满意，单看他那眉眼的表情，就明白。最后一阵霹雳似的掌声，夹着笑声，他走下了讲台。向后面那扇门里出去了。散了会，以后人家见他还是亚里斯多德似的，独自在走廊下散步。

二

老李现在做他本乡的高小学堂校长了。在东阳县的李家村里，一个中学校的毕业生不是常有的事。老李那年得了优等文凭，他人还不曾回家，一张红纸黑字的报单，上面写着贵府某某大少爷毕业省立第一中学优等第几名等等，早已高高的贴在他们李家的祠堂里，他上首那张捷报，红纸已经变成黄纸，黑字变成白字，年份还依稀认得出，不是嘉庆八年便是六年。李家村茶店酒店里的客人,就有了闲谈的资料,一班人都懂不得中学堂,更懂不得优等卒业,有几位看报识时务的,就在那里打比喻讲解。高等小学卒业比如从前的进学,秀才。中学卒业算是贡生,优等就是优贡。老李现在就有这样的身份了。看他不出,从小不很开口说话,性子又执拗,他的祖老人家常说单怕这孩子养不大,谁知他的笔下倒来得,又肯用功,将来他要是进了高等学堂再一毕业,那就算是中了举了!常言说的人不可以貌相不是?这一群人大都是老李的自族,他的祖辈有,父辈也有,子辈有,孙辈也有,甚至叫他太公的都有。这一年的秋祭,李家族人聚会的时候,族长就提出了一个问题。他们公堂里有一份祭产,原定是归有功名的人收的,早出了缺,好几年没有人承当,现在老李已经有了中学文凭,这笔进款是否应该归他的,让大家公议公议,当场也没有人反对,就算是默认了。老李考了一个优等,到手一份祭产,也不能算是不公平。老李的母亲是个寡妇,听说儿子有了荣椰,还有进益,当然是双份的欢喜。

老李回家来不到几天,东阳县的知事就派人来把他请进城去。这是老李第一次见官,他还是秃着头,穿着他的大布褂子,也不加马褂,老李一辈子从没有做个马褂,就有一件黑羽纱的校服,领口和两肘已经烂破了,所以他索性不穿。县知事倒是很客气,把他自己的大轿打了来接他,老李想不坐,可是也没有话推托,只得很不自在的钻进了轿门,三名壮健的轿夫,不到一个钟头就把老李抬进了知事的内宅。"官?"老李一路在想,"官也不一定全是坏的。官有时候也有用,像现在这样世界,盗贼,奸淫,没有廉耻的世界,只要做官的人不贪不枉,做个好榜样也就好得多不是。曾文正的原才里讲得顶透辟。但是循吏还不是酷吏,循吏只会享太平,现在时代就要酷吏,像汉朝那几个铁心辣手的酷吏,才对劲儿。看,那边不又是打架,那可怜的老头儿,头皮也让扎破了。这儿又是一群人围着赌钱。青天白日,当街赌钱。坏人只配恶对付。杀头,绞,凌迟,都不应该废的,像我们这样民风强悍的地方,更不能废,一废坏人更没有忌惮。更没有天地了。真要有酷吏才好。今天县知事请我不知道为什么。他信上说有要事面商,他怎么会知道我。……"

下午老李还是坐了知事大老爷的轿子回乡。他初次见官的成绩很不坏,想不到他倒那样的开通,那样的直爽,那样的想认真办事。他要我帮忙——开办民高小?我做校长?他说话倒真是诚恳。孟甫叔父怎么能办教育?他自

己就没有受什么教育。还有他的品格！抽大烟，外遇，侵吞学费；哼，不要说公民资格，人格都没有，怎么配当校长？怎么配教育青年子弟？难怪地方上看不起新开的学堂，应该赶走，应该赶跑。可是我来接他的手？我干不干？我不是预定考大学预料将来专修算学的吗？要是留在地方上办事，知事说的为"桑梓帮忙"，我的学问也就完事了。我妈倒是最愿意我留在乡里，也不怪她，她上了年纪，又没有女儿，常受邻房的怄气，气得肝胃脾肺肾轮流的作怪，我要是一出远门，她不是更没有主意，早晚要有什么病痛，叫她靠谁去？知事也这么说，这话倒是情真。况且到北京去念书，要几千里路的路费，大学不比中学，北京不是杭州，用费一定大得多，我那儿有钱使——就算考取了也还是难，索性不去也罢。可是做校长？校长得兼教修身每星期训词——这都不相干，做一校之长，顶要紧就是品格，校长的品格，就是学堂的品格。我主张三育并重，德育、智育、体育，——德育尤其要紧，管理要从严，常言说的棒头上出孝子，好学生也不是天生的，认真来做一点社会事业也好，教育是万事的根本，知事说的不错。我们金华这样的赌风、淫风、械斗、抢劫，都为的群众不明白事理，没有相当的教育。教育，小学教育，尤其是根本，我不来办难道还是让孟甫叔父一般糊涂虫去假公济私不成，知事说的当仁不让……

<h1 style="text-align:center">三</h1>

"娘的话果然不错，"老李又在想心思，一天下午他在学校操场的后背林子里独自散步，"娘的话果然不错，"世道人心真是万分的险峻。娘说孟甫叔父混号叫做笑面老虎，不是好惹的，果然有他的把戏。整天的吃毒药，整天的想打人家的主意。真可笑，他把教育事业当作饭碗，知事把他撤了换我，他只当是我存心抢了他的饭碗——我不去问他的前任的清帐，已经是他的便宜，他倒反而唆使猛三那大傻子来跟我捣乱。怎么，那份祭产不归念书的，倒归当兵；一个连长就会比中学校的卒业生体面，真是笑话。幸亏知事明白，没有听信他们的胡说，还是把这份收入判给我。我倒也不在乎这三四十担粗米，碰到年成坏，也许谷子都收不到，就是我妈倒不肯放手，她话也不错，既是我们的名份，为什么要让人强抢去。孟甫叔父的说话真凶，真是笑里藏刀，句句话有尖刺儿的，他背后一定咒我，一定狠劲的毁谤我。猛三那大傻子，才上他的臭当，隔着省份奔回来替我争这份祭产，他准是一

个大草包,他那样子一看就是个强盗,他是在广东当连长的,杀人放火本来是他正当的职业,怪不得他开口就想骂,动手就想打,我是不来和他们一般见识,把一百多的小学生管好已够我的忙,谁还会有闲工夫吵架?可是猛三他那傻,想了真叫人要笑,跑了几千里地,祭产没有争着,自己倒赔了路费,听说他昨天又动身回广东去了。他自己家庭的肮脏,他倒满不知道,街坊谁不在他的背后笑呵,——真是可怜,蠢奴才,他就配当兵杀人!那位孟甫老先生还是吃他的鸟烟,我倒不知道他还有什么好主意!

四

知事来了!知事来了!

操场上发生了惨剧,一大群人围着。

知事下了轿,挨进了人圈子。踏烂的草地上横躺着两具血污的尸体。一具斜侧着,胸口流着一大堆的浓血斑,右手里还擎着一柄半尺长铄亮的尖刀,上面沾着梅花瓣似的血点子,死人的脸上,也是一块块的血斑,他原来生相粗恶,如今看的更可怕了。他是猛三。老李在他的旁边躺着,仰着天,他的情形看的更可惨,太阳穴、下颏、脑壳、两肩、手背、下腹,全是尖刀的窟窿,有的伤处,血已经瘀住了,有的鲜红还在直淌,他睁着一双大眼,口也大开着,像是受致命伤以前还在喊救命似的,他旁边伏着一个五六十岁的妇人,拉住他一只石灰色的手,在哽咽的痛哭。

知事问事了。

猛三分明是自杀的,他刺死了老李以后就把刀尖望他自己的心窝里一刺完事。有好几个学生也全看见的,现在他们都到知事跟前来做见证了。他们说今天一早七点半早操班,校长李先生站在那株白果树底下督操,我们正在行深呼吸,忽然听见李先生大叫救命,他向着这一头直奔,他头上已经冒着血,背后凶手他手里拿着这把明晃晃的刀(他们转身望猛三的尸体一指)狠命的追,李先生也慌了,他没有望我们排队那儿逃,否则王先生手里有指挥刀也许还可以救他的命,他走不到几十步,就被那凶手一把揪住了,那凶手真凶,一刀一刀的直刺,一直把李先生刺倒,李先生倒地的时候,我们还听见他大声的嚷救命,可是又有谁去救他呢,不要说我们,连王先生也吓呆了,本来要救,也来不及,那凶手把李先生弄死了,自己也就对准胸膛裁了一刀,

他也完了。他几时进来，我们也不知道，他始终没有开一声口。……

知事说够了够了，他就叫他带来的仵作去检查猛三的身上。猛三夹袄的口袋里有几块钱，一张撕过的船票，广东招商局的，一张相面先生的广告单，一个字纸团。知事把那字纸团打开看了，那是一封信。那猛三不就是四个月前和老李争祭产的那个连长吗？老李的母亲揩干了眼泪，走过来说，正是他，那是孟甫叔父怪嫌老李抢了他的校长，故意唆使他来捣乱的。我也听是这么说，知事说，孟甫真不应该，他把手里的字条扬了一扬，恐怕眼前的一场流血，也少不了他的份儿，猛三的妻子是上月死的吗？是的。她为什么死的？她为什么死的！知事难道不明白，街坊上这一时沸沸扬扬的，还不是李猛三家小的话柄，真是话柄！

猛三那糊涂虫，才是糊涂虫，自己在外省当兵打仗，家里的门户倒没有关紧，也不避街坊的眼，朝朝晚晚，尽是她的发泼，吵得鸡犬不宁的。果然，自作自受，太阳挂在头顶，世界上也不能没有报应……好，就到种德堂去买生皮硝吸，一吸就闹血海发晕，请大夫也太迟了，白送了一条命，不怪自己，又怪谁去！

知事说冤有头，债有主，这两条新鲜的性命，死得真冤，老李更可惜，好容易一乡上有他一个正直的人，又叫人给毁了，真太冤了！眼看这一百多的学生，又变了失奶的孩子，又有谁能比老李那样热心，勤劳，又有谁能比他那高尚的品格？孟甫真不应该，他那暗箭伤人，想了真叫人痛恨。也有猛三那傻子，听他说什么就信什么，叫他赶回来争祭产，他就回来争祭产，告他老李逼死了他的妻子，叫他回来报仇，也没有说明白为的是什么，他就赶了回来，也不问个红黑是非，船一到埠，天亮就赶来和老李拼命，见面也没有话说，动手就行凶，杀了人自己也抹脖子，现在死没有对证，叫办公事的又有什么主意。

五

老李没有娶亲，没有子息；没有弟兄，也没有姊妹；他就有一个娘，一个年老多病的娘。他让人扎了十几个大窟窿扎死了。他娘滚在鲜血堆里痛哭他；回头他家里狭小的客间里，设了灵座，早晚也就只他的娘哭他；现在的骨头已经埋在泥里，一年里有一次两次烧纸锭给他的——也就只他的老娘。

一个清清的早上

翻身?谁没有在床上翻过身来?不错,要是你一上枕就会打呼的话,那原来用不着翻什么身;就使在半夜里你的睡眠的姿态从朝里变成了朝外,那也无非是你从第一个梦跨进第二个梦的意思;或是你那天晚饭吃得太油腻了,你在枕上扭过头颈去的时候你的口舌间也许发生些唛呷的声响——可是你放心,就这也不能是梦话。

鄂先生年轻的时候从不知道什么叫做睡不着,往往第二只袜子还不曾剥下他的呼吸早就调匀了,到了早上还得她妈三四次大声的叫嚷才能叫他擦擦眼皮坐起身来的。近来可变得多了,不仅每晚上床去不能轻易睡着,就是在半夜里使劲的禽着枕头想"着"而偏不着的时候也很多。这还不碍,顶坏是一不小心就说梦话,先前他自己不信,后来连他的听差都带笑脸回说不错,先生您爱闭着眼睛说话,这来他吓了,再也不许朋友和他分床或是同房睡,怕人家听出他的心事。

鄂先生今天早上的确在床上翻了身,而且不止一个,他早已醒过来,他眼看着稀淡的晓光在窗纱上一点点的添浓,一晃晃的转白,现在天已大亮了。他觉得很倦,不想起身,可是再也合不上眼,这时他朝外床屈着身子,一只手臂直挺挺的伸出在被窝外面,半张着口,半开着眼,——他实在有不少的话要对自己说,有不少的牢骚要对自己发泄,有不少的委屈要向自己清理。这大清清的早上正合式。白天太忙;咒他的,一起身就有麻烦,白天直到晚上,清早直到黄昏,没有错儿;那儿有容他自己想心事的空闲,有几回在洋车上伸着腿阖着眼顶舒服的,正想搬出几个私下的意思出来盘桓盘桓,可又

偏偏不争气洋车一拐弯他的心就像含羞草让人搔了一把似的裹得紧紧的再也不往外放;他顶恨是在洋车上打盹,有几位吃肥肉的歪着他们那原来不正的脑袋,口液一绞绞的简直像冰葫芦似的直往下挂,那样儿才叫寒伧!可是他自己一坐车也撑不住下巴往胸口沉,至多赌咒不让口液往下漏就是。这时候躺在自己的床上,横直也睡不着了,有心事尽管想,随你把心事说出口都不碍,这洋房子漏不了气。对!他也真该仔细的想一想了。

其实又何必想,这干想又有什么用?反正是这么一回事啵!一兜身他又往里床睡了,被窝漏了一个大窟窿,一阵冷空气攻了进来激得他直打寒噤。哼,火又灭了,老崔真是该死!呒!好好一个男子,为什么甘愿受女人的气,真没出息!难道没了女人,这世界就不成世界?可是她那双眼,她那一双手——那怪男人们不拜倒——O, mouth of honey with the thyme for fragrance. Who with heart in breast could deny your love? 这两性间的吸引是不可少的,男人要是不喜欢女人,老实说,这世界就不成世界!可是我真的爱她吗?这时候鄂先生伸在外面的一只手又回进被封里去了,仰面躺着。就剩一张脸露在被口上边,端端正正的像一个现制的木乃伊。爱她不爱她……这话就难说了;喜欢她,那是不成问题。她要是真做了我的……哈哈那可抖了,老孔准气得鼻孔里冒烟,小彭气得小肚子发胀,老王更不用说,一定把他那管铁锈了的白郎林拿出来不打我就毁他自己。咳,他真会干,你信不信?你看昨天他靠着墙的时候那神气,简直仿佛一只饿急了的野兽,我真有点儿怕他!鄂先生的身子又弯了起来,一只手臂又出现了。得了,别做梦吧,她是不会嫁我的,她能懂得我什么?她只认识我是一个比较漂亮的留学生,只当我是一个情急的求婚人,只把我看作跪在她跟前求布施的一个——她压根儿也没想到我肚子里究竟是青是黄,我脑袋里是水是浆——这那儿说得上了解,说得上爱?早着哪!可是……鄂先生又翻了一个身。可是要能有这样一位太太,也够受用了,说一句良心话。放在跟前不讨厌,放在人前不着急。这不着急顶是紧。要像是杜国朴那位太太,朋友们初见面,总疑心是他的妈,那我可受不了!长得好自然便宜。每回出门的时候,她轻轻的软软的挂在你的臂弯上,这就好比你捧着一大把的百合花,又香又艳的,旁人见了羡慕,你自己心里舒服,你还要什么?还有到晚上看了戏或是跳过舞一同回家的时候,她的两腮让风刮得红村村的,口唇上还留着三分的胭脂味儿,那时候你拥着她一同走进你们又香又暖的卧房,在镜台前那盏鹅黄色的灯光下,仰着头,斜着脸,瞟你这么一眼,那是……那是……鄂先生这时候两只手已经一齐挣了出来,身体也反扑了过来,背仰着天花板,狠劲地死挤他那已经半瘪了的枕头。那枕头要是玻璃做的,早就让他挤一个粉碎!

唉!鄂先生喘了口长气,又回复了他那个木乃伊的睡法。唉,不用想太远了;按昨儿那神气下回再见面她整个儿不理会我都难说哩!我为她心跳,为她吃不下饭,为她睡不着,为她叫朋友笑话,她,她那里知道?就使知道了她也不得理会。女孩儿的心肠有时真会得硬,谁说的"冷酷",一点也不错,你为她伤了风生病,她就说你自个儿不小心,活该,就使你为她吐出了鲜红的心血,她还会说你自己走道儿不谨慎叫鼻子碰了墙或是墙碰了你的鼻子,现在闹鼻血从口腔里哼出来吓唬人哪!咳,难,难,难,什么战争都有法子结束,就这男女性的战争永远闹不出一个道理来;凡人不中用,圣人也不中用,平民不成功,贵族也不成功。哼,反正就是这么回事,随你绕大弯儿小弯儿想去,回头还是在老地方,一步也没有移动。空想什么,咒他的——我也该起来了。老崔!老崔!打脸水。

幸
福

　　杨培达年纪虽则有三十岁,可是她有时还老想跳着走路,在走道上一上一下的跳舞,赶铁圈子,把手里东西往半空掷上去落下来再用手接,或是站定了不动憨笑着看——没有什么——干脆什么也没有。

　　你有什么法想,如其你到了三十岁年纪,每回转过你家的那条街的时候,忽然间一阵子的快活——绝对的快活!——淹住了你——仿佛你忽然间吞下了一大块亮的那天下午的太阳光,在你的胸口里直烧,发出一阵骤雨似的小火星,塞住你浑身的毛窍,塞住你一个个手指,一个个脚趾?

　　呵,难道除了这"醉醺醺乱糟糟的"再没有法子表现那点子味儿?多笨这文明,为什么给你这身体,如其你非得把它当一张贵重,贵重的琴似的包起来收好?

　　"不,我的意思不是拿琴来比,"她想,跑上了家门前的阶石伸手到提包里去摸门上的钥匙——她忘了带,照例的——打着门上的信箱叫门。"我意思不是这样,因为——多谢你,曼丽!"——她进了客厅。"奶妈回来了没有?"

　　"回来了,太太。"

　　"水果送来了没有?"

　　"送来了,太太。东西全来了。"

　　"请你把水果拿饭间里来。我来收拾了再上楼。"饭间里已经发黑,也觉着凉。但是培达还是一样把外套脱了;她厌烦这里得紧紧的,一股凉气落在她的胳膊上。

　　但是在她的胸口那亮亮发光的一块还在着——那一阵骤雨似的小火星。简直有点儿受不住。她气都不也喘,怕一扇动那火更得旺,可是她还是喘着气,深深的,深深的。她简直不敢对着那冰凉的镜子照——可是她还是照,镜子里给回她一个女人,神采飞扬的,有带笑容的微震着的口唇,有大大的黑黑的眼珠,她那神采像是听着什么,等着什么——大喜事快到似的——那她知道一定会来——靠得住的。

　　曼丽把水果装上一个盘子拿了进来,另外带着一只玻璃缸,一只蓝瓷盆子,可爱极了的,上面有一层异样的光彩像是在奶酪里洗过澡似的。

　　"我把灯开上好不好,太太?"

　　"不,多谢你。我看得很清楚。"

　　水果是小宽皮橘大苹果夹着红色的杨梅。几只黄色的梨,绸子似的光滑,几穗白葡萄发银光的,还有一大纠紫葡萄。这紫的她买了来忖为给饭间里地毯配色的。是呀,这话听着快有点可笑,可是她买来的意思是那样。她在铺子里就想了:"我得要点儿紫的去把地毯挪上桌子来。"她当时也还顶得意的。

　　她一收拾好,把这些圆圆的亮亮的个儿堆成两个宝塔,她就离着桌子站远一点看看神气——那神气真有味儿。因为这样那暗色的桌子就像化成暗色的天光,那玻璃盘跟蓝碟子就像是在半空里流着。这,冲她这时候的高兴看来,当然是说不出的美。……她发笑了。

　　"不,不成。我又不是疯了。"她就抓了她的提包她的外套一直跑上楼到奶妈房里去。

　　小囡囡洗过了澡,奶妈坐在一张矮桌子上边喂她吃晚饭。囡囡身上穿着白法兰绒的长衣蓝毛绒的外褂,她的好看的黑头发梳成了一个可笑的小山峰。她见妈进来就仰着头看,耸着身子跳。

　　"看着,我的乖囡,乖孩子吃完了这点儿,"奶妈说,她那嘴唇皮的样儿培达明白,意思说你来看孩子又不是时候。

　　"她好不好,奶妈?"

　　"她这下半天是好极了的",奶妈低声说。"我们同到公园里去,我坐在一张椅子上,把她从推车里拿出来,一只大狗走过来把它的头放在我的腿上,她一把抓住了狗的耳朵,使劲的拉。喔,你没见着她那样子。"

　　培达想要问让孩子拉着一只不熟的狗耳朵有没有危险,但是她没有敢。她站着看她们,她的手在两边挂着,像是一个怪可怜的穷孩子站在一个手抱

着洋娃娃的阔孩子跟前发愣似的。

囡囡又抬起头来看她，瞅着她，笑得那美劲儿培达不由的叫了出来：

"喔，奶妈，你就让我喂着她，你也好去收拾洗澡东西。"

"呒，太太，她吃的时候，实在是不换手的好，"奶妈说，还是低声的。"一换手，她就乱；她心慌都会的。"

这多可笑。要孩子干么了，要是她老是得让——不是像一张贵重，贵重的琴似的收在盒子里——另外一个女人抱着？

"喔，我一定得喂，"她说。

气极了的，奶妈把孩子递了给她。

"好了，喂完了饭你可再不能逗她。你知道你老逗她，太太。一逗她晚上苦着我！"

喔，皇天！奶妈拿了洗澡布出屋子去了。

"啊，这回儿我带住了你了，我的小宝贝，"培达说，囡囡靠在她的身上。

她吃得顶高兴，掬着她的小嘴等调羹，再来，就甩着小手。有时她含住了不让调羹回去；有时候，培达刚给兜满了送过，她那小手这一推就给泼了。

汤吃过了培达转过去对着壁炉。

"孩子乖——真好孩子！"她说，亲着她的热火火的囡囡。

"我喜欢你，我疼你。"

小培培她真的爱——她脑袋往前冲露着小颈根，她那精致极了的小脚趾在火光里透明似的发亮——这来她那一阵快活又回来了，她又不知道怎么才好——不知道拿她怎样办。

"太太你的电话，"奶妈说，得胜似的回进房来把她的小培培抢了去。

她飞了下去。哈雷的电话。

"喔，是你，培？听着。我得迟点儿来。回头我要个车来尽快赶到，可是你开饭得迟十分钟——成不成？算数？"

"好，就这样。喔，哈雷！"

"怎么了？"

她有什么说的？她什么也没得说的。她就想跟他纠着一回儿。她总不能凭空叫着："这天过的多美呀！"

"怎么回事了？"话筒子里小声音在跳响。"没有事。好了！"培达说，挂上了听筒，心想这文明比蠢还蠢。

　　他们约了人来吃饭。那家的——一对好夫妻——他正在经营一个剧场，她专研究布置家庭，一个年轻人，安迪华伦，他新近印了一小册的诗，谁都邀她吃饭，还有一个叫珠儿傅敦的是培达的一个"捡着的"。密斯傅敦做什么事的，培达不知道。她们在俱乐部里会着，培达一见就爱上了她，那是她的老脾气，每回碰着漂亮女人带点儿神秘性的她就着迷。

　　顶招人的一点是虽则她们常在一起，也会真正的谈过天，培达还是懂不得她。到某一点为止密斯傅敦是异常的，可爱的直爽，但是那某一点总是在那儿，她到那儿就不过去了。再过去有什么没有呢？哈雷说"没有。"评她无味，"那冷冰冰的劲儿，凡是好看的女人总是那样，也许她有点儿贫血，神经不灵的。"但是培达不跟他同意；至少现在还不同意。

　　"这不，她坐着那样儿，头侧在一边，微微的笑，就看出她背后有事情，哈雷，我一定得知道她究竟有什么回事。"

　　"也许是她的胃疼，"哈雷回答说。

　　他就存心说这样话来浇培达的冷水。……"肝发冻了，我的乖孩子，"或是"胃气胀"，或是"腰子病"，一类话。说也怪培达就爱这冷劲儿，她就佩服他这下。

　　她跑客厅里去生上了火；再把曼丽放得好好的椅垫榻垫一个一个全给捡在手里，再往回掷了上去。这来味儿就不同；这间屋子就活了似的。她正要掷回顶末了的一个，她忽然情不自禁的抱住了它往胸前紧紧的挤一挤。但这也没有扑灭她心头的火气，更旺了！

　　客厅外面是走廊，窗子开出去正是花园。那边靠墙的一头，有一株高高的瘦瘦的白梨树，正满满的艳艳的开着花；它那意态看得又爽气又镇静的，冲着头顶碧匀匀的天。这在培达看来简直满是开得饱饱的花，一个股朵儿一朵烂的都没有。地下花坛里的玉簪，红的紫的，也满开着，像是靠着黄昏似的。一只灰色的猫，肚子贴着地，爬过草地去，又一只黑的，它的影子，在后面跟。

　　培达看了打了一个寒噤。

　　"猫这东西偷爬的多难看！"她低哆说着，从窗口转过身来，在屋子里来回的走着。

　　那寿菊在暖屋子里味儿多强。太强？喔，不。但她还像是叫花味儿薰了似的，把身子往榻上一倒，一双手紧扣着眼。

"我是太快活了——太快活了!"她低声说。

她仿佛在她的眼帘上看出那棵满开着花美丽的白梨树象征她自己的生活。

真的——真的——她什么都有了。她年纪是轻的。哈雷跟她还是同原先一样的热,俩人什么都合式,真是一对好伙计。她有了一个怪可疼的孩子。他们也不愁没有钱。这屋子,这园又多对劲,再好也没有了。还有朋友——新派的,漂亮的朋友,著作家、诗人、画家,或是热心社会问题的——正是他们要的一类朋友。此外还有书看,有音乐听,还找着了一个真不错的小成衣,还有到了夏天他们就到外国旅行去,还有他们的新厨子做的炒鸡子真好吃……

"我是痴了。痴了!"她坐了起来;可是她觉着头眩,醉了似的。一定是春困的缘故。

是呀,这是春天了。她这忽儿倦得连上楼去换衣服都没了劲儿了。

一身白的,一串珠子,绿的鞋,绿的袜子。这也不是有心配的。她早几个钟头就想着这配色了。

她的衣瓣悚悚的响进了客厅,上去亲了亲那太太,她正在脱下她那怪好玩的橘色的外套,沿边和前身全是黑色的猴子。

"……唉!唉!为什么这中等阶级总是这颟顸——一点点子幽默都没有!真是的,总算是运气好我到了这儿了——亏得脑门有他保驾。因为满车子人全叫我的乖猴子们给弄糊涂了,有一个男人眼珠子都冒了出来,像要吞了我似的。也不笑——也不觉着好玩——我倒不介意他们笑,他们偏不。不,就这呆望着,望得我厌烦死了。"

"可是顶好笑的地方是,"脑门说,拿一个大个儿的玳瑁壳镶边的单眼镜安进了他的眼,"我讲这你不嫌不是,费斯?"(在他们家或是当着朋友他们彼此叫费斯与麦格)顶好笑的地方是后来她烦急了转过身去对她旁边的一个女人说:"你以前就没有疯过猴子吗?"

"喔,可不是!"那太太加入笑了,"那真是笑得死人不是?"

还有更可笑的是现在她脱了外套她那样子真像是一个顶聪明的孩子——里面那身黄绸子衣服是拿刮光了的香蕉皮给做的。还有她那对琥珀的耳环子,活宕宕的像是两个小杏仁儿。

门铃响了。来的是瘦身材苍白脸的安迪华伦,神情异常的凄惨(他总是那样子的)。

“这屋子是的,是不是？”他问。

“喔,可不是——还不是,”培达高兴的说。

“我方才对付那汽车夫真是窘急了我;再没有那样恶形的车夫。我简直没有法儿叫他停。我愈急愈打着叫他,他愈不理愈往前冲。再兼之在这月光下,他那怪样子,扁脑袋蹲在那小轮盘上……”

他打了一个寒噤,拿下了一个多大的白丝围巾。培达见着他袜子也是白的——美极了。

“那真是要命,”她叫着。

“是呀,真是的,”安迪说,跟她进了客室。“我想象我坐着一辆无时间性的汽车,在空间性的道上赶着。”

他认识脑门夫妇。他正打算想写一本戏给他们未来的新剧场用。

“唉,华伦,那戏怎么了？”脑门那德说,吊下了他的单眼镜,给他那一只眼一忽儿张大的机会,上了片子就放小了。

脑门太太说:“喔,华伦先生,这袜子够多写意？”“你喜欢我真高兴,”他说,直瞅着他的脚。“这袜子自从月亮升起以后看白得多。”他转过他的瘦削的忧愁的年轻的脸去对着培达。“是有月亮,你知道。”

她想叫着:“可不是有——常有——常有！”

他真的是顶叫人喜欢的一个人。可是费司也何尝不然,钻在她的香蕉皮里蹲在炉火面前,麦格也有趣,他抽着烟卷,敲着烟灰说话:“新官人为什么这慢吞吞的？”

“啊,这是他来了。”前门开了又关上。哈雷喊道:“喂,你们全来了。五分钟就下来。”他们听他涌上了楼梯去。培达不由的笑了,她知道他做事就爱这付紧紧的。说来这提另的五分钟有什么关系？他可得自以为是十二分的重要。他还得拿定主意走进客厅来的时候神气偏来得冷静,镇定。

哈雷做人就这有兴味。她最喜欢他这一点。还有他奋斗的精神——他就爱找反抗他的事情作为试验他的胆力的机会——那一点,她也领会。就是在有时候在不熟识他的人看来似乎有点可笑……因为有时他抬起了手臂像打架实际上可并没有架打……她一头笑一头讲直到他进屋子来。她简直忘了富珠儿还没有到。

“怕是富小姐忘了吧！”

“许会的,”哈雷说,“她有电话没有？”

"啊！来了一个车。"培达微微的笑着她那带着点子屋主人得意的神气的笑当着她的"找着的"女朋友还没有使旧还带神秘性的时候。"她是在汽车里过日子的。"

"那她就会发胖",哈雷冷冷的说,拉铃叫开饭。"漂亮女人顶可怕的危险。"

"哈雷——不许,"培达警告着,对他笑着。

他们又等着一小忽儿,说着笑着,就这一点点子过于舒服,过于随便的样子。富小姐进来了,一身银色衣服,头上用银丝线笼住她的浅色的美头发,笑吟吟的,头微微的侧在一边。

"我迟了罢？"

"不,刚好,"培达说。"她挽了她的手臂,他们一起走进饭间里去。"

碰着她那冷胳膊的时候培达觉着点子也不知什么它能煽旺——煽旺——放光——放光——那快活的火她不知道怎么办才好？

富小姐没有对她看;可是她很难得正眼对人看的。她的厚厚的眼睑裹住她的眼,她的异样的半笑不笑的笑在她的口唇上来了又去,正如她平常就用耳听不用眼看似的。但是培达知道,不期然的,就同她们俩曾经相互长长的款款的注视——就同她们俩已经对彼此说过:"啊,你也是的？"——她知道富珠儿在搅动淡灰色盘子里美美的红色汤的时候也正觉着她所觉着的。

还有别人呢？费司与麦格,安迪与哈雷,他们的调羹一起一落的——拿手布擦着嘴,手捏着面包,抓着叉子擎着杯,一路说着话。

"我在一个赛会地方见着她的——怪极了的一个人。她不但绞了她的头发,看神气倒像她连她的腿她的胳膊她的脖子她的怪可怜儿的小鼻子都给剪刀抹平了似的。"

"她不是跟密仡耳屋德顶密切的不是？"

"就是写'假牙中的恋爱'那个人？"

"他要写个戏给我。一幕。一个男人,决意自杀。列数他该死与不该死的缘由。正当他快要决定他是干还是不干——幕下。意思也顶不坏。"

"他想给那戏题什么名字叫肚子痛？"

"我想我在一个法国小戏里看到过同样的意思——在英国不很有人知道。"

不,在他们间没有那一点子。他们都是有趣的——趣人——她乐意邀他们来,一起吃饭,给他们好饭好酒吃喝。她真的想撑开了对他们说她怎样爱他们的风趣,这群人聚在一起多有意味,色彩各各不同的,怎样使她想起契诃甫的一个戏!

哈雷正受用着他的饭。这就是他的——是的,不定是他的本性,不完全是,可决不是他的装相——他的——就是这么回事——爱这讲吃食,顶得意他那"爱吃龙虾的白肉的不知耻的馋欲",还有"冰冻上面的那一层绿——又绿又冷的像是土耳其跳舞女人们的眼皮"。

当着他仰起头向着她说:"培达,这奶冻真不坏!"她快活得孩子似的连眼泪都出来了。

喔,为什么她今晚对着这世界来得这样的心软?什么东西都是好的——都是对的。碰着的事情都仿佛是可把她那快活的杯子给盛满了。

可还是的,在她的脑后头,总是那棵梨花树。这忽见该是银色了,在可怜的安迪哥儿的月光下,银得像富小姐似的银,坐在那儿翘着她那瘦长的手指儿玩着一只小橘子,多光多白的手指看得漏光似的。

她简直的想不透的一点——那简直是神妙——是怎么的她就会猜中富珠儿的心,猜得这准这飞快。因为她从不疑问她猜的对,可是她有什么凭据呢,比没有还没有。

"我想这在女人间是很——很少有的。男人更不用提了,"

培达心里想。"可是回头我到客厅去倒咖啡的时候也许她会'给我'一点消息。"

这话怎么讲她也不知道,以后便怎么样她也不能想象。

她一头想着,一面见她自己笑着说着话。她因为要笑所以得讲话。

"我不打哈哈,怎么着。"

但是当她注意到费司老是拿什么东西往她的紧身里塞似的,那怪脾气——倒像是她那儿也有一个藏干果的小皮袋——培达急得把手指甲在她的手背上直捣单怕撑不住笑太过分了。

好容易饭席散了。"来看我的新咖啡炉子。"培达说。

"我们也就每两星期换一架新的,"哈雷说。这回费司挽了她的臂膀;富小姐低下了头,在后面跟着。

客厅里的火已经翳成了一个红的跳光的"小凤凰的巢",费司说。

"等会儿再开灯。就这光可爱。"她又在炉火前蹲了下去。

"她总是冷的……当然是为没有穿她那件小红法兰绒衫子，"培达想。

正那时候富小姐"给消息"了。

"你们有园吗？"那冷冷的带睡意的声音说。

这来太美了，培达只能顺着她的意思。她走过一边去，拉开了窗幔，打开了长窗。

"这不是，"她喘着气。

这来她们俩站在一起看着那棵瘦小的满花的树。园里虽是静定，那树看得，像一枝蜡的焰头，在透亮的空气里直往上挺，走着上去，跳动看，愈长愈高了似的冲她们这瞅着——差点儿碰着那圆的银色的月的圆边儿了。

她们俩在那儿站了有多久，就比是在那天光的圈子里躺着，彼此间完全相知，同是另一个世界的人，正不知怎么好，两人心口里全叫这幸福的宝贝给烧得亮亮的，朵朵的银光从她们的发上手上直往下掉？

永远这——在一刹那间？富小姐她不是低声在说："是的。就是那个。"还是培达的梦想？

灯光燃上了，费司调着咖啡，哈雷说："我的好那德太太，我们孩子的事情不用问我。我从来不见她的。要我对她发生兴趣，总得等她有了爱人以后吧。"麦格把他的单眼解放了一忽儿又把那玻璃片给盖上了，安迪华伦喝了他的咖啡放下杯子去脸上满罩着忧伤像是喝醉了酒看见了蜘蛛似的。

"我的意思是要给年轻人们一个机会。我相信伦敦市上多的是真头等没写起的剧本。我要对他们说的话是：'戏场现成在这儿。干你们的。'"

"亲爱的，你知道我要去替耐登家给布置一间屋子。喔，我多么想来一个'煎鱼'主意试试，拿椅子的后背全给做成煎盘形，幔子上满给来上一条条的灼白薯的绣花。"

"现在我们的年轻的写东西人的一个毛病是他们还嫌太浪漫。你要到大洋里去你就得抵拼晕船要吐盆。那也成，为什么他们就没有吐盆的勇气？"

"那首骇人的诗讲一个女孩子叫一个没有鼻子的讨饭在一个小——小林子里毁了……"

富小姐在一张最矮最深的椅子上沉了下去，哈雷递烟卷儿转过来。

看他那站在她面前手摇着银盒子快声的说："埃及？土耳其？浮及尼亚？全混着"的神气，培达就明白她不懂招他烦；他简直的不喜欢她，他又从富小姐的回话："不，多谢，我不吸烟。"认定她也觉着了并且心里难受。

"喔,哈雷,不要厌烦她。你对她满不公平。她是太——太有意思了。再说她是我喜欢的人,你先就不能这冷劲儿的对她。回头我们上了床等我来告诉你今晚的情形。她跟我彼此灵通的那一点子。"

就冲这末了的几句话突然间有一点子古怪的,吓得人的什么直透过培达的脑筋。这点子瞎眼的带笑容的什么低低的对她说:"一忽儿客就散了。一忽儿屋子就静——静静的。灯全关上了。就剩你与他两口子一起在黑屋子里——那暖烘烘的床……"她从坐椅里跳了起来跑到琴那边去了。

"没有人弹琴多可惜呀!"她叫着。又"多可惜没有人弹"。

在她一辈子她第一次觉着她"要"她丈夫。

喔,她是爱他——当然了她别的那一件事不爱着他,可是就差"这一来"。她也明白,当然,比方说吧,他同她是两样的。他们研究这问题也不止一回了。她最初发见她自己这样的冷,她也很发愁,但过了一时也就惯了,没有什么交关似的。他们彼此间什么话都撑开了说——多好的一对。那就是新派人的好处。

可是这忽儿——这火热的!火热的!单这字就叫她火热的身体发痛。难道这就是方才心里说不出的快活的结果?可是那就那就——

"亲爱的,"脑门那德太太说:"你知道我们的可怜。我们少不了做时间跟车的奴隶。我们住在西北城。今晚真可乐。"

"我陪着你到外厅去,"培达说,"我爱你们躺着。可是你们不能误了末一次的车。那真是腻烦了不是?"

"来一杯威士克,那德,先不要走,"哈雷在叫。

"不,谢谢了,老朋友。"

培达真感谢他没有躺下来,在她的握手里表示了。

"好睡,再会了,"她从最高那石级上叫着,心里觉着这一个她跟他们从此再会了。

她回进客厅的时候别处也已经在动了。

"……那末你可以乘我的车走。"

"那太好了,省得我单身坐车再来冒险,方才来时候已经上了当。"

"路底就有车。走不到几步路。"

"那合式。我穿外套去。"

富小姐向外厅走着,培达正想跟,哈雷几乎挤着走上她前。

"我来帮你忙。"

培达知道他懊悔方才的傲慢了——她由他去他多像个孩子，有地方——就这任性的——就这——简单的。

火跟前就剩了安迪跟她。

"我不知道你有没有见过毕尔克士的新诗叫做'公司菜'，"安迪软软的说。"那诗太好了。在最新出的一本诗选里。你有那本子没有？我一定得指给你看。第一行就是不可思议的美：'为什么那总得是番茄汤？'"

"有的"，培达说。她站起来不出声息的走到那正对客厅门那一张桌子边去，安迪也不出声息的跟着她，她捡着了那本小册子，递给了他：他们一点没有出声。

他仰起头来的当儿她转过她的头去正对着外厅。她看见……哈雷拿着富小姐的外套，富小姐背着他，低着头。他拿手里的外套一扔，把手放在她的肩膀上，强烈的转过她来向着她。他的口里说："我爱你！"富小姐拿她月光似的手指放在他的脸上，笑了笑她那带睡态的笑。哈雷的鼻孔跳动着；他扭着他的嘴唇，怪丑相的口里低低的说："明天。"接着富小姐扬着她的眼皮说："好。"

"在这儿了，"安迪说。"为什么那总得是番茄汤，这意思真是对，深刻极了，你觉不觉得？番茄汤！永远是那番茄汤。"

"你要的话，"哈雷的声音很响亮的在外厅说："我可以打电话叫车到门口来。"

"喔不。用不着。"富小姐，她走上来拿她的瘦长手指给培达抓一抓。

"再会，真多谢你。"

"再会，"培达说。

富小姐握着她的手较久一点。

"你那棵可爱的梨花树！"她吞吐的说。

她走了，后面跟着安迪，像那黑猫跟着灰猫。

"我来上店板。"哈雷说，过分的冷，过分的镇定。

"你那棵可爱的梨花树——梨花树——梨花树！"

培达简直的跑了到那长窗子一边去。

"喔，这来下文是什么呢？"她叫着。

但那梨花树还是照样可爱，原先一样的满开着花，一样的静定。